HEYNE <

W0206849

Zum Buch

In einer großbürgerlichen Wohnung im Mairais-Viertel wird die Leiche der 78-jährigen Griseldis Géminard entdeckt. Die Frau wurde erdrosselt. Am Tatort werden Fingerabdrücke und DNA-Spuren sichergestellt. Alles weist darauf hin, dass es sich um einen Raubmord handelt und dass die Tote ihren Mörder gekannt hat. Ein Nachbar hatte in der Wohnung der Ermordeten am Morgen noch laute Musik gehört. Einen Musette-Walzer, und das nicht zum ersten Mal. Kommissar LaBréa und sein Team finden heraus, dass Griseldis Géminard an den Wochenenden regelmäßig das bekannte Tanzlokal *Paradis* aufsuchte. Zur gleichen Zeit wird auf dem Bahngelände an der Gare de Lyon die skelettierte Leiche einer etwa 30-jährigen Frau entdeckt. Durch Zufall werden die DNA-Proben des Mörders von Griseldis Géminard mit denen der unbekannten Frau vom Bahngelände verglichen. LaBréa ist verblüfft, denn es ergibt sich eine Übereinstimmung. Das bedeutet, dass der Mörder der alten Dame mit der unbekannten Toten in Verbindung stehen muss. Die Spur führt ins Tanzlokal *Paradis*.

Der letzte Walzer in Paris ist der vierte Fall für Kommissar Maurice LaBréa. Nico Hofmanns Produktionsfirma teamWorx (u. a. *Donna Leon, Die Sturmflut, Die Flucht*) produziert die Verfilmungen der Krimiserie im Auftrag der ARD/Degeto.

Zur Autorin

Alexandra von Grote ging in Paris zur Schule, studierte in München und Wien Theaterwissenschaften und promovierte zum Dr. phil. Nach einer Tätigkeit als Fernsehspiel-Redakteurin beim ZDF war sie Kulturreferentin in Berlin. Seit vielen Jahren ist sie als Filmregisseurin tätig. Sie schrieb zahlreiche Drehbücher, Gedichte, Erzählungen und Romane. Alexandra von Grote lebt in Berlin und Südfrankreich. Weitere Infos zur Autorin unter www.alexandra-vongrote.de

Lieferbare Titel

Mord in der Rue St. Lazare
Tod an der Bastille
Todesträume am Montmartre

ALEXANDRA VON GROTE

Der letzte Walzer in Paris

Ein Fall für Kommissar LaBréa

Roman

WILHELM HEYNE VERLAG
MÜNCHEN

FSC
Mix
Produktgruppe aus vorbildlich bewirtschafteten Wäldern und anderen kontrollierten Herkünften
Zert.-Nr. SGS-COC-1940
www.fsc.org

Verlagsgruppe Random House FSC-DEU-0100
Das für dieses Buch verwendete
FSC-zertifizierte Papier *Holmen Book Cream*
liefert Holmen Paper, Hallstavik, Schweden.

Originalausgabe 01/2010

Printed in Germany 2010
Umschlagfoto: © Siri Stafford / Getty Images
Umschlaggestaltung: Hauptmann und Kompanie Werbeagentur,
München–Zürich
Satz: C. Schaber Datentechnik, Wels
Druck und Bindung: GGP Media GmbH, Pößneck
ISBN: 978-3-453-43376-2

www.heyne.de

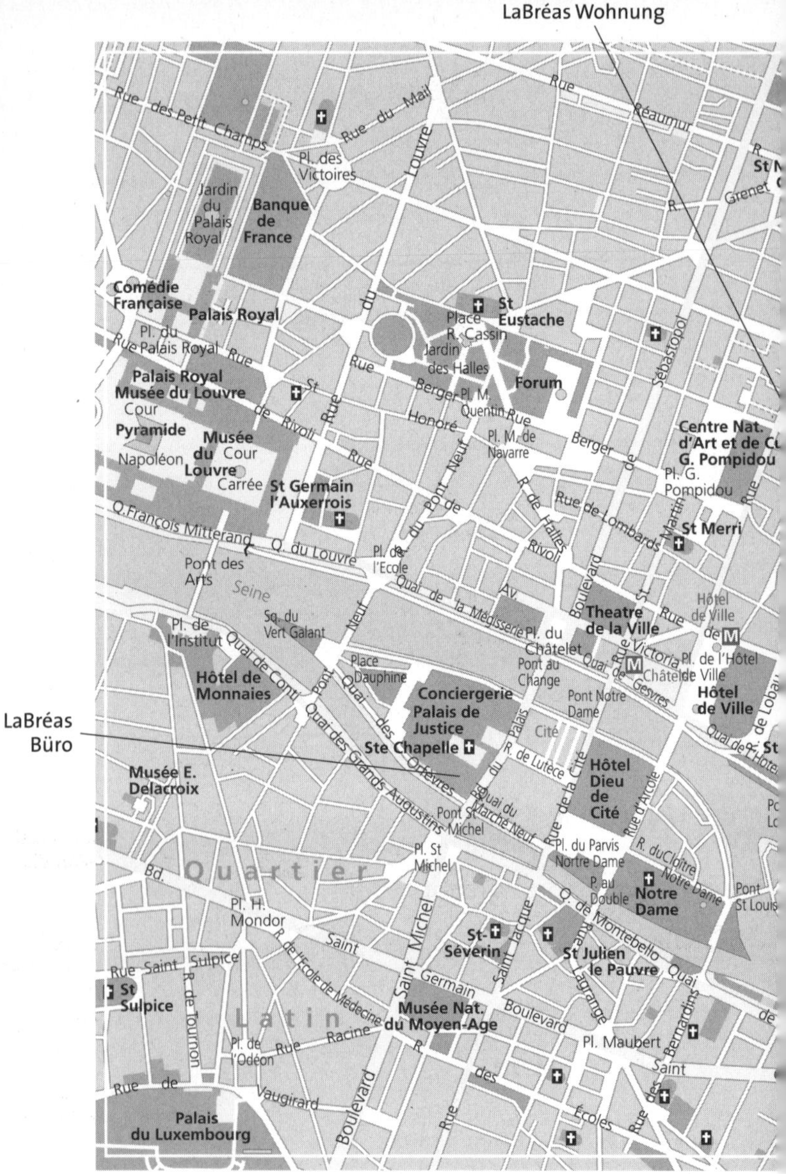

LaBréas Wohnung
LaBréas Büro
Rue des Petit Champs
Rue du Mail
Pl. des Victoires
Rue Réaumur
R. Grenet
Jardin du Palais Royal
Banque de France
Comédie Française
Palais Royal
Pl. du Palais Royal
Place R. Cassin
St Eustache
Jardin des Halles
Forum
Sébastopol
Palais Royal Musée du Louvre
Cour
Pyramide
Napoléon
Musée du Louvre
Cour Carrée
Rue St Honoré
Rue de Rivoli
Rue Berger
Pl. M. Quentin
Pl. M. de Navarre
Centre Nat. d'Art et de Cu
G. Pompidou
Pl. G. Pompidou
St Germain l'Auxerrois
Rue du Pont Neuf
R. de Halles
Rue de Lombards
St Merri
Q. François Mitterand
Q. du Louvre
Pl. de l'Ecole
Pont des Arts
Seine
Quai de la Mégisserie
Boulevard de Sébastopol
Theatre de la Ville
Hôtel de Ville
Sq. du Vert Galant
Pl. de l'Institut
Quai de Conti
Pont Neuf
Pl. du Châtelet
Av. Victoria
Quai de Gesvres
Pl. de l'Hôtel de Ville
Châtelet
Place Dauphine
Hôtel de Monnaies
Quai des Orfèvres
Conciergerie Palais de Justice
Pont au Change
Pont Notre Dame
Hôtel de Ville
Cité
Ste Chapelle
R. de Lutèce
Hôtel Dieu de Cité
Rue d'Arcole
Musée E. Delacroix
Quai des Grands Augustins
Pont St Michel
Quai du Marché Neuf
Rue de la Cité
Pl. St Michel
Pl. du Parvis Nortre Dame
R. du Cloître Notre Dame
Quartier Latin
Bd. Saint Germain
P. au Double
Notre Dame
Pont St Louis
Pl. H. Mondor
Boulevard Saint Michel
St-Séverin
Rue Saint Jacque
Q. de Montebello
St Julien le Pauvre
Rue Saint Sulpice
St Sulpice
R. de l'Ecole de Médecine
Rue Lagrange
R. de Tournon
Musée Nat. du Moyen-Age
Pl. de l'Odéon
Rue Racine
Pl. Maubert
Rue des Bernardins
Rue de Vaugirard
Rue des Écoles
Palais du Luxembourg

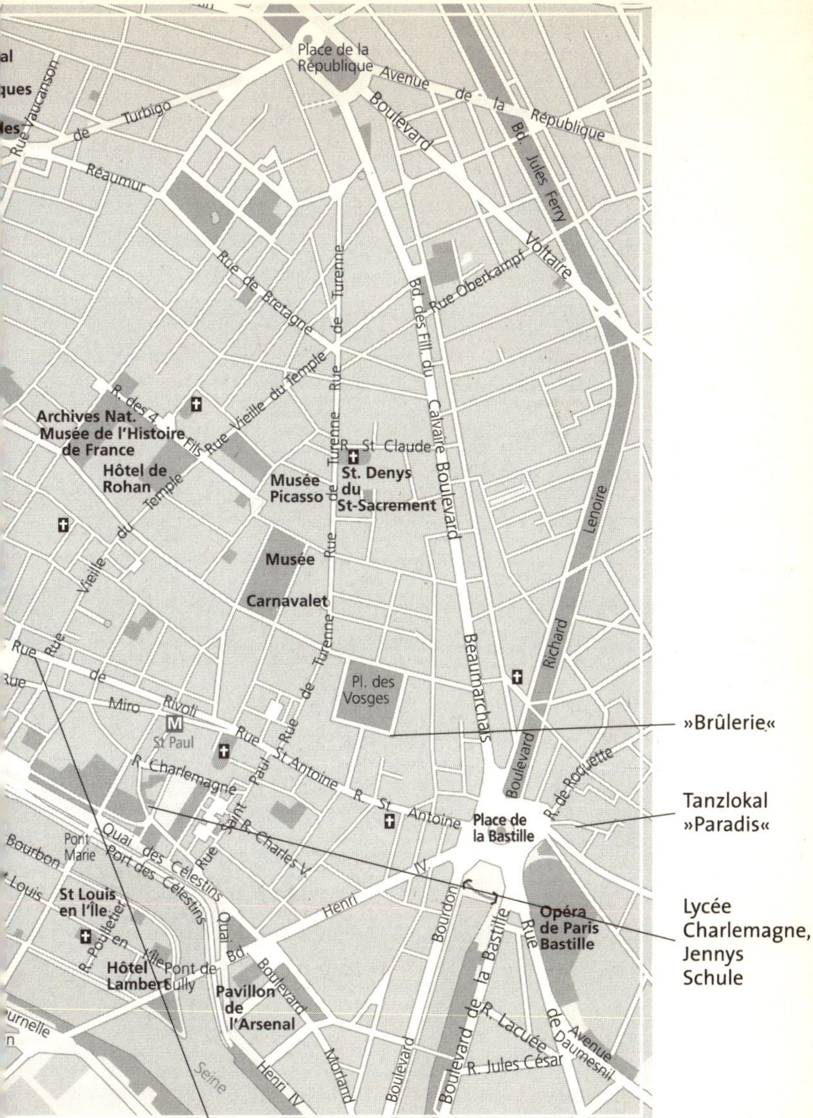
Place de la République
Avenue de la République
Boulevard
Bd. Jules Ferry
Voltaire
Rue Vaucanson
de Turbigo
Réaumur
Rue de Bretagne
Rue de Turenne
Rue Oberkampf
Bd. des Fill. du Calvaire
Boulevard Beaumarchais
Lenoire
Boulevard Richard
R. des 4 Fils
Rue Vieille du Temple
Archives Nat.
Musée de l'Histoire de France
Hôtel de Rohan
Musée Picasso
R. St Claude
St. Denys du St-Sacrement
Musée Carnavalet
Pl. des Vosges
Rue de Rivoli
Miro
St Paul
Rue St Antoine
R. St Antoine
R. Charlemagne
Rue Saint Paul
R. Charles V
R. de Roquette
Place de la Bastille
Henri IV
Bourdon
Boulevard de la Bastille
Rue
Opéra de Paris Bastille
Pont Marie
Bourbon
Quai des Célestins
Port des Célestins
St Louis en l'Île
R. Poulletier
en l'Île
Hôtel Lambert
Pont de Sully
Bd. Boulevard
Pavillon de l'Arsenal
Morland
Henri IV
Seine
Boulevard
R. Lacuée
R. Jules César
Avenue de Daumesnil
»Brûlerie«
Tanzlokal »Paradis«
Lycée Charlemagne, Jennys Schule
Commissariat central IV. Arondissement

PROLOG

Sie stellte den Radiorekorder im Wohnzimmer an und legte eine Kassette ein. Sofort hellte sich ihre Miene auf. Im heiteren Rhythmus der Akkordeontöne wiegte sie ihren Oberkörper leicht hin und her. Ein Lächeln, gedankenverloren und wie aus einer anderen Zeit, legte sich über ihre Züge.

Sie drehte die Lautstärke ein Stück weiter auf und schloss die Augen. Starke Arme, sehnig und muskulös, umfassten ihre Taille und wirbelten sie herum. Ein Schwindel erfasste sie – wie damals vor dem Krieg, als sie Kind war und auf dem Jahrmarkt vor dem Eiffelturm Karussell fuhr. Ganz benommen war sie nach den Fahrten, wenn sie dann an einer der Kirmesbuden Süßigkeiten und bunte Luftballons gekauft bekam.

Doch das war lange her.

Seitdem hatte das Leben sie mit all seinen Stürmen, Schrecken und Enttäuschungen heimgesucht und geprüft. Nur wenige Menschen überstehen eine solche Prüfung unbeschadet.

Sie war allein. Alberts Tod lag viele Jahre zurück. Von dem fernen Kontinent, wohin ihre einzige Tochter vor dreißig Jahren ausgewandert war, kamen keine Briefe mehr, keine Telefonate, nichts. Nie mehr! Der Tod war grausam in seiner Unabänderlichkeit. Die Brutalität dessen, was geschehen war, hatte ihr einige Zeit zu schaffen gemacht. Inzwischen war der Schmerz versiegt, wie ein Rinnsal in der Dürre, doch die Trauer hatte sie nie verlassen. An manchen Tagen stülpte sie sich über ihre Seele wie eine Glasglocke, unter der sie zu ersticken drohte.

An ihren eigenen Tod dachte sie jeden Tag. Mit einer gewissen Neugierde fragte sie sich manchmal, in welcher Gestalt er wohl käme? Und was würde wohl ihr letzter Gedanke sein, wenn es so weit war? Vielleicht hätte sie keine Gelegenheit zu einem letzten Gedanken, weil der Tod sie im Schlaf überraschte. Schnell und schmerzlos, anders, als es ihrer Tochter beschieden gewesen war. Das wäre das Beste und der einzige Wunsch, den sie noch haben würde.

Nein, nicht der einzige! Bevor sie sanft entschlief, wollte sie noch einen letzten Walzer tanzen …

Sie lächelte. Die Musik verklang. Das nächste Stück trug den Titel »*Paris en Fête*«. Sie kannte alle Stücke auf der Kassette.

Erneut drehte sie am Lautstärkeknopf und ging ins Bad. Als sie sich kurz darauf ankleidete, wählte sie die Garderobe sorgfältig aus. Ein gelb-lila geblümtes Seidenkleid mit langen Ärmeln, die mit einem schmalen Bündchen abschlossen. Dazu passten die lila Wildlederpumps, ihre Lieblingsschuhe. Noch einige Spritzer Chanel Nummer 5, die Turmalinkette ihrer Großmutter, den Brillantring, den Albert ihr 1951 zur Verlobung geschenkt hatte. Zufrieden betrachtete sie ihr Bild im Spiegel des Kleiderschranks. Mit der dunkelbraunen Echthaarperücke (leicht gelockt, Ponyfransen), die sie sich vor einer Woche zugelegt hatte, und derentwegen ihre spärlichen, grauen Haare ganz kurz geschnitten werden mussten, sah sie entschieden jünger aus, als sie war. Und so fühlte sie sich auch.

Die Uhr auf der Anrichte im Wohnzimmer zeigte kurz nach acht. Noch war keine Eile geboten. Der ganze Vormittag lag vor ihr. Doch sie wollte festlich gekleidet und geschminkt sein, für den Fall, dass er früher kam, sie vielleicht in ein Café ausführte (möglicherweise auch zum Mittagessen), bevor sie sich später in einem der Lokale ins Getümmel stürzten.

Es war ein Vergnügen, das sie sich beinahe jeden Sonnabendnachmittag gönnte.

Beschwingt spitzte sie die Lippen und pfiff die Melodie mit, die aus dem kleinen Rekorder laut durch die Wohnung klang.

Gegen halb neun klingelte es. War er das vielleicht schon? So früh kam er sonst nie … Ihr Herz schlug schneller. Sie zupfte die Perücke zurecht, fuhr mit der Zunge vorsichtig über ihre karmesinrot geschminkten Lippen, damit sie frisch und erwartungsvoll wirkten, und ging mit eiligen Trippelschritten zur Tür.

Sie hatte richtig vermutet. Etwas unbeholfen und schüchtern stand er im halb dunklen Treppenhaus. In der rechten Hand hielt er einen Blumenstrauß. Unter dem offenen Regenmantel trug er einen nachtblauen Nadelstreifenanzug mit silberner Krawatte. Die Augen waren hinter einer verspiegelten, dunkel getönten Brille verborgen.

»Komm rein«, sagte sie und betrachtete ihn wohlwollend. Dass sein Blick hinter der getönten Brille so gar nicht zu dem jungenhaften Lächeln passte, das er ihr wie üblich zur Begrüßung schenkte, bemerkte sie erst, als es zu spät war.

1. KAPITEL

Der erste Oktobertag begann mit Regen. In feinen, gleichmäßigen Bahnen rann er über das Glasdach der Atelierwohnung und perlte nach unten, wo eine Regenrinne ihn auffing.

LaBréa erwachte und lauschte dem monotonen Geräusch, das so klang, als trommelten Finger in gleichmäßigem Rhythmus auf eine Schreibtischplatte.

Es war noch nicht hell draußen. LaBréa warf einen Blick auf den Wecker und ließ sich aufs Kissen zurückfallen. Er zog die Decke um die Schultern und beschloss, sich noch zehn Minuten zu gönnen und das angenehme Gefühl des Dämmerns auszukosten, halb im Schlaf, halb wach.

Er hatte geträumt. Die letzten Bilder des Traums verflüchtigten sich wie ein sommerlicher Duft, der sich zu rasch im Raum verteilt. Er befand sich in einem großen Haus mit vielen Zimmern. Die meisten von ihnen waren unbewohnt, die Möbel mit weißen Tüchern abgedeckt. Im Traum wurde deutlich, dass es LaBréas Elternhaus war. Doch es sah anders aus als das Haus seiner Kindheit. Plötzlich stand seine Tochter Jenny auf dem langen Flur, von dem rechts und links die Zimmer wie in einem Hotel abgingen. Sie trug ihren Fußballdress, und LaBréa wollte ihr sagen, dass sie mit den Stollenschuhen nicht über das gute Parkett laufen könne. Doch bevor er dazu kam, öffnete sich eine der Zimmertüren, und Céline betrat den Flur. In der figurbetonten Bluse und den gut sitzenden Jeans sah sie attraktiv und sexy aus. Sie lächelte, hakte Jenny unter, und beide kamen strahlend auf LaBréa zu. Das Klacken von Jennys Fußballschuhen hallte tausendfach wider. Als sie bei ihm waren, nahmen sie ihn in die Mitte, und Jenny sagte: »Jetzt!« Sie sprang in die Luft. Céline tat es ihr nach. LaBréa nahm erstaunt wahr, dass beide über dem Fußboden schwebten. Dann sprang auch er hoch und schwebte plötzlich. Wie schwerelos glitt er über den Flur, der nach oben hin offen war und den Blick auf einen wolkenlosen Himmel freigab. Immer höher flog LaBréa, bis er die Stadt aus der Vogelperspektive sah. Und Jenny und Céline folgten ihm …

LaBréa atmete tief durch und wollte sich noch einmal das Gefühl seines schwebenden Körpers in Erinnerung rufen, der im Traum die Gesetze der Erdanziehung außer Kraft gesetzt hatte. Doch es gelang ihm nicht.

Er wälzte sich noch einige Male hin und her, schlug dann die Bettdecke zurück und streckte sich.

Als er die Schlafzimmertür öffnete, drangen aus der Küche leise Stimmen.

»Seid ihr etwa schon auf?«, rief LaBréa und gähnte.

»Haben wir dich geweckt?«, kam Jennys Gegenfrage.

»Nein, das nicht«, brummte LaBréa und ging in die Küche. »Aber dass ihr so früh schon wach seid, wundert mich, ehrlich gesagt.«

Beinahe wäre LaBréa über Kater Obelix gestolpert, der satt und zufrieden ins Wohnzimmer stolzierte und offenbar schon gefressen hatte.

Am Tisch unter dem Fenster, durch das man in den kleinen Garten sah, saßen LaBréas Tochter Jenny und ihre Freundin Alissa. Beide trugen Schlafanzüge und Hausschuhe. Sie tranken Orangensaft und löffelten soeben die letzten Reste aus ihren Müslischalen.

LaBréa gab seiner Tochter drei Küsschen auf die Wangen.

»Morgen, Chérie.«

»Morgen, Papa.«

»Morgen, Alissa. Gut geschlafen?«

»Morgen, Monsieur«, sagte Alissa und warf ihm einen kurzen Blick aus ihren stark geröteten Augen zu.

LaBréa legte seine Hand auf ihre Schulter und fragte besorgt: »Hast du geweint?«

»Das sind ihre neuen Kontaktlinsen«, warf Jenny rasch ein. »Die verträgt sie nicht so gut. Aber der Trainer hat gesagt, mit der Brille kann sie nicht mehr im Tor stehen.«

»Ich weiß, ich weiß!« Ein wenig abwehrend hob LaBréa die Hände. »Diese Geschichte höre ich jetzt mindestens zum fünften Mal.«

Jenny sah ihren Vater missbilligend an und verzog genervt den Mund.

»Mit den Kontaktlinsen, das stimmt«, sagte Alissa. »Aber außerdem schlafe ich nicht so gut in letzter Zeit.« Sie nahm die Müslischale hoch und trank einen Rest Milch.

»Hm.« LaBréa nickte. Er wusste, warum Alissa geweint hatte, und versuchte sie zu trösten: »Das wird schon werden, Alissa. Glaub mir. Du kommst darüber hinweg, auch wenn es vielleicht noch eine Weile dauert.«

»Das habe ich ihr auch gesagt«, mischte sich Jenny ein. »Wenn die Eltern sich trennen, kann man nichts machen. In den meisten Fällen nehmen sie sowieso keine Rücksicht auf die Kinder.«

Sie nickte ihrem Vater bedeutungsvoll zu, und LaBréa verkniff sich ein Schmunzeln. Woher hatte seine Tochter bloß diese altkluge Art?

»Die neue Frau ihres Vaters ist total doof«, fuhr Jenny fort. »Aber heute ist Sonnabend, und das Gericht hat ja festgelegt, dass Alissa an den Wochenenden zu ihrem Vater soll.«

LaBréa sah, dass dem Mädchen erneut die Tränen kamen. Rasch legte er wieder seine Hand auf ihre Schulter und meinte: »Dein Papa ist doch eigentlich ganz in Ordnung. Du hast dich mit ihm immer gut verstanden, oder?«

Alissa nickte.

»Na also. Sei nicht traurig. Das Ganze ist ja noch ziemlich frisch. Es braucht seine Zeit, bis sich alles einspielt. Ich weiß, das ist kein Trost. Aber es geht vielen Kindern wie dir. Und oft noch schlimmer.«

Alissa schob ihre Schüssel beiseite und sah Jenny an.

»Mir reicht es schon, wie es bei mir ist. Wenn ich Jenny nicht hätte, mit der ich über alles reden kann, ich weiß gar nicht ...« Der Rest ihres Satzes ging in einem Schluchzen unter. Jenny sprang auf, ging zu ihrer Freundin und legte tröstend den Arm um sie.

»Weine nicht, Alissa. Vielleicht kannst du deinen Vater anrufen und ihm sagen, dass du heute nicht kommst?«

»Das geht nicht.« Alissa schnäuzte sich die Nase. »Dann denkt Papa doch, Maman hätte mich aufgewiegelt, damit ich am Wochenende nicht zu ihm gehe. Das redet ihm alles diese blöde Ziege ein. Ständig hetzt sie gegen mich und Maman.«

LaBréa warf einen Blick auf die Küchenuhr, die neben dem Fenster an der Wand hing.

»Viertel nach sieben«, sagte er. »Ich gehe mich jetzt schnell rasieren, und dann könnt ihr ins Bad.«

Gleich darauf schlurfte er durchs Wohnzimmer. Obelix lag auf seinem Lieblingsplatz im Sessel und schlief. LaBréa strich ihm übers Fell und murmelte ein paar

Worte. Obelix öffnete kurz sein linkes Auge, nur um es gleich wieder zu schließen.

Als LaBréa sich seinen Trenchcoat überzog und mit den Mädchen die Wohnung verließ, meinte Jenny: »Wir haben heute nur bis zwölf Uhr Schule. Um zwei machen wir ein Testspiel gegen eine Mädchenmannschaft aus Versailles.«

»Esst ihr dann in der Kantine?«

»Ja, leider«, erwiderte Jenny seufzend. »Und sonnabends ist das Essen noch schlimmer als in der Woche. Die sparen, wo sie nur können. Ich kriege Magenschmerzen, wenn ich nur daran denke!«

LaBréa nickte ergeben. Auch das Thema »Schulkantine« kannte er zur Genüge. Zu Hause war Jenny nie mäkelig, was das Essen anging. Doch mit der Schulkantine stand sie permanent auf Kriegsfuß.

Kurz darauf überquerten sie den Innenhof. Der Regen hatte nachgelassen. Vor dem Barometer an der Schuppenwand stand Monsieur Hugo, der Concierge. Er drehte sich zu LaBréa, begrüßte ihn und meinte skeptisch: »Keine Chance, Commissaire. Im Moment regnet es zwar kaum noch, aber da freuen wir uns zu früh. Die Ausläufer des Bretagne-Tiefs legen gegen Mittag erst richtig los. Dauerregen bis mindestens morgen Abend und heftige Gewitter.«

Jenny und Alissa tauschten einen raschen Blick, und Alissa meinte ein wenig resigniert: »Superwetter für unser Spiel. Da steht die Torlinie total unter Wasser.«

»Schönen Tag noch, Monsieur«, rief LaBréa dem Concierge zu und hob grüßend die Hand. Monsieur Hugo lachte.

»Tja, den mache ich mir. Ich hab mir in der Videothek ein paar amerikanische TV-Krimiserien ausgeliehen.« Er lächelte verschmitzt. »Sie kennen ja meine Leidenschaft fürs Verbrechen, Commissaire.«

Und ob LaBréa diese Leidenschaft kannte! Wenige Monate, nachdem er mit Jenny in dieses Haus gezogen war, hatte Monsieur Hugo begonnen, LaBréa bei aktuellen Ermittlungen Ratschläge zu erteilen. Er stellte Theorien über Tatmotive auf, spekulierte über mögliche Verdächtige. So gut er konnte, ging LaBréa solchen Gesprächen aus dem Weg. Wenn es sich nicht vermeiden ließ, griff er Monsieur Hugos – überwiegend absurde – Ideen zum Schein auf und versprach, den Hinweisen nachzugehen. Als der Concierge vor wenigen Monaten vom Bastille-Killer zusammen mit Jenny als Geisel genommen wurde, hatte sein »kriminalistisches Gespür« allerdings kläglich versagt. Mit einem simplen Verkleidungstrick hatte der Mörder ihn damals überrumpeln können.

Während die Mädchen Richtung Straße gingen, klopfte LaBréa kurz ans Atelierfenster seiner Nachbarin Céline. Seit geraumer Zeit waren er und die Malerin ein Paar. Sie hatten bereits ihre erste Beziehungskrise hinter sich, denn LaBréa hatte Céline mit seiner alten Jugendfreundin Jocelyn betrogen. Der Vorfall war inzwischen vergessen und stand nicht mehr zwischen ihnen. Sie trafen sich täglich, aßen oft gemeinsam mit Jenny in LaBréas Wohnung zu Abend, gingen am Wochenende ins Kino. Wenn Jenny bei Alissa über Nacht in der Brûlerie blieb, schlief Céline in LaBréas Wohnung. Inzwischen hatte Jenny sich daran gewöhnt, dass es im Leben ihres Vaters eine neue Frau gab. Mit Céline verstand sie sich gut, was nicht zuletzt darauf zurückzuführen war, dass Céline beim Thema »Mädchenfußball« eisern zu Jenny hielt und deren Leidenschaft für Fußball teilte.

»Ich weiß gar nicht, wieso du dich so darüber aufregst«, hatte Céline ihm einmal gesagt. »Lass sie doch. Sie hat Spaß daran. Andere Mädchen in ihrem Alter sitzen nur noch vor dem Computer oder haben sogar schon einen Freund. Sei froh, dass sie Sport treibt und in ihrer Freizeit nicht irgendwo rumhängt.«

Gelegentlich dachte LaBréa an die letzte Weltmeisterschaft in Deutschland, als die beiden pausenlos vor dem Fernseher hockten. Als Zinédine Zidane im Endspiel gegen Italien nach seinem Foul vom Platz gestellt wurde, hatten beide geweint, während LaBréa kopfschüttelnd in der Küche stand und sich einen Drink mixte.

Die Vorhänge waren zugezogen, was LaBréa ungewöhnlich fand, da Céline im Allgemeinen immer früh aufstand. Vielleicht war sie einkaufen gegangen. Er beschloss, sie etwas später anzurufen.

In der Rue Charlemagne, in der Jennys Schule lag, stauten sich die Autos. Eltern setzten ihre Kinder ab, Lehrer suchten nach einem Parkplatz. LaBréa verabschiedete sich von den beiden Mädchen.

»Also dann, macht's gut und viel Spaß beim Spiel heute.«

LaBréa wollte gerade die Straße überqueren, als in langsamem Tempo ein roter Porsche heranrollte und seine Aufmerksamkeit auf sich zog. Der Mann hinter dem Steuer beugte sich zu seiner Beifahrerin und tauschte einen langen Kuss mit ihr. Jetzt stieg die Frau aus. Es war Jocelyn Borel, LaBréas Jugendfreundin, mit der er vor einigen Monaten eine Affäre gehabt hatte. Als Lehrerin an Jennys Schule unterrichtete sie die höheren Klassen. Wie stets war sie elegant gekleidet. In einer wohlkalkulierten Bewegung warf sie ihre blonde Mähne zurück, hob lässig die Hand und lächelte LaBréa zu.

»Hallo, Maurice«, sagte sie mit ihrer tiefen, wohlklingenden Stimme und blickte ihm einen Moment in die Augen. Lag in ihrem Blick so etwas wie Genugtuung? Ein kleines, weibliches Triumphgefühl? Offenbar war der Fahrer des Luxusschlittens ihr neuer Freund. Ja, sie genoss die Vorstellung, dass LaBréa vielleicht beeindruckt war, möglicherweise sogar eifersüchtig.

Doch da täuschte sie sich. Für LaBréa war ihre Affäre endgültig abgeschlossen. Auch die schönsten Jugenderinnerungen verblassen irgendwann. Er mochte sie, mehr aber auch nicht. Das hatte er ihr unmissverständlich klargemacht. LaBréa lächelte zurück: »Hallo, Jocelyn!« Mit eiligen Schritten ging Jocelyn auf den Eingang der Schule zu und drehte sich noch einmal nach ihm um. LaBréa fasste den Porschefahrer etwas genauer ins Auge. Mit seinen gewellten braunen Haaren und der randlosen Brille sah er gut aus. Er erinnerte LaBréa an jemanden, doch ihm fiel nicht ein, an wen. Jemand, den er aus den Medien kannte. Ein Politiker? Jemand aus der Showbranche? LaBréa schob den Gedanken beiseite und machte sich auf den Weg zu Francine Dalzons Brûlerie, wo er nach alter Gewohnheit frühstücken wollte.

Der heutige Sonnabend war sein freier Tag. Nach dem Frühstück hatte er einige Besorgungen zu erledigen, und anschließend wollte er in der Musikabteilung der Fnac im Quartier Latin nach einer seltenen Jazz-CD für seine Sammlung stöbern.

Kurz darauf überquerte LaBréa die Rue St. Antoine. In der Bäckerei Paul kaufte er zwei Croissants. Sonnabends waren es immer zwei. Die Tüte mit dem noch warmen Gebäck in der Hand schlenderte er zur Place des Vosges. Céline fiel ihm wieder ein, und er fischte sein Handy aus der Manteltasche. Nach fünfmaligem Klingeln meldete sie sich.

»Hallo, Céline«, sagte LaBréa.

»Morgen, Maurice.« Célines Stimme hörte sich kühl und distanziert an. LaBréa stutzte.

»Ich hab vorhin an dein Fenster geklopft. Warst du nicht zu Hause?«

»Doch.« Es klang gedehnt und wie von weit her.

»Aber?«, hakte LaBréa nach und wunderte sich, dass Céline so kurz angebunden war. Er fragte sich, welchen Grund es dafür gab. »Wolltest du mich nicht sehen?«

»Ich habe Besuch, Maurice. Adrien ist gestern Abend gekommen.«

Abrupt blieb LaBréa stehen.

»Adrien?!«, sagte er ungläubig. »Ich denke, der lebt seit Jahren in England.«

»Er nimmt an einem Kongress in Paris teil und übernachtet während dieser Zeit bei mir.«

LaBréa schluckte. Adrien Castan (oder hieß er Castellan?) war Célines Exfreund. Vor drei Jahren hatten sie sich getrennt, und LaBréa wusste, dass die Trennung für Céline schmerzlich gewesen war. Jetzt tauchte Adrien plötzlich in Paris auf und wohnte bei Céline. Was hatte das zu bedeuten? Eifersucht stieg in ihm auf, ein Gefühl, das er normalerweise nicht kannte.

»Wie lange bleibt er denn?«, wollte LaBréa wissen.

»Übers Wochenende.«

»Verstehe«, erwiderte LaBréa, obgleich er es nicht verstand. Wieso bot Céline diesem Adrien, der sie damals so schamlos betrogen und verlassen hatte, ihre Gastfreundschaft an? Angeblich hatte sie seit der Trennung keinen Kontakt mehr zu ihm, oder stimmte das etwa nicht? LaBréa beschloss, der Sache auf den Grund zu gehen und sich Klarheit zu verschaffen.

»Läuft etwas zwischen euch, Céline?«, fragte er ohne Umschweife und spürte, wie sein Herz schneller schlug. »Dann sag es mir bitte. Ich habe keine Lust, in irgendwas hineinzugeraten.«

»In irgendwas hineinzugeraten, Maurice?« Ein leises Lachen ertönte; es erschien ihm fremd und voller Ironie. »Ausgerechnet *du* sagst das! In was bin ich denn hineingeraten, als ich vor einigen Monaten in Barcelona war und du nichts Besseres zu tun hattest, als mit deiner Jugendfreundin Jocelyn ins Bett zu steigen?!«

»Ach, so ist das!« LaBréas Stimme wurde unwillkürlich lauter. »Eine billige Retourkutsche!«

»Typisch für dich, dass du das sagst.«

»Ich dachte, wir hätten die Sache geklärt. Hattest du mir nicht gesagt, dass das nicht mehr zwischen uns steht?«

»Adrien hat geschäftlich in der Stadt zu tun und ist tagsüber unterwegs. Ich darf doch wohl bei mir übernachten lassen, wen ich will, oder nicht?«

»Natürlich darfst du das, Céline. Aber wenn dadurch deine alte Liebe wieder aufgefrischt wird, sieht es schon anders aus. Ich …«

Céline unterbrach ihn, und er meinte, so etwas wie Schadenfreude in ihrer Stimme zu hören.

»Eifersüchtig, Maurice? Jetzt siehst du selbst mal, wie das ist. Aber du wirst es schon überstehen. Und jetzt wünsche ich dir einen schönen Tag. Wenn du willst, können wir morgen früh zusammen auf den Markt gehen. Adrien hat den ganzen Tag Termine.«

»Wie schön, dass ich dann der Lückenbüßer sein darf«, sagte LaBréa, und im gleichen Moment hasste er sich für seinen Sarkasmus. Doch es gelang ihm nicht, Wut und Enttäuschung zu unterdrücken. »Nein danke. Ich kann meinen Sonntag allein verbringen.«

Er schaltete sein Handy aus und steckte es in die Manteltasche.

Hoffentlich begegne ich diesem Typen nicht zufällig, dachte er. Auf dem Weg zu seiner Wohnung musste er an Célines Haustür vorbei, und da lag es nahe, dass man aufeinandertreffen konnte. Céline hatte ihm einmal ein Foto von Adrien gezeigt. Er war groß und blond, Mund- und Kinnpartie zeugten von ausgeprägter Willenskraft. Solche Männer bekamen immer das, was sie wollten. Und wenn ein Exfreund sich nach Jahren bei seiner Ehemaligen meldet, will er ja wohl an das anknüpfen, was einmal gewesen war. Erneut gab es LaBréa einen Stich. *Der Verdacht ist ein schleichendes Gift,* hatte er einmal gelesen. Oder war das einer jener klugen Sprüche, mit denen LaBréas Vorgesetzter, Direktor Thibon, bei jeder passenden und unpassenden Gelegenheit zu glänzen pflegte? Hier erschien es einmal passend. Hatte Céline ihn letzte Nacht etwa mit Adrien betrogen? Unzufrieden mit sich selbst und der Situation presste er die Lippen zusammen und setzte seinen Weg fort.

2. KAPITEL

Um diese Zeit herrschte sonnabends in der Brûlerie noch kein Betrieb. Die Gäste, die wochentags vor der Arbeit bei Francine noch schnell einen Kaffee tranken, blieben heute weg. Alissas Mutter stand hinter dem Tresen und blätterte in einer Tageszeitung. Als LaBréa ihr die Hand reichte und sie begrüßte, legte sie die Zeitung beiseite.

»Ah, Commissaire! Guten Morgen! Haben Sie die Mädchen zur Schule gebracht? Möchten Sie einen Kaffee?«

LaBréa nickte. Unauffällig musterte er Francine, die sich an der Espressomaschine zu schaffen machte. Sie sah übernächtigt aus und hatte in den letzten Wochen stark abgenommen. Ihr Haar hing stumpf und strähnig herab, ihre Kleidung wirkte nachlässiger als früher. Die Tatsache, dass ihr Mann sich Hals über Kopf in eine andere Frau verliebt hatte, war für sie völlig überraschend gekommen und hatte sie in eine tiefe Krise gestürzt. Wenige Tage nach der Scheidung hatte er dann seine neue Freundin geheiratet.

Francine stellte den Kaffee auf den Tresen, und LaBréa fragte vorsichtig: »Wie geht es Ihnen, Madame?«

Sie lächelte etwas verkrampft und atmete tief durch.

»Na ja, wie es einem so geht, wenn der Ehemann plötzlich den Turbo einlegt und sich ohne zu zögern in ein neues Leben katapultiert. Die schnellste Scheidung Frankreichs, hat mein Anwalt gesagt.« Ein depressiver Zug lag um ihren Mund. »Nicht mal drei Wochen, dann war er frei.«

LaBréa sah, dass ihre Hand zitterte.

»Verhält er sich denn korrekt?«, wollte er wissen. »Ich meine, finanziell, mit dem Unterhalt für Alissa?«

»Oh ja, da kann ich nicht klagen.« Es klang bitter. »Das läuft alles bestens. Er legt Wert darauf, als guter Vater dazustehen. In den Weihnachtsferien möchte er mit Alissa nach Martinique fliegen. Aber sie will nicht.«

»Weil seine neue Frau auch mitfliegt, nehme ich an.«

»Genau. Die beiden verstehen sich nicht.«

LaBréa biss in sein Croissant und gab zwei Stücke Zucker in den Kaffee.

»Sie hat auch keine Lust, die Wochenenden bei ihm zu verbringen«, fuhr Francine fort. »Weil er nie allein was mit ihr unternimmt.«

»Ich weiß«, sagte LaBréa. »Sie hat heute Morgen so etwas angedeutet. Reden Sie doch mal mit Ihrem Exmann.«

»Das kann ich mir sparen, das bringt gar nichts. Abgesehen davon, dass zwischen uns absolute Funkstille herrscht. Aber nicht durch meine Schuld. Er steht völlig unter dem Einfluss seiner neuen Frau. Sie lässt ihn praktisch keine Sekunde allein. Früher konnte er so was nicht ausstehen. Aber, na ja – ich weiß auch nicht, warum so viele Männer ab einem gewissen Alter glauben, all ihre früheren Überzeugungen über Bord werfen zu müssen, wenn eine junge Frau in ihr Leben tritt und den zweiten Frühling einläutet.«

Sie ließ sich ein Glas Wasser einlaufen und trank es in einem Zug leer. LaBréa nippte an seinem Kaffee und griff nach dem zweiten Croissant.

»Für Sie und Alissa tut mir das alles sehr leid«, sagte er mit vollem Mund. »Aber wenn ein Partner aus der Ehe ausbrechen will, ist es besser, man trennt sich. Zu kitten ist so etwas meistens nicht.«

»Das sage ich mir auch. Aber wenn einem plötzlich der Boden unter den Füßen weggezogen wird, kann einen kaum etwas trösten.«

Francines Worte versetzten ihm einen Stich. Er dachte an das unerfreuliche Telefonat mit Céline. Sie und Adrien saßen jetzt beim Frühstück. Schwelgten sie in Erinnerungen an alte Zeiten? Hatte Céline vergessen, wie sehr dieser Mann sie damals verletzt hatte? Was war in der letzten Nacht zwischen ihnen passiert? Der Gedanke daran war ihm unerträglich.

Wie schnell doch ein Partner bereit ist, den anderen zu betrügen, wenn sich die Gelegenheit dazu ergibt, dachte er. Selbstmitleid ergriff ihn, ein Gefühl, das irgendwie guttat. Dass er selbst vor einigen Monaten den ersten Schritt zum Seitensprung getan hatte, sah er als fernes Ereignis an, das keine Bedeutung mehr für ihn hatte. Es erschien ihm gemein und ungerecht, dass Céline sich jetzt offenbar dafür rächte.

Er hatte gerade den Seinequai erreicht, als von Westen her eine dunkle Wolkenwand aufzog. Sie verschluckte die wenigen Sonnenstrahlen, die sich zwischenzeitlich zaghaft gezeigt hatten. Ein eigenartiges, beinahe gelbliches Licht fiel auf die Häuserfassaden.

LaBréa schlug den Kragen seines Trenchcoats hoch und beschleunigte seine Schritte.

Sein Handy klingelte. Er fingerte es aus der Manteltasche. Es war Franck Zechira. Das konnte nichts Gutes bedeuten.

»Morgen, Franck, was gibt's?«, fragte LaBréa und blieb stehen.

Schweigend hörte er den Ausführungen seines Mitarbeiters zu.

»Gut«, sagte er dann. »Ist Dr. Foucart schon unterwegs? Aha. Und Claudine und der Paradiesvogel? Umso besser. Ich bin jetzt an der Place St. Gervais. Ich mache mich gleich auf den Weg und bin in zehn Minuten da.«

Der Straßenabschnitt vor der Hausnummer 15, Rue Barbette im 3. Arrondissement, war abgesperrt. Mehrere Polizeifahrzeuge mit eingeschaltetem Blaulicht sowie ein Leichenwagen parkten vor dem Haus, einem Fin-de-Siècle-Gebäude mit dunkel verfärbter Sandsteinfassade.

Claudine wartete bereits auf ihn. In knappen Worten setzte sie LaBréa von den Ereignissen in Kenntnis.

»Der Name der Frau ist Griseldis Géminard, achtundsiebzig Jahre alt, verwitwet.«

»Griseldis?« LaBréa lachte. »Komischer Vorname. Klingt irgendwie altertümlich.«

»Mittelalter, Chef. Keltisch oder angelsächsisch, vermute ich.«

»Wer hat sie gefunden?«

»Der Nachbar. Franck ist gerade bei ihm und befragt ihn. Die Tür war nur angelehnt, und er hat sie durch Zufall gefunden.«

»Gibt es eine Concierge in diesem Haus?«

»Ja, sie wohnt im Hinterhof. Aber sie ist übers Wochenende verreist, hat der Nachbar gesagt. Sonntags gegen sechs käme sie meistens wieder, meinte er.«

Sie stiegen die steinerne Treppe hinauf, die vom Hausflur in den zweiten Stock führte. Unterwegs begegneten sie dem Polizeifotografen, der LaBréa kurz begrüßte und ihm versprach, dass die Fotos in der nächsten halben Stunde auf LaBréas Rechner sein würden.

Die Wohnung der Toten, vier Zimmer, Küche und Bad, vermittelte einen Eindruck von Gediegenheit. Es gab antike Möbel und Teppiche, Glasvitrinen mit edlem

Porzellan, bequeme, geblümte Polstermöbel. An den Wänden hingen alte Stiche und mehrere Stillleben in Öl. In einem Bücherregal entdeckte LaBréa juristische Fachliteratur. Die Menschen, die hier gewohnt hatten, hatten einen gehobenen, bürgerlichen Lebensstil gepflegt. Die Wohnung war in tadellosem Zustand, keins der Zimmer war durchsucht oder verwüstet worden, so dass auf den ersten Blick nichts auf einen Raubmord schließen ließ.

Der Leichnam lag auf dem Bett im Schlafzimmer, an dessen Längsseite ein Kleiderschrank aus gedrechseltem Nussbaumholz stand. Brigitte Foucart, die Gerichtsmedizinerin, hatte bereits mit ihrer Arbeit begonnen. Ganz gleich, wann in Paris ein Mord geschah, wenn der Fundort der Leiche in Brigittes Einsatzgebiet lag, war sie stets eine der Ersten am Tatort, meistens sogar noch vor LaBréa und seinen Mitarbeitern.

Die Tote trug ein auffälliges Seidenkleid und dazu passende lila Schuhe, von denen der linke unters Bett gerutscht war, genau wie die Handtasche der Frau aus schwarzem Krokoleder. Griseldis Géminard lag auf dem Rücken und hatte die Arme weit ausgebreitet.

Wie Christus am Kreuz, dachte LaBréa. Die alte Frau trug eine Perücke, die ihr halb vom Kopf gerutscht war. Durch ihre spärlichen weißgrauen, zu einem kurzen Mecki geschnittenen Haare schimmerte die helle Kopfhaut. Zunächst entdeckte LaBréa keine äußeren Verletzungen; es war auch kein Blut zu sehen. Er wartete, dass Brigitte Foucart sich äußerte.

»Sie wurde erdrosselt«, sagte diese im selben Moment, als ahnte sie LaBréas Gedanken.

»Womit?«

»Mit etwas sehr Weichem, vermute ich. Vielleicht ein Seidenschal, ein Tuch oder Ähnliches.«

Brigitte zeigte auf den Hals der Toten. Dort war nur eine leichte Verfärbung zu sehen.

»Es gibt keine ausgeprägten Strangulierungsmerkmale, wie bei einem Strick, einer Drahtschlinge oder einem Gürtel beispielsweise.«

LaBréa nickte. Dass das Opfer stranguliert worden war, erkannte er jetzt an anderen, typischen Anzeichen. An den Blutungen in den Augen der Frau, den Hämatomen im gesamten Kopfbereich. Ihr zartes Gesicht mit den fein geschwungenen Brauen, die auf altmodische Weise rasiert und mit einem dünnen Strich nachgezogen waren, ähnelte einem zerbrechlichen Puppenantlitz. Der schmale Mund war an der Oberlippe herzförmig geschminkt, damit er voller wirkte. In jüngeren Jahren hätte man sie wohl als hübsch bezeichnet. Jetzt durchzogen Kerben und Falten ihre welken Wangen, die Mundpartie und die Stirn, wie Risse in einem ausgetrockneten Flussbett. Die Haut unter dem Kinn hing schlaff herunter. Der gnadenlose Prozess des Alterns, dachte LaBréa. Irgendwann hat er uns alle im Griff …

»Ein Schal oder Ähnliches lag hier nirgendwo herum«, bemerkte Jean-Marc, der sich zu ihnen gesellt hatte. Wie stets war er schrill und bunt gekleidet, was ihm den Spitznamen »Paradiesvogel« eingebracht hatte.

Brigitte erhob sich und strich ihren Schutzoverall glatt.

»Vielleicht wurde die Mordwaffe, wenn ich das mal so sagen darf, wieder schön säuberlich zusammengefaltet und in den Kleiderschrank zurückgelegt«, bemerkte sie. »Ältere Damen besitzen oft eine ganze Sammlung von Tüchern und Seidenschals.«

»Das können wir ja feststellen.« LaBréa gab Claudine und Jean-Marc einen Wink. Beide begannen mit der Durchsuchung der Wohnung, wobei Claudine sich gleich den Kleiderschrank vornahm.

LaBréa wandte sich wieder an die Gerichtsmedizinerin. »Der Todeszeitpunkt, Brigitte?«

Die Antwort kam rasch.

»Lange liegt sie noch nicht hier, Maurice. Nur das Kiefergelenk ist schon starr. Rigor ortis, die Totenstarre, könnte also etwa eine halbe Stunde nach dem Exitus eingesetzt haben. Aber hier, sieh mal.« Die Gerichtsmedizinerin hob vorsichtig den Arm der Toten an. Die Gelenke ließen sich ohne Probleme bewegen. »Meiner Einschätzung nach ist sie höchstens zwei Stunden tot. Aber das ist natürlich noch nicht amtlich. Außerdem vermute ich, dass sie von hinten stranguliert wurde. Möglicherweise im Stehen. Sie ist eine kleine, zierliche Person. Für jemanden mit normaler Körperkraft war das kein Problem. Danach hat der Mörder sie aufs Bett gelegt. Hindrapiert, sozusagen.«

»Sie hatte sich schick gemacht,« sagte LaBréa nachdenklich. »Geschminkt, ihre Perücke aufgesetzt. Wollte sie ausgehen? So kleidet sich doch normalerweise niemand an einem regnerischen Oktobersonnabend.«

»Vor allem nicht schon morgens.«

LaBréa hob vorsichtig den Rocksaum des Kleides hoch. Wäsche und Strumpfhose der Toten schienen nicht in Mitleidenschaft gezogen. Fragend sah er Brigitte an.

»Sieht nicht so aus, als wäre sie vergewaltigt worden, oder?«

»Das ist auch mein erster Eindruck«, erwiderte diese. »Aber ich will erst die Autopsie abwarten. Man kann nie wissen. Heutzutage ist alles möglich.«

La Bréa gab ihr Recht. Noch einmal betrachtete er den Leichnam und fragte sich, wer und aus welchem Grund an einem Sonnabendmorgen eine alte Frau erwürgen sollte? Er atmete tief durch.

»Dein persönlicher Eindruck, Brigitte?«

Die Gerichtsmedizinerin wiegte nachdenklich den Kopf.

»Na ja, wenn du mich so direkt fragst – ich denke, sie kannte ihren Mörder. Oder ihre Mörderin. Auch für eine Frau wäre es nicht schwer gewesen, sie zu töten, so zierlich, wie das Opfer ist. Keine Kampfspuren, soweit ich feststellen kann. Ganz offensichtlich hat sie sich nicht gewehrt. Und wenn, dann nur ganz schwach.«

»Das deckt sich mit meiner Vermutung. Die Tür wurde nicht aufgebrochen. Wahrscheinlich hat sie den Mörder hereingelassen, möglicherweise sogar erwartet.«

»Ich kann dir mehr sagen, wenn wir ihre Fingernägel auf Hautpartikel und Faserspuren untersucht haben.«

LaBréa nickte. Dann schüttelte er den Kopf.

»Warum bringt jemand eine alte Frau um? In dieser Wohnung fehlt augenscheinlich nichts, und ein Sexualdelikt scheidet wohl auch aus.«

Brigitte zuckte nur mit den Schultern und gab ihren Leuten Anweisung, den Leichnam fortzuschaffen.

10. September 2001

Die Zeit strich durchs Zimmer, nimmersatt und geräuschlos. Es war kein richtiges Zimmer. Eher eine Behausung. Ein Verschlag. Eine Schlafstatt. Ein Dach überm Kopf. Ein wenig Schutz in einer Welt, in der für ihn kein Platz reserviert worden war.

Mit weit aufgerissenen Augen lag er da und starrte in die Dunkelheit, die sich wie ein Schlund öffnete. Von fern drangen die immer gleichen Geräusche an sein Ohr. Manchmal kamen sie näher, dann entfernten sie sich wieder.

Die Luft war heiß und stickig, obwohl der Sommer zu Ende ging.

September. Eine Nacht im September. Eine Nacht wie viele andere in seinem Leben.

Wie viel Uhr mochte es sein? Er wusste es nicht, wollte es auch nicht wissen. Vor einer Weile war die Tür ins Schloss gefallen. Er hatte sich schlafend gestellt, als der Besucher sich über ihn beugte und sein stinkender Atem über seine Wangen strich wie ein giftgetränktes Tuch. Nachdem der Mann gegangen war, ertönten wenig später Dollys Schritte auf dem Holzfußboden. Sie ging zum Waschbecken, drehte den Hahn auf.

Er öffnete die Augen einen Spalt. Dolly wandte ihm den Rücken zu. Die weit ausgeschnittene Bluse glitt von ihren Schultern, die im Dunkeln seltsam schimmerten. Wie immer trug sie keinen Büstenhalter. Reglos beobachtete er sie. Dolly zog die Nase hoch und räusperte sich, als sie sich mit routinierten Bewegungen unter den Achseln und zwischen den Beinen wusch. Dann wurde der Wasserhahn abgedreht, und sie griff nach dem Handtuch, das auf dem Hocker neben dem Becken lag.

»Bist du wach?«, fragte sie ihn, doch ihre Stimme klang so, als erwarte sie keine Antwort. Und so antwortete er auch nicht, schloss nur rasch die Augen und tat weiter so, als schliefe er.

Ihre Schritte entfernten sich.

Er drehte sich zur Wand und seufzte. Etwas musste geschehen.

Er hörte, wie sie die Flasche aufschraubte. War es die zweite oder die dritte an diesem Tag? Billiger Fusel vom Discounter an der Ecke. Von draußen drangen die gewohnten Geräusche herein und mischten sich mit der Musik von der Kassette.

Endlich schlief er ein.

Als er am Morgen erwachte, saß Dolly am Küchentisch und reagierte kaum, als er sich zu ihr gesellte. Er beobachtete sie und schätzte ihre Stimmung ein. Ihre Augen blickten müde und resigniert aus schmalen

Schlitzen. Die Schminke auf ihrem Gesicht war verlaufen, ihr Lippenstift verschmiert. Sie roch nach Schnaps und den typischen Ausdünstungen einer Frau.

»Such gleich als Erstes in den Abfalleimern«, sagte sie mit schleppender Stimme. Er schenkte sich eine Tasse Kaffee ein. »In der Zone, da findest du massenhaft Zeugs. Komm ja nicht ohne irgendwas zurück!«

Er blickte durchs Fenster. Dichte Nebelschwaden verstellten die Sicht auf die Umgebung.

September. Sommerende.

Ein grauer, schrecklicher Tag. Ein Tag wie jeder andere in seinem Leben. Ohne Hoffnung, ohne Aussicht auf Besserung.

Etwas musste geschehen.

3. KAPITEL

Draußen brach das Unwetter los. Blitze zuckten, und der Donner schien ganz nah. Regen platschte gegen die Scheiben, der gleich darauf in Hagel überging. Die feinen Körner tanzten auf den Fensterbrettern, ein übermütiges Geräusch, wie bei einem Glasperlenspiel. Am Tatort wurde es so dunkel, dass man das Licht anschalten musste.

Im Portemonnaie der Toten, das in der Handtasche lag, fand sich nur Kleingeld.

Claudine hatte im Kleiderschrank einen Stapel aus Chiffonschals und Seidentüchern entdeckt. LaBréa warf einen Blick darauf und sagte: »Das geht alles ins Labor. Die sollen das auf Hautpartikel untersuchen, die nicht vom Opfer stammen, und auf Faserspuren.«

Die beiden Fahrer des Leichenwagens trugen den silberfarbenen Sack mit der Ermordeten aus der Wohnung. Brigitte Foucart zog den Overall und die Gummihandschuhe aus und reichte LaBréa zum Abschied die Hand.

»Also, Maurice. Ich mache mich gleich an die Arbeit. Spätestens heute Abend rufe ich dich an.«

»Danke, Brigitte.«

Der Paradiesvogel rief seinen Chef in die Küche.

»Hier«, sagte er und zeigte auf den Esstisch in der Mitte des Raums. Dort lag ein Strauß roter Nelken, noch in Klarsichtfolie eingewickelt. Hatte die Tote jemanden besuchen und Blumen mitnehmen wollen? Oder hatte der Mörder ihr den Strauß überreicht? Aus irgendeinem Grund waren die Blumen nicht ins Wasser gestellt worden, wirkten jedoch noch ganz frisch. LaBréa mochte keine Nelken. Er verabscheute ihren intensiven, fast erdigen Duft. Außerdem galten Nelken in einigen Ländern als Todesblumen. In Mexiko beispielsweise. La Bréa erinnerte sich, etwas Ähnliches einmal gelesen zu haben.

»Die Blumen müssen ebenfalls ins Labor«, sagte er zu Jean-Marc und ging hinüber ins Wohnzimmer. Auf der Biedermeieranrichte entdeckte er mehrere Fotos. In einem großen Silberrahmen steckte das Porträt eines Mannes mit würdevollem, ernstem Gesicht. Ein Bild aus einer anderen Zeit. Der Mann trug Anzug, Weste und Vatermörder. Sein Schnurrbart wirkte gepflegt; vor dem linken Auge glänzte ein Monokel. Das Foto trug eine Widmung: »Für meine Tochter Griseldis, in Liebe, Dein Vater«.

Weitere Fotos zeigten ein kleines Mädchen mit einer großen Schleife im Haar auf einer Schaukel sitzend. Nach der Kleidung zu urteilen, handelte es sich nicht um ein Foto der Ermordeten aus Kindertagen. Die Tochter von Griseldis Géminard? Das war zu vermuten. Daneben ein Foto dieses Kinds als junges Mädchen. LaBréa stellte eine gewisse Ähnlichkeit mit der Toten fest, insbesondere um die Augen herum. Ein weiteres Foto zeigte die Familie: Tochter, Mutter und – wie LaBréa annahm – Vater Géminard, ein Mann mit Halbglatze und schwarzer Hornbrille. Während das Mädchen unbekümmert in die Kamera lachte, wirkten die Eltern steif und eher einander abgewandt.

Gleich neben den Fotos stand ein modernes Transistorradio mit Kassettendeck. LaBréa öffnete es und nahm die Kassette heraus. Er betrachtete das Label. Musettewalzer, interpretiert von einem bekannten Akkordeonspieler. In einer Schublade der Anrichte befanden sich noch drei weitere Kassetten dieser Art. Was den Musikgeschmack betraf, nichts Ungewöhnliches für eine alte Frau.

In einem Seitenfach lagen zwei schwarze Aktenordner. LaBréa nahm sie und setzte sich auf einen der Sessel. Aus den Unterlagen ergab sich in Umrissen die Biografie der Toten. Ein leichtes Puzzle, ohne große Überraschungen oder Sensationen. Ein durchschnittliches Leben, stichwortartig dokumentiert in Urkunden, Versicherungsscheinen, behördlichen Schreiben, im Familienstammbuch. LaBréa sah die Unterlagen genauer durch.

»Ihr Geburtsname war Bliss«, sagte er zu Jean-Marc, der ihm gefolgt war und die Schublade des Couchtisches durchsuchte. »Der Vater besaß eine Druckerei. Bis 1928 lebten die Eltern in Versailles, danach in Paris, Avenue Bosquet, im 7. Arrondissement. Eine großbürgerliche Gegend für gut situierte Leute. Geburtsdatum des Opfers: 13. Juni 1930.«

LaBréa blätterte weiter.

»Am 29. Januar 1952 hat sie Albert Géminard geheiratet. Einen Richter am Kassationsgericht. Er war dreizehn Jahre älter als sie. Zwei Jahre später wurde Tochter Augustine geboren, laut Unterlagen das einzige Kind des Ehepaars.« Er deutete mit dem Kopf auf die Anrichte. »Vermutlich das kleine Mädchen und die junge Frau auf den Fotos dort. Wir müssen herausfinden, wo diese Tochter lebt. Sie muss benachrichtigt werden.«

»Hier, Chef«, sagte Jean-Marc und deutete auf einen Packen Briefe, den er soeben gefunden hatte. »Die sind von ihrer Tochter. Alle aufgegeben in New York. Absender: Augustine Géminard. Adresse: Grant Street Nummer 1050, Bronx.«

»Bronx?« LaBréa runzelte die Stirn. »Wie kommt jemand aus einem solchen Elternhaus in die Bronx?«

»Der letzte Brief trägt das Datum 15. April 2001. Danach nichts mehr.«

»Das ist mehr als sieben Jahre her.«

»Vielleicht ist die Tochter verstorben?«

»Dann müsste es doch irgendwelche Unterlagen darüber geben.«

Im nächsten Ordner entdeckte er einen Totenschein. Aber es war nicht der der Tochter.

»Es gibt hier nur die Sterbeurkunde des Ehemanns«, sagte LaBréa. »Albert Géminard erlag am 21. September 1971 einem Schlaganfall. Die Witwe, die selbst anscheinend keinen Beruf ausgeübt hat – jedenfalls sehe ich weder entsprechende Rentenbescheinigungen noch Hinweise auf irgendeine Ausbildung –, also die Witwe erhielt eine Lebensversicherung von seinerzeit 600 000 Francs ausbezahlt und … Moment.« LaBréa blätterte weiter. »Sie bekam nach dem Tod ihres Mannes eine Witwenpension. Hier ist ein Kontoauszug. Zuletzt waren es 2270 Euro im Monat.«

Jean-Marc pfiff leise durch die Zähne.

»Das ist nicht gerade ein Pappenstiel. Ich werde sicher mal erheblich weniger bekommen.«

Jetzt entdeckte LaBréa in der Akte einen Grundbuchauszug.

»Griseldis Géminard hat diese Wohnung hier gleich nach dem Tod ihres Mannes gekauft«, sagte er. »Der Kaufpreis belief sich auf 995 000 Francs. Über 395 000 Francs hat sie ein Hypothekendarlehen aufgenommen. Der Rest wurde anscheinend bar bezahlt.«

»Vermutlich mit den 600 000 Francs aus der Lebensversicherung.«

LaBréa nickte.

»Möglich. Rein rechnerisch würde das hinkommen. Seit 1989 ist die Wohnung übrigens schuldenfrei.«

In einer Klarsichthülle fand LaBréa ein Sparbuch der Bank *Crédit Lyonnais* und schlug es auf. Erstaunt wandte er sich an seinen Mitarbeiter.

»Griseldis Géminards Sparguthaben am 30. September, also vorgestern, belief sich auf 256 432 Euro. In den letzten Jahren gab es regelmäßig monatliche Barabhebungen, immer eine ähnliche Summe. Aber nie mehr als 1000 Euro auf einmal. Und jetzt halten Sie sich fest: Gestern, am 30. September, hat sie auf einen Schlag 25 000 Euro abgehoben.«

Claudine, die gerade hereinkam und LaBréas letzte Worte gehört hatte, fragte erstaunt: »Und wo sind die 25 000 Euro? Die kann sie doch unmöglich seit gestern ausgegeben haben. Und hier in der Wohnung waren sie nicht.«

LaBréa nickte

»Vielleicht handelt es sich ja doch um einen Raubmord.« 25 000 Euro waren eine stattliche Summe. LaBréa besaß selbst kein Sparbuch, das auch nur annähernd einen solchen Betrag auswies. Hatte jemand gewusst, dass Griseldis Géminard gestern 25 000 Euro von ihrem Konto abgehoben hatte? War sie dabei beobachtet worden? Ging es um Erpressung? Ein solcher Geldbetrag konnte durchaus ein Motiv sein, einen Menschen ins Jenseits zu befördern. LaBréa spürte, wie Wut und Bitterkeit in ihm hochstiegen. Auch weil Menschen schon wegen einer viel geringeren Summe ihr Leben hatten lassen müssen … Er zwang sich, den Gedanken an seine ermordete Frau Anne beiseitezuschieben. Mitte des Monats jährte sich zum ersten Mal ihr Todestag.

Franck betrat die Wohnung. Er war völlig durchnässt. »So ein verdammtes Sauwetter!«, sagte er und schüttelte ein paar Hagelkörner aus seinem Haar.

»Wo waren Sie denn so lange?«, brummte LaBréa unwirsch. »Ich denke, der Nachbar wohnt auf dem gleichen Flur?!«

»Nachdem ich bei ihm fertig war, bin ich in das kleine Café schräg gegenüber gegangen. Der Nachbar meinte, da hätte das Opfer jeden Morgen gefrühstückt. Ich dachte, ich rede mal mit der Wirtin.«

»Und?«, wollte LaBréa wissen.

Franck zog seine Lederjacke aus und hängte sie über den Thermostaten der Heizung.

»Der Nachbar heißt Henri Buffon. Als Erstes hat er mir erzählt, dass die Tochter des Opfers am 11. September 2001 im World Trade Center in New York ums Leben gekommen ist.«

LaBréa stutzte kurz, schüttelte dann den Kopf.

»In den Unterlagen habe ich nichts darüber gefunden.«

»Sie hat dort gearbeitet, als die Flugzeuge in die Türme rasten. Bei irgendeiner Investmentbank, sagte Monsieur Buffon. Genaueres wusste er nicht.«

»Hatte sie Familie?«

»Anscheinend nicht. Jedenfalls hat das Opfer Henri Buffon gegenüber nichts davon erwähnt. Er ist übrigens nicht gut auf Madame Géminard zu sprechen.«

»Inwiefern nicht?«

»Wegen der ewigen Musik. Heute Morgen hat er wieder laute Musik aus der Wohnung des Opfers gehört. Musettewalzer, Akkordeonstücke.«

LaBréa nickte.

»Die Kassette lag im Deck, und der Rekorder war noch eingeschaltet. Um wie viel Uhr hat er die Musik gehört?«

»Kurz nach halb sieben. Er hat ein paarmal gegen die Wand geklopft, da hörte es irgendwann auf. Doch gegen acht fing es wieder an, noch lauter als zuvor. Als auf sein erneutes Klopfen keine Reaktion erfolgte, ging er etwas später zur Wohnungstür des Opfers, um zu klingeln und sich zu beschweren. Die Tür war nur angelehnt, und da sich auf sein Klingeln niemand zeigte, betrat er die Wohnung und fand die Frau tot im Schlafzimmer. Er rief die Polizei und, na ja, den Rest kennen wir.«

»Was ist das für ein Mann?«, fragte LaBréa.

»Sechsundsiebzig Jahre alt, Pensionär. War früher Lateinlehrer an einer Schule im 5. Arrondissement. Diese Musik hier aus der Wohnung hat ihn schon seit Jahren genervt.«

»Könnte vielleicht ein Mordmotiv sein«, warf Jean-Marc ein. »Wir sollten ihn unter die Lupe nehmen.«

»Hab ich schon gemacht«, erwiderte Franck, zog sein Taschentuch heraus und wischte sich die Stirn trocken. »Jules vom Zentralregister sagt, er sei ein unbeschriebenes Blatt. Keine Vorstrafen, nichts.«

»Das muss zwar nichts heißen«, meinte Claudine. »Aber ich kann mir nicht vorstellen, dass ein ehemaliger Lateinlehrer seine Nachbarin umbringt, bloß weil ihre Musik ihn stört.«

»Wie auch immer, wir werden es herausfinden.« LaBréa strich sich die Haare aus dem Gesicht. »Ich rede nachher nochmal mit ihm. Und die Wirtin vom Café, Franck?«

Bevor Franck antworten konnte, klingelte LaBréas Handy. Er vermutete, dass es Jenny war, die ihn wie jeden Morgen aus der großen Pause anrief. Doch er irrte sich.

»Ja, hallo?«

»Commissaire LaBréa?«, erklang es vom anderen Ende der Leitung. »Hier spricht Muriel Weill vom *Château des Prés.*« Als er die Stimme der Leiterin des Pflegeheims vernahm, in dem seine Mutter untergebracht war, durchzuckte LaBréa eine schreckliche Vorahnung. Sie wurde sogleich zur Gewissheit, als die Frau weitersprach. »Es tut mir unendlich leid, Ihnen mitteilen zu müssen, dass Ihre Mutter vor einer halben Stunde verschieden ist. Mein Beileid, Monsieur.«

Sekundenlang war LaBréa unfähig zu reagieren. Seine drei Mitarbeiter, die ahnten, dass es um etwas Privates ging, wandten sich diskret ab.

»Sind Sie noch dran, Commissaire?«, fragte die Heimleiterin.

»Ja, ja«, erwiderte LaBréa schnell und schluckte. Mit belegter Stimme fuhr er fort: »Wie ist es geschehen, Madame?«

»Nach dem Frühstück haben wir sie wie immer in ihr Zimmer gebracht. Als wenig später saubergemacht werden sollte, fanden wir sie. Sie saß in ihrem Schaukelstuhl am Fenster. Der Arzt sagte, es war Herzschlag. Ein schneller und sanfter Tod, Monsieur. Dürfte ich Sie bitten, zu kommen? Ihren Bruder konnte ich nicht erreichen.«

»Ich weiß. Er ist seit letzter Woche im Urlaub in der Karibik. Ich mache mich gleich auf den Weg.« Er schaltete das Handy aus und starrte minutenlang aus dem Fenster. Der Hagel war in heftigen Regen übergegangen, am Himmel jagten sich dunkle Wolken. Er versuchte, einen klaren Gedanken zu fassen. Hier stand er nun, am Tatort eines Gewaltverbrechens, und erfuhr, dass seine Mutter gestorben war. Eigenartigerweise empfand er in diesem Augenblick keinen Schmerz; er fühlte sich wie abgestorben. Eine tiefe Lähmung hatte sich seiner bemächtigt, und er musste sich einen Ruck geben, um diesen Zustand zu durchbrechen. Er wandte sich an seine Mitarbeiter.

»Ich muss sofort weg. Meine Mutter ist gestorben. Und mein Bruder befindet sich im Ausland, sonst könnte er jetzt alles Nötige erledigen.«

Seine Mitarbeiter kondolierten voller Anteilnahme.

»Danke«, erwiderte LaBréa. »Ich denke, dass ich mittags im Präsidium bin. Die Talkrunde steigt um vierzehn Uhr. Teilen Sie sich inzwischen die Arbeit auf. Bringen Sie alles über das Opfer in Erfahrung.

Wann und von wem sie Besuch bekam, ob sie öfter ausging, ins Theater beispielsweise. Das würde erklären, warum sie das Seidenkleid trug. In einigen Pariser Theatern gibt es sonnabends sogenannte Matinées, die beginnen relativ früh. Einer von Ihnen setzt sich bitte mit der Botschaft der USA in Verbindung. Es gibt doch sicher Unterlagen über die Opfer des Terroranschlags im World Trade Center. Wir müssen sichergehen, dass die Tochter tatsächlich nicht mehr am Leben ist. Franck, recherchieren Sie in der Bank, in der gestern dieser große Betrag abgehoben wurde. Ich will wissen, wer ihr diese Riesensumme ausgezahlt hat.«

»Heute, am Sonnabend?«, sagte Franck skeptisch. »Da erreicht man niemanden.«

»Würde am Wochenende in die Bank eingebrochen, wäre ja auch jemand zuständig. Ist alles eine Frage des *Gewusst-wie*. Bei Ihnen habe ich keine Bedenken, dass Ihnen da was Originelles einfällt.«

Er streckte Jean-Marc seine geöffnete Hand entgegen.

»Ich nehme Ihren Wagen, Jean-Marc. Arrangieren Sie sich mit den anderen.«

Jean-Marc holte den Autoschlüssel aus der Tasche seiner grüngelb gestreiften Jeans und gab ihn LaBréa. Dieser knöpfte seinen Trenchcoat zu und verließ mit schnellen Schritten Griseldis Géminards Wohnung.

4. KAPITEL

Immer noch tobte das Unwetter über der Stadt. Mit hochgeschlagenem Mantelkragen rannte LaBréa die wenigen Meter durch den strömenden Regen zum Wagen und warf sich hinters Steuer. Bevor er losfuhr, wollte er noch kurz telefonieren. Er rief in der Immobilienfirma seines Bruders Richard an. Die Sekretärin meldete sich.

»Guten Morgen, hier ist Commissaire LaBréa. Können Sie mir sagen, wo ich meinen Bruder erreichen kann, Mademoiselle?«

»Morgen, Commissaire«, ertönte es vom anderen Ende der Leitung. »Ihr Bruder ist in Trinidad. Moment, ich suche das Hotel heraus.«

LaBréa wartete. Kurz darauf war die Sekretärin wieder am Apparat. »Hotel Ambassadeur. Ich habe auch eine Telefonnummer. Aber dort ist eine andere Zeitzone. Da unten ist es jetzt vier Uhr früh.«

»Unsere Mutter ist heute Morgen verstorben. Ich muss meinen Bruder unbedingt erreichen.«

»Oh, wie furchtbar!« Die Sekretärin klang betroffen. »Mein Beileid, Commissaire. Ich kann eine Mail ins Hotel schicken, mit der Bitte, dass er Sie so bald wie möglich anruft.«

»Tun Sie das bitte, Mademoiselle. Vielen Dank.« Einen Moment saß er bewegungslos im Auto und lauschte dem klatschenden Geräusch des Regens, der auf die Frontscheibe schlug. Wie gelähmt und hilflos fühlte er sich. Es gab Tage, da kam alles zusammen: Beziehungsprobleme, eine Mordermittlung, die Nachricht vom Tod eines geliebten Menschen. Er hätte gern Céline angerufen, sie gebeten, ihm zur Seite zu stehen und ins Pflegeheim zu begleiten. Doch er unterdrückte diesen Wunsch, obgleich er in einem Winkel seines Herzens spürte, dass er sich kindisch und unreif verhielt in seiner Eifersucht, die vielleicht völlig unbegründet war. Doch es gelang ihm nicht, über seinen Schatten zu springen, und er unterließ es, Célines Nummer zu wählen.

Auf dem Périphérique stand er zehn Minuten im Stau. Die Scheibenwischer des Wagens bewältigten kaum die Wassermassen, die unvermindert vom Himmel niederprasselten. Nachdem er den Ort Créteil durchquert hatte, erreichte er einige Kilometer später die Abzweigung zum Pflegeheim *Château des Prés*. Auf dem Kiesweg, der zu dem Schloss aus dem 17. Jahrhundert führte, das von einem privaten Konsortium gekauft und zum Pflegeheim umgewandelt worden war, hatten sich große Pfützen gebildet. Fontänenartig spritzte das Regenwasser hoch, als LaBréa den Wagen in die Auffahrt lenkte. Die Koniferen und Buchsbaumhecken im weitläufigen Park glänzten wie frisch poliert. Doch insgesamt wirkte das *Château des Prés* trist und grau. Es entsprach damit LaBréas Gemütszustand. Auf der Fahrt von Paris hierher hatte die Trauer über den Tod seiner Mutter immer mehr Besitz von ihm ergriffen. Aufgrund ihrer Alzheimer-Krankheit hatten er und sein Bruder jederzeit mit ihrem Ableben rechnen müssen. Jetzt, da er die Nachricht erhalten hatte, war ihr Tod etwas Konkretes, ein plötzlicher tiefer Einschnitt in LaBréas Leben. Wenn ein Elternteil stirbt, werden Erinnerungen an die eigene Kindheit und Jugend wach. So war es schon gewesen, als LaBréas Vater seinerzeit bei dem Zugunglück ums Leben gekommen war. Auch heute tauchten unendlich viele Bilder von früher auf. *Seine Mutter, die ihm im Alter von fünf Jahren bei einem Meeresurlaub das Schwimmen beibringt. Als sie mit ihrem jüngsten Sohn Richard schwanger ist, bricht sie eines Tages in der Wohnung ohnmächtig zusammen. Der achtjährige Maurice wählt die Notrufnummer, und wenig später bringen Sanitäter die Mutter ins Krankenhaus, wo das Brüderchen per Kaiserschnitt zur Welt kommt. Die Küche in der Wohnung seiner Eltern im 14. Arrondissement. Er sitzt am Tisch und sieht zu, wie seine Mutter den Teig anrührt, aus dem sie wenig später einen Kuchen backen wird. Der kleine Maurice darf die Schüssel auskratzen.* Plötzlich spürte LaBréa im Mund wieder den Geschmack von Vanille und Cointreau, traditionelle

Bestandteile dieses Kuchenrezepts. Und dieser Duft, wenn der irdene Napf im Ofen war! Später, mit fünfzehn, sechzehn Jahren, holte er seine Mutter abends oft aus der Modeboutique ab, in der sie arbeitete. Sie war eine große, schlanke Frau, die sich elegant kleidete und nach der sich die Männer auf der Straße umdrehten. Er war stolz, sich mit ihr zu zeigen. Einmal sah ihn ein älterer Schüler aus der Abiturklasse, als er mit ihr durch die Rue de Rennes ging. Am nächsten Tag sprach ihn der Junge auf dem Schulhof an. »Die Braut gestern, wer war das denn? Deine große Schwester? Klasse Frau, ehrlich!« Damals hatte LaBréa dies als Kompliment aufgefasst und war puterrot geworden. Als er jetzt daran dachte, musste er unwillkürlich lächeln. Das Verhältnis zu seiner Mutter war immer vertraut und innig gewesen. Er wusste, dass er ihr Lieblingssohn war, während Richard sich mehr zu seinem Vater hingezogen fühlte. Leider verunglückte dieser tödlich, als Richard gerade mal vierzehn war.

Ihre Krankheit hatte sich rasant entwickelt, ohne große Vorzeichen, wie es sonst meist bei Alzheimerpatienten der Fall ist. Es begann damit, dass sie den Hörer des schnurlosen Telefons in den Kühlschrank legte und ihn dann stundenlang verzweifelt suchte. Sie war selbst so geschockt darüber, dass sie danach lange weinte. In den darauffolgenden Monaten vergaß sie immer mehr Dinge, verwechselte Personen und

Begebenheiten. Es folgten eigenartige Wortverdrehungen und zeitweilig Orientierungslosigkeit. Ein Arzt wurde zurate gezogen, und die Diagnose stand schnell fest. Lucia LaBréa lebte noch einige Monate in ihrer Wohnung, eine Pflegerin kümmerte sich mehrere Stunden am Tag um sie, und ihr jüngster Sohn Richard besuchte sie regelmäßig. Als sie in einer kalten Winternacht nur mit ihrem Nachthemd bekleidet die Wohnung verließ und gegen drei Uhr früh von einer Polizeistreife am Eingang zur Métrostation Montparnasse aufgegriffen wurde, mussten die Brüder eine Entscheidung treffen. LaBréa arbeitete zu der Zeit bereits bei der Police Judiciaire in Marseille und hatte den Verlauf der Krankheit nur aus der Ferne verfolgen können. Er nahm sich einige Tage Urlaub und fuhr mit seiner Frau Anne, einer Ärztin, nach Paris. Gemeinsam suchten sie einen Platz in einem Pflegeheim. Ein Kollege von Anne empfahl ihnen das *Château des Prés,* und ein glücklicher Zufall wollte es, dass binnen zehn Tagen dort ein Zimmer frei wurde. LaBréas Mutter erhob keine Einwände gegen die Einweisung ins Heim. Ihr Zustand hatte sich inzwischen so verschlechtert, dass sie apathisch wirkte und sich immer mehr in ihrer eigenen Welt verlor. Der Welt des Vergessens, der fortschreitenden Auflösung der Persönlichkeit. Ein Leben ohne Erinnerung, so schien es, ohne persönliche Bindungen und Bezüge, denn bald schon erkannte sie ihre Söhne nicht mehr.

War der Tod eine Erlösung für sie gewesen? LaBréa wusste es nicht. Er scheute sich auch, dies zu beurteilen. Die Alzheimer-Krankheit führt zur stetigen Auflösung und Zerstörung der Gehirnzellen. Doch wer wusste schon, welche Empfindungen die Kranken tatsächlich noch hatten? Sie konnten Schmerz spüren, so viel war sicher. Und sie zeigten oft Emotionen, die einen kurzen Blick auf ihren Seelenzustand erlaubten, so verwirrt und gezeichnet er auch sein mochte.

LaBréa parkte den Wagen direkt vor dem Eingang und rannte im Laufschritt die Stufen hoch. Im Gebäude stellte er sein Handy auf lautlos. So konnte er Nachrichten empfangen und dennoch ungestört sein.

Das Büro der Heimleiterin befand sich am Ende des Korridors im Erdgeschoss. Muriel Weill war eine zierliche Frau von Ende vierzig. Ihr Gesicht, blass und schmal, wurde von zwei verschiedenfarbigen Augen dominiert. *Bette Davis' Eyes,* dachte LaBréa jedes Mal, wenn er sie sah. Es irritierte ihn stets ein wenig, wenn er sie begrüßte und ein braungrünes und ein blaues Auge ihn anblickten. Was auch heute der Fall war.

»Nochmals mein aufrichtiges Beileid, Monsieur«, sagte sie, als sie sich aus ihrem Schreibtischsessel erhob und mit ausgestreckter Hand auf ihn zuging.

»Danke, Madame Weill. Ich würde meine Mutter gern sehen.«

»Natürlich. Kommen Sie, Commissaire.«

Die Heimleiterin begleitete LaBréa in einen Seitenflügel des Châteaus. Dort gab es einen Raum für Verstorbene.

»Hier, bitte, Monsieur.« Muriel Weill öffnete eine Flügeltür. Ein kalter Lufthauch wehte LaBréa entgegen, und ein seltsamer Geruch lag im Raum. Eine Mischung aus Desinfektionsmittel und irgendeinem Blumenduft, so schien es ihm.

»Ich lasse Sie allein«, sagte die Heimleiterin leise und zog sich diskret zurück.

LaBréa schloss die Tür und verharrte einen Moment reglos. Der Raum war groß und fast leer. Durch die verhängten Fenster drang diffuses Licht herein. Das einzige Geräusch, das LaBréa hörte, war das Trommeln des Regens an den Scheiben.

In der Mitte des Raums sah er den Leichnam seiner Mutter auf einer Bahre. Langsam ging LaBréa näher. Sein Herz klopfte, und eine plötzliche Furcht ergriff ihn. Es war die Furcht davor, für immer Abschied nehmen zu müssen.

Lucia LaBréas Gesicht war von wächserner Farbe, die Augen geschlossen, der Kiefer mit einem schmalen Tuch hochgebunden. Sie trug ein weißes Totenhemd, und bis zur Taille hatte man sie mit einem weißen Laken bedeckt. Auf den Handrücken der über der Brust gefalteten Hände traten die Adern hervor, dunkelblau und dick. Der Ehering am linken Ringfinger schien mit der fahlen Haut verwachsen. Mit den eingefallenen Wangen, den tiefen Falten und dem Mund, der LaBréa unnatürlich schmal und klein erschien, wirkte sie plötzlich so alt, dass er erschrak. So hatte er sie nicht in Erinnerung. Es war, als hätte der Tod einen raschen, zusätzlichen Alterungsprozess ausgelöst. Vor wenigen Wochen hatte er sie, zusammen mit Céline und Jenny, zum letzten Mal besucht. Jenny, die ihre Großmutter nur als Kranke kennengelernt hatte, war nur ungern mitgekommen und hatte sich nach fünf Minuten mit dem neuesten »Harry Potter«-Band ins Besucherzimmer zurückgezogen. Seine Mutter erkannte ihn auch diesmal nicht. Als er ihr Grüße von Richard ausrichtete, fragte sie: »Wer ist Richard?« Céline redete sie mit »Isabella« an. LaBréa erklärte Céline später, dass Isabella die ältere Schwester seiner Mutter war, die bereits in jungen Jahren an Leukämie gestorben war. Es war ein trauriger Besuch gewesen, doch wahrscheinlich mehr für die Besucher als für die Kranke, denn seine Mutter schien in ihrer Welt nicht unglücklich zu sein.

Behutsam berührte er ihre kalte Hand und betrachtete ihr Gesicht. In seiner Erinnerung verwandelte es sich in das Gesicht der jungen Frau, die sie einmal gewesen war. Er hörte ihr Lachen, vernahm ihre Stimme: *»Maurice, kommst du zum Essen? ... Soll ich dich nochmal Vokabeln abhören, Maurice? ...«* Er sah ihre schlanke, große Gestalt am Tag der Beerdigung seines Vaters. Die beiden Brüder hatten die Mutter untergehakt. So standen sie am Grab, und unter dem schwarzen Witwenschleier war Lucia LaBréas Gesicht von Tränen überströmt.

Er beugte sich über sie und küsste sie auf die Stirn und auf beide Wangen.

»Leb wohl, Maman«, flüsterte er, und seine Augen füllten sich mit Tränen. »Danke für alles, und verzeih mir, dass ich in den letzten Jahren so wenig Zeit für dich hatte. Ich werde dich nie vergessen, und ich bin unendlich traurig …«

Er schluckte und zog ein Taschentuch aus der Manteltasche. Seit Annes Tod hatte er nicht mehr geweint. Innerhalb eines Jahres waren zwei geliebte Menschen für immer von ihm gegangen. Die Tränen rannen ihm über die Wangen, und in einem Anflug von tiefer Verzweiflung schluchzte er laut auf.

Ein letztes Mal blickte er in das bleiche Antlitz seiner Mutter, ein Bild, das er nun für den Rest seines Lebens in sich tragen würde. Dann drehte er sich um und verließ den Raum.

Auf dem Flur wischte er die Tränen weg und versuchte sich zu fassen. Dann machte er sich auf den Weg ins Büro von Madame Weill. Unterwegs warf er einen Blick auf sein Handy. Eine Nachricht war eingegangen. Er hörte sie ab. Sein Bruder hatte angerufen. »Gerade hat man mich geweckt«, ertönte seine Stimme von weither. »Ich soll dich unbedingt anrufen, sagte man mir im Hotel. Ist irgendwas mit Maman? Ruf mich doch zurück. Mein Handy funktioniert hier nicht, aber ich warte in meinem Hotelzimmer, bis dein Anruf kommt.« Die Nachricht war vor zehn Minuten eingetroffen. LaBréa blieb stehen und wählte die Nummer des Hotels, die sein Bruder ihm hinterlassen hatte. In wenigen Worten teilte er Richard die Fakten mit. Der schien es relativ gefasst aufzunehmen, doch LaBréa kannte seinen Bruder. Er zeigte selten Emotionen, was nicht bedeutete, dass er keine hatte.

»Ich nehme den nächsten Flug nach Paris«, sagte Richard mit belegter Stimme. »Spätestens übermorgen bin ich zurück. Auch ich möchte sie noch ein letztes Mal sehen.«

»Ich gebe dem Bestattungsunternehmen entsprechende Anweisung. Guten Flug, Richie.«

Lucia LaBréa würde auf dem Friedhof Montparnasse neben ihrem Mann im Familiengrab bestattet werden. Eine Gedenkfeier im kleinen Kreis. LaBréas Mutter hatte in den letzten Jahren, noch bevor sie ins Pflegeheim kam, sehr zurückgezogen gelebt und außerhalb der Familie wenig Kontakte gepflegt. Schon vor längerer Zeit war von den Brüdern alles geregelt worden, für den Fall ihres Ablebens. Jetzt ging es darum, ein Bestattungsunternehmen zu beauftragen. Mit Madame Weill besprach er das Notwendige, und sie händigte ihm den Totenschein aus.

»Sie hat auf keinen Fall gelitten«, sagte sie. »Falls das ein Trost für Sie ist, Monsieur.«

LaBréa nickte vage und vermied den Blick in ihre »bunten« Augen.

»Was ist mit ihren Sachen?«, fragte er. »Wir hatten ihr einen Karton mit Fotos, persönlichen Briefen und so weiter mitgegeben, als sie zu Ihnen kam und wir ihre Wohnung aufgelöst haben.«

Muriel Weill zeigte auf eine Pappschachtel, die neben einem Aktenschrank stand.

»Hier. Sie können den Karton gleich mitnehmen, wenn Sie wollen.«

Eine Viertelstunde später verließ er mit dem Karton unter dem Arm das Pflegeheim. Der Regen hatte ein wenig nachgelassen. LaBréa verstaute die persönlichen Sachen seiner Mutter im Wagen, setzte sich hinters Steuer und verharrte einen Moment regungslos. Plötzlich schoss ihm durch den Kopf, dass seine Mutter zum Zeitpunkt ihres Todes nur wenige Jahre jünger gewesen war als die Tote in der Rue Barbette. Zwei alte Frauen. Die eine brutal ermordet, die andere sanft entschlafen. Griseldis Géminard würde ihn beruflich beschäftigen, bis ihr Mörder gefunden war. Mit seiner Mutter verband ihn ein ganzes Leben, auch über den Tod hinaus, und die Trauer über ihren Verlust würde ihn vielleicht für immer begleiten.

Er blickte auf die Uhr und fasste einen spontanen Entschluss. Es war kurz nach zwölf. Mittagszeit. In seiner Studienzeit und danach, als er seine Ausbildung bei der Polizei begann, hatte er öfter mit seiner Mutter in dem kleinen Restaurant *Le Breton* in der Rue Daguerre gegessen, wenige Fußminuten von der Wohnung seiner Eltern entfernt. Im Gedenken an seine Mutter würde er heute dort zu Mittag speisen. Bis zur Talkrunde um vierzehn Uhr hatte er noch Zeit, und bis dahin würde er die Ermittlungen in Sachen Griseldis Géminard aus seinem Bewusstsein streichen.

Er verließ den Périphérique an der Porte d'Orléans und parkte den Wagen zehn Minuten später unweit des Restaurants. Als er den Motor abstellte, klingelte sein Handy. Es war Jenny, die in die Mittagspause ging.

»Großmama ist heute Morgen gestorben«, berichtete LaBréa zögernd. »Ich war gerade im Pflegeheim in Créteil.«

Jenny wusste nicht viel darauf zu sagen. Er konnte es ihr nicht verübeln. Sie hatte eben keinen Bezug zu ihrer kranken Großmutter gehabt, mit der sie nie ein vernünftiges Wort hatte wechseln können, und die im Grunde ein fremder Mensch für sie geblieben war.

»Kommst du nach deinem Fußballspiel nach Hause?«

»Muss ich ja wohl«, maulte Jenny. »Alissa geht zu ihrem Vater, und mit Pierre-Michel und Yannick allein habe ich keine Lust, was zu unternehmen.« Pierre-Michel und Yannick waren zwei Jungen aus Jennys Klasse.

»Ich versuche nicht allzu spät zu Hause zu sein«, versprach LaBréa. »Also, bis dann.«

In den letzten eineinhalb Stunden hatte er kein einziges Mal an Céline gedacht. Zu sehr war er durch den Tod seiner Mutter in die Ereignisse und Begebenheiten seiner Kindheit und Jugend eingetaucht. Erneut widerstand er der Versuchung, sie anzurufen.

Als er den Wagen parkte, ließ er sich über die Auskunft die Nummer eines Beerdigungsinstituts im 14. Arrondissement geben. Er besprach die Modalitäten einer Erdbestattung, die seine Mutter sich gewünscht hatte, und gab der Geschäftsführerin Telefonnummer und Adresse des Pflegeheims.

Im Restaurant befanden sich nur wenige Gäste. Zum einen, weil an einem Sonnabend die Angestellten aus den umliegenden Büros als Mittagsgäste wegfielen. Zum anderen war es noch früh. Die meisten Menschen in Paris aßen nicht vor dreizehn Uhr zu Mittag.

Der Wirt begrüßte ihn freundlich und musterte ihn forschend. Er war ein Hüne von einem Mann und wirkte mit seinem schwarzen, gezwirbelten Schnauzbart, dem gelockten grauen Haarkranz und der dunkelblauen Kellermeisterschürze wie aus einem anderen Jahrhundert. LaBréa erkannte ihn sofort, während der Wirt offenbar nicht wusste, wie und wo er LaBréa hinstecken sollte.

»Irgendwie kenne ich Sie, Monsieur«, meinte er in seinem bretonischen Akzent und runzelte die Stirn.

LaBréa lächelte.

»Das letzte Mal war ich vor zwanzig Jahren hier bei Ihnen. Mit meiner Mutter, Madame LaBréa. Wir haben öfter bei ihnen gegessen.«

Das Gesicht des Wirts hellte sich auf.

»Ah, ja«, sagte er strahlend, »ich erinnere mich. Eine elegante Dame, Ihre Mutter! Und an Sie erinnere ich mich jetzt auch. Sie trugen damals ein Bärtchen, kleiner als meins.« Er lachte und reichte LaBréa die Hand. »Schön, dass Sie wieder mal vorbeischauen. Wollten Sie damals nicht zur Polizei? Hat das geklappt?«

LaBréa nickte. »Ja, das hat geklappt. Ich bin Commissaire bei der Police Judiciaire.«

Der Wirt spitzte anerkennend den Mund.

»Kompliment, Commissaire! Nicht gerade ein leichter Job heutzutage.«

»Sie sagen es.«

»Ihre Mutter ist sicher stolz auf Sie. Sie kam später immer noch regelmäßig hierher. Aber jetzt schon lange nicht mehr.«

»Sie war seit vielen Jahren krank und in einem Heim untergebracht. Und heute Morgen ist sie verstorben.«

»Das tut mir leid, Monsieur. Mein aufrichtiges Beileid.«

»Danke.« LaBréa sah sich um. »Hier hat sich nicht viel verändert. Wir hatten immer den Tisch dort hinten am Fenster. Ist der jetzt reserviert?«

»Nein, Sie können sich da hinsetzen. Erwarten Sie noch jemanden?«

»Nein. Ich bin allein und komme im Gedenken an meine Mutter. Ich hoffe, Sie haben Ihre Karte nicht gewechselt.«

Der Wirt lachte.

»Na, ein bisschen anders als vor zwanzig Jahren sieht die Karte schon aus. Aber unsere Spezialitäten kann man immer noch bestellen.«

»Wunderbar! Meine Mutter und ich hatten als Vorspeise immer die Muschelsuppe und danach die Seezunge nach Art des Hauses.«

»Können Sie alles noch haben, Monsieur. In der Küche steht heutzutage zwar nicht mehr meine Frau, sondern unser Sohn. Der hat ihre Rezepte eins zu eins übernommen. Was darf's zu trinken sein?«

LaBréa dachte einen Moment nach, doch er erinnerte sich nicht an den Wein, den sie seinerzeit zum Essen bestellt hatten.

»Was empfehlen Sie denn?«

»Na ja, es gibt drei Möglichkeiten: einen trockenen weißen Bordeaux, einen Chablis oder einen Blanc de Tourraine.«

LaBréa entschied sich für den Blanc de Tourraine, einen seiner Lieblingsweine.

»Aber eins sage ich Ihnen gleich, Monsieur LaBréa: Das geht alles aufs Haus.«

LaBréa wollte widersprechen, doch der Wirt ließ ihn nicht zu Wort kommen.

»Nein, nein, da lasse ich nicht mit mir reden. Ihre Mutter war viele Jahre Stammgast bei uns, da werde ich mich doch nicht lumpen lassen und selbstverständlich dieses Erinnerungsessen übernehmen.«

Er ging in die Küche, um die Bestellung durchzugeben. Anschließend schenkte er hinterm Tresen zwei Gläser Champagner ein und kehrte zum Tisch zurück.

»Hier, bitte«, er reichte LaBréa eins der Gläser. »Zum Wohl. Auf dass Ihre Frau Mutter in Frieden ruhen möge!« Sie stießen an, und LaBréa hatte plötzlich einen Kloß im Hals. Rasch trank er einen Schluck, um sich wieder in den Griff zu bekommen.

Wenig später wurde das Essen serviert. Die Muschelsuppe, mit Safran, einer Prise Piment und frischem Kerbel verfeinert, wurde mit knusprigen Käsecroutons gereicht. Zu den Seezungenfilets gab es eine Sahnesauce mit Zitronenmelisse, als Beilage ein Zucchinigratin.

Es schmeckte köstlich. Es schmeckte tatsächlich wie damals, als er mit seiner Mutter hier gespeist hatte. Einen Moment lang gab LaBréa sich der Illusion hin, die Zeit würde stillstehen, als lägen nicht all die Jahre dazwischen. In tiefer Dankbarkeit kostete er diesen

Augenblick des stillen Genießens aus, im Gedenken an seine verstorbene Mutter und an eine gemeinsame Zeit, die so viele Jahre zurücklag. Die Welt mit all ihren Problemen draußen lassen, dachte er, und sei es nur für die Dauer eines wunderbaren Mittagessens.

Der Alltag würde ihn früh genug wieder einholen. Bevor er ins Büro fuhr, wollte er den Karton mit dem Nachlass seiner Mutter rasch in seine Wohnung bringen. Falls er im Hof zufällig auf Céline traf, würde er ihr vom Tod seiner Mutter erzählen. Keinesfalls würde er jedoch bei ihr klingeln und das Gespräch mit ihr suchen. Im selben Moment ging ihm auf, wie stur und borniert er sich verhielt. Nichts berechtigte ihn dazu, seiner Freundin zu misstrauen. Es gab keinen Beweis, dass Céline ihn mit diesem Adrien betrog, nur weil er bei ihr übernachtete. Doch er konnte nicht aus seiner Haut. Noch nicht.

5. KAPITEL

Es war kurz nach vierzehn Uhr, als er den Wagen auf dem Parkplatz des Justizpalastes parkte und ins Gebäude ging. Über sein Handy rief er im Büro von Ermittlungsrichter Joseph Couperin an. Dieser wollte am Wochenende einen Berg Akten abarbeiten, der sich während seines vierzehntägigen Urlaubs angehäuft hatte.

»Ich hab's schon von Ihrer Mitarbeiterin gehört«, meldete sich Couperin. »Gewaltverbrechen an alten Menschen machen mich besonders wütend. Schon irgendwelche Erkenntnisse, LaBréa?«

»Noch nicht, Monsieur le Juge. Wir fangen ja gerade erst an. Kommen Sie doch gleich in unsere Talkrunde, wenn Sie möchten. Aber eigentlich lohnt es sich für Sie noch nicht.«

»Eben, das denke ich mir. Ich habe genug Arbeit auf dem Schreibtisch. Geben Sie mir Bescheid, wenn Sie mehr wissen. Wann liegt das Resultat der Autopsie vor?«

»Vermutlich am späten Nachmittag.«

Wenig später öffnete LaBréa die Tür des Mitarbeiterbüros.

»Talkrunde! Es kann losgehen«, verkündete er. Dann stutzte er. »Wo ist Franck? Ich hatte doch gesagt, vierzehn Uhr.«

»Vor einer Stunde kam ein Anruf vom Kommissariat des 11. Arrondissements«, erwiderte Claudine und erhob sich hinter ihrem Schreibtisch. Der Paradiesvogel, dessen Schreibtisch am Fenster stand, erhob sich ebenfalls. »Auf dem Bahngelände an der Gare de Lyon haben Gleisarbeiter ein menschliches Skelett gefunden.«

LaBréa runzelte die Stirn.

»Und wieso fährt Franck gleich dort hin?«

»Die haben uns angerufen«, sagte Jean-Marc. »Der Schädel war halb zertrümmert, sieht nach einem Gewaltverbrechen aus, sagen sie.«

»Eine skelettierte Leiche?« LaBréa schüttelte den Kopf. »Das fällt vorerst gar nicht in unsere Zuständigkeit. Da sollen die Osteologen ran, erst mal die Liegezeit der Knochen bestimmen und zusehen, ob sie irgendwoher noch DNA isolieren können. Erst dann schalten wir uns ein und auch nur, wenn die Sache nicht verjährt ist und eindeutige Anzeichen für Fremdverschulden vorliegen.« Ärgerlich blickte er auf seine Uhr. »Schon zehn nach zwei. Ich wüsste gern, was Franck in der Zwischenzeit herausgefunden hat. Wir warten noch fünf Minuten, dann fangen wir ohne ihn an.«

Er verließ die beiden Kollegen und ging zwei Türen weiter in sein eigenes Büro, wo er seinen Rechner hochfuhr und seine Mails las. Es war nichts Wichtiges darunter – was ihn am heutigen Sonnabend nicht weiter verwunderte. Eine Ankündigung der Generalversammlung der Polizeigewerkschaft; der neue Übungsplan für den Schießstand; der Termin für die Einweisung in die neue Software, mit der die Datenbanken der europäischen Polizeidienste noch besser vernetzt werden konnten. Er schloss sein Postfach und griff zum Hörer des Festnetztelefons. Normalerweise wollte Direktor Roland Thibon, LaBréas Vorgesetzter mit Spitznamen »Schöngeist«, am Wochenende nur im Notfall gestört werden. Allerdings wusste LaBréa nie so genau, wie Thibon das Wort »Notfall« interpretierte. Ginge es nach ihm, würde LaBréa den Direktor nicht gleich am Anfang einer Ermittlung benachrichtigen. Doch vor einigen Wochen hatte Thibon ihn scharf zurechtgewiesen, als er ihn nicht sofort über den Mord an einem Jugendlichen im 3. Arrondissement (eine Abrechnung unter Drogendealern) unterrichtet hatte. Man konnte nie wissen, ob man es dem Direktor recht machte oder nicht. LaBréa beschloss, das Risiko einzugehen, und wählte Thibons Privatnummer. Nach mehrmaligem Klingeln war er selbst am Apparat.

»Hier LaBréa, entschuldigen Sie bitte die Störung, Monsieur …«

Thibon unterbrach ihn.

»Es ist Mittagszeit, LaBréa. Ich hoffe, Sie haben einen guten Grund, mich und die Gäste, die wir heute eingeladen haben, zu stören!«

»Mord an einer alten Frau in der Rue Barbette. Sie wurde erwürgt.«

»Ja und? Deshalb rufen Sie mich an?« Thibon klang ausgesprochen ungehalten. »Haben Sie den Täter wenigstens schon?«

»Nein, bisher fehlt jede Spur. Ich wollte Sie lediglich informieren.«

»Ersparen Sie mir das beim nächsten Mal. Ein simpler Mordfall, das ist doch Ihr täglich Brot. Melden Sie sich am Montag bei mir, und da hoffe ich, dass Sie konkrete Resultate vorweisen können. Einen Erfolg, das ist es, was wir brauchen. Wie sagte doch der berühmte griechische Geschichtsschreiber Herodot? *›Der Erfolg bietet sich meist denen, die kühn handeln, nicht denen, die alles wägen und nichts wagen wollen.‹* Merken Sie sich das, LaBréa.« Am anderen Ende der Leitung wurde aufgelegt. LaBréa spürte, wie die Wut in ihm hochkochte.

»Du blöder Hampel, dämlicher Sprücheklopfer!«, rief er laut und knallte seinerseits den Hörer auf. »Wie man es macht, ist es verkehrt!« Er hätte schwören können, dass er sich am Montag von Thibon einen Rüffel eingehandelt hätte, wenn er ihn nicht über den Mordfall unterrichtet hätte.

In dem Moment steckte Franck Zechira seinen Kopf durch die Tür. Die letzten Worte seines Chefs hatte er gehört. Er grinste und sagte: »Stress mit dem Schöngeist, Chef?«

LaBréa herrschte ihn wütend an.

»Ja, und mit Ihnen auch gleich! Wie kommen Sie dazu, sich ohne mein Wissen in die Ermittlungen um einen Skelettfund einzumischen? Sie wissen doch, dass in solch einem Fall erst einmal die Experten gefragt sind! Gerichtsmedizinische Spezialisten.«

Franck steckte die Hände in die Taschen seiner Lederjacke und setzt ein betretenes Gesicht auf.

»Normalerweise hätte ich Sie ja auch angerufen, aber in dem Fall ...«, er suchte nach Worten. »... in dem Fall hätte ich das wegen Ihrer Mutter etwas pietätlos gefunden. Außerdem – ich bin sowieso zu spät gekommen. Die Kollegen von der Osteologie hatten das Skelett bereits geborgen und waren verschwunden. Ich bin ganz umsonst da hingefahren.«

LaBréa, immer noch ärgerlich, nahm am großen Konferenztisch Platz. Er wusste sehr wohl, dass seine schlechte Laune durch Thibon ausgelöst worden war und Franck nur als Blitzableiter diente. Andererseits hatte sein Mitarbeiter eine eigenmächtige Entscheidung getroffen, was ihm nicht zustand.

Claudine und Jean-Marc betraten LaBréas Büro. Der Paradiesvogel brachte eine Thermoskanne Kaffee und Pappbecher mit und stellte beides auf den Tisch. LaBréa bediente sich.

»Also, ich höre«, sagte er und nahm einen ersten Schluck, wobei er sich fast die Lippen verbrannte. »Wer fängt an?«

Franck hob lässig die Hand.

»Ich habe den stellvertretenden Leiter der *Crédit-Lyonnais*-Filiale telefonisch erreichen können. Und zwar über den Wachdienst der Bank. Dort hatte man natürlich seine Privatnummer. Der Mann sagte mir, dass er den Kassierer anruft, der gestern am Schalter Dienst hatte. Heute Nachmittag gegen sechzehn Uhr können wir ihn in der Bank treffen.«

LaBréa nickte zufrieden.

»Sehr gut. Was haben Sie in dem Café herausgefunden, in dem Griseldis Géminard angeblich jeden Morgen gefrühstückt hat?«

»Da hat der Nachbar wohl übertrieben. Sie kam höchstens zweimal die Woche.«

»Allein?«

»Ja. Sie hatte ihren Stammplatz, und die Wirtin kannte sie seit Jahren. Dennoch wusste sie nicht viel über sie, abgesehen davon, dass sie Witwe war und ihre Tochter 2001 bei den Terroranschlägen in New York ums Leben kam.«

»Ungewöhnlich, dass die Wirtin nichts über sie wusste«, schaltete Jean-Marc sich ein. »Alte Menschen sind oft einsam. Und wenn sie regelmäßig ins Café oder Bistro gehen, reden sie normalerweise mit dem Wirt oder der Bedienung. Über ihren Alltag, ihre Krankheiten, die Vergangenheit. Sie haben ja sonst niemanden, dem sie sich mitteilen können.«

»Ob sie niemanden hatte, sei dahingestellt«, gab LaBréa zu bedenken. »Wir stehen erst ganz am Anfang. Die Frau hat seit Jahrzehnten in derselben Wohnung gelebt. Das heißt, dass einige Nachbarn ihre Gewohnheiten und ihren Umgang gekannt haben müssen. Da sollten wir nochmal nachhaken.« Fragend blickte er Claudine an. »Was rausgefunden über die Tochter?«

»Tja, Chef«, begann Claudine, wiegte leicht den Kopf und blätterte in ihrem Notizbuch. »An der Sache ist irgendetwas faul. Ich habe im Internet recherchiert. Dort gibt es eine Liste aller Opfer des Terroranschlags auf die Twin Towers. Unter den etwa dreitausend Toten ist definitiv keine Frau namens Augustine Géminard. Um genauer zu sein: niemand mit dem Vornamen ›Augustine‹, denn sie hätte ja verheiratet sein und von daher einen anderen Familiennamen tragen können. Außerdem habe ich das französische Konsulat in New York kontaktiert und mir dort die Liste der französischen Staatsbürger geben lassen, die bei dem Anschlag ums Leben kamen. Fehlanzeige.«

»Demnach hat Griseldis Géminard gelogen und diese Geschichte erfunden.« LaBréa lehnte sich zurück und verschränkte die Arme über der Brust. »Fragt sich nur, warum? Zweifelsfrei wurde Tochter Augustine 1954 in Paris geboren.«

»Alte Menschen erzählen oft Geschichten, um sich interessant zu machen«, meinte Franck.

LaBréa nickte.

»Ja, das kommt vor. Allerdings nicht nur bei alten Menschen. Leute, die sich etwas zurechtfantasieren, gibt es in allen Altersklassen und Bevölkerungsschichten. Ein schreckliches Ereignis, eine Naturkatastrophe, ein Unglück oder ein Terroranschlag, wie in diesem Fall, wird benutzt, um die Aufmerksamkeit auf sich zu lenken oder Mitleid zu erregen. Man behauptet, in direkter Weise von diesem Ereignis betroffen zu sein – zum Beispiel einen lieben Menschen verloren zu haben.«

»Wenn die Tochter nicht bei dem Terroranschlag ums Leben kam, wo ist sie dann?«, überlegte Franck. »Lebt sie überhaupt noch? Wenn ja, wo?«

»Der letzte Brief an ihre Mutter datiert vom April 2001«, bemerkte Jean-Marc.

»Geht aus den Briefen irgendetwas hervor, das uns weiterbringt?«

»Leider nicht, Chef. Da steht überhaupt nichts Interessantes drin. Sie schreibt nichts über ihren Beruf, und was Beziehungen oder Partner angeht, könnte man meinen, so etwas existierte überhaupt nicht für sie.«

»Und womit füllte sie dann die Seiten?«, fragt Claudine erstaunt.

»Sie schreibt übers Wetter, dass sie manchmal ans Meer fährt, dass sie in eine andere Wohnung gezogen ist und so weiter. Belanglosigkeiten. Manchmal erwähnt sie namentlich einige Nachbarn und Bekannte und beschreibt sie ausführlich, während man von ihr persönlich rein gar nichts erfährt.«

»Schon eigenartig«, bemerkte LaBréa nachdenklich und wechselt das Thema. »Was sagen die Kollegen im Labor, Jean-Marc?«

»Auf einem der Seidenschals aus der Wohnung wurden neben der DNA des Opfers auch Hautpartikel mit einer fremden DNA gefunden. Wir nehmen an, dass die Frau mit diesem Schal erdrosselt wurde. Auf der Handtasche der Toten wurden fremde Fingerabdrücke sichergestellt, auch auf ihrem Portemonnaie. Sie sind identisch. Gilles hat alles in die Datenbank eingegeben. Nichts, kein Treffer.«

»Hat er es europaweit versucht?«, hakte LaBréa nach.

»Ja. Aber es gibt nirgendwo eine Übereinstimmung.«

LaBréas Telefon auf dem Schreibtisch klingelte. Er stand auf und nahm den Hörer ab. Es war Brigitte Foucart, die das Resultat der Autopsie durchgab. LaBréa schaltete auf »Mithören«, damit auch seine Mitarbeiter den Ausführungen der Gerichtsmedizinerin lauschen konnten.

»Mit meiner Einschätzung des Todeszeitpunkts habe ich richtig gelegen, Maurice. Ihre letzte Mahlzeit hat sie heute Morgen etwa gegen halb sieben eingenommen. Ein Croissant mit Butter und Orangenmarmelade sowie schwarzen Kaffee. Berücksichtigt man dazu noch die Entwicklung der Totenstarre und ihre Körpertemperatur, so ist der Tod zwischen acht und neun Uhr eingetreten. Wie bereits vermutet, wurde sie erdrosselt. Kein ungewöhnlicher toxikologischer Befund, keine weiteren Verletzungen. Und die Frau wurde nicht vergewaltigt. Es gab weder Spermaspuren noch Spuren von Gewalteinwirkung im Vaginalbereich. Abgesehen von einigen harmlosen Zysten an der Blase war sie im Übrigen in einem sehr guten gesundheitlichen Zustand. Sie muss fit und agil gewesen sein. Erstaunlich für ihr Alter!«

»Danke, Brigitte.« LaBréa legte auf und ging zum Konferenztisch zurück. Hinter seinem Stuhl blieb er stehen und stützte die Hände auf die Lehne.

»Was haben wir bisher? Griseldis Géminard war eine rüstige Endsiebzigerin aus großbürgerlicher Familie. Sie hat öfter laut Musettewalzer gehört und eine Geschichte vom angeblichen Tod ihrer Tochter beim Terroranschlag in New York erzählt, die erlogen war. Heute Morgen zwischen acht und neun wurde sie in ihrer Wohnung erdrosselt. Es sieht alles nach einem Raubmord aus. Nicht nur durch die Tatsache, dass der hohe Geldbetrag, den sie gestern abgehoben hat, spurlos verschwunden ist. Auch die fremden Fingerabdrücke auf Handtasche und Geldbörse lassen darauf schließen, dass das Portemonnaie durchsucht und das Papiergeld möglicherweise gestohlen wurde. Da die Wohnungstür nicht gewaltsam aufgebrochen wurde und es keine Kampfspuren gibt, muss sie ihren Mörder gekannt haben.«

»Ein glasklarer Fall also«, meinte Franck ein wenig ironisch. »Fehlt nur noch der Täter.«

»Jean-Marc, Sie hören sich nochmal in der Nachbarschaft um. Befragen Sie die anderen Hausbewohner, die Geschäftsleute in der Straße. Mit wem die Frau Umgang pflegte, wer sie besuchte. Und Sie, Claudine, recherchieren bitte, ob es in den letzten Jahren hier in der Stadt und im Umland ähnlich gelagerte Mordfälle gab, die nie aufgeklärt wurden. Franck und ich fahren jetzt zur Bank. Wenn Sie noch nicht zu Mittag gegessen haben, Franck, dann holen Sie sich rasch in der Kantine ein Sandwich.«

»Nicht nötig, Chef. Hab mir vorhin auf der Rückfahrt von der Gare de Lyon 'ne Pizza mit ins Auto genommen.«

»Also dann. Nächste Talkrunde um achtzehn Uhr.«

11. September 2001

Der Nebel hatte sich nicht gelichtet. Hin und wieder lugten die elektrischen Oberleitungen aus dem milchigen Himmel hervor wie abgebrochene Streben.

Die wenigen Menschen, die ihm auf der Straße begegneten, glitten wie Schemen vorüber. Der Nebel verschluckte sie ebenso schnell, wie er sie ausspuckte.

Er hatte den Kragen seiner Jacke hochgeschlagen und beide Hände in den Taschen vergraben. Die Schuhe, die sein Cousin ihm geschenkt hatte, drückten an den Zehen. Schon gestern hatten sich dort Blasen gebildet. Wenigstens waren sie fast neu und würden ihn über den Herbst und Winter bringen.

Die Straße mit ihren tristen Büro- und Lagerhäusern führte direkt in die Zone. Dort hielten sich viele Menschen auf. Sie eilten geschäftig hin und her. Manche hatten es weniger eilig, andere standen einfach nur da und warteten.

Beim Durchsuchen der fünfzehn Abfallkörbe ging er systematisch vor. Er begann an der westlichen Seite und setzte seine Suche im Uhrzeigersinn fort. Er war dabei nicht der Einzige. Er sah den Alten mit dem Krückstock, der sich in der Mitte der Zone zu schaffen machte und sich bereits die Taschen vollstopfte. Er musste sich beeilen, bevor die anderen kamen. Rothaut mit dem Feuermal im Gesicht. Oder Mimi, die Schlampe mit der pockennarbigen Haut. Früher waren sie und Dolly einmal befreundet gewesen. Doch irgendwann war es in die Brüche gegangen, er wusste nicht, wodurch. Seit dieser Zeit machte Mimi obszöne Gesten, wenn sie ihn sah. Stieß bedrohliche Zischlaute aus, spuckte ihn an. Besser, er begegnete ihr nicht, dieser Schlampe.

Er zog eine Plastiktüte aus der Jackentasche. Mit geübtem Griff durchforstete er die Abfälle. Essensreste steckte er nur in die Tüte, wenn es sich lohnte. Wichtig waren Flachmänner mit Schnapsresten, auf die Dolly scharf war. In einem der Abfallkörbe fand er einen Einwegrasierer. Den würde er irgendwann brauchen. Er steckte ihn in die Jackentasche.

So verging der Vormittag. Der Lärmpegel in der Zone war ein vertrautes Geräusch, das so etwas wie Geborgenheit versprach.

Als er Hunger verspürte, zog er ein Sandwich aus der Plastiktüte, in das der Vorbesitzer nur einmal hineingebissen hatte. Es war mit Hühnerfleisch und Salatblättern belegt – eine seltene Köstlichkeit. Er stellte sich in eine ruhige Ecke in der Zone und kaute langsam und beinahe genüsslich. Schade, dass er nichts zu trinken hatte! In der Plastiktüte befanden sich zwei Flachmänner mit Schnaps (der eine halb leer, der andere noch drei viertel voll), doch er trank keinen Alkohol. Daran war Dolly schuld. Weil sie sich jede Nacht betrank, hatte er beschlossen, nie auch nur einen Tropfen anzurühren. Wenig später betrat er die öffentliche Toilette in der Zone und hielt seinen Mund unter den Wasserhahn.

Als er die Toilette wieder verließ, war es Mittag. In den Restaurants außerhalb der Zone saßen die Menschen und aßen. Er sah Teller mit Steaks und Pommes frites, Berge von Salat, Karaffen (manchmal auch Flaschen) voll Wein. Er ging Richtung Norden. Die Blasen an den Zehen schmerzten jetzt noch stärker. Auf dem Boulevard Diderot, den er überqueren musste, staute sich der Mittagsverkehr. Nahe beim Krankenhaus St. Antoine gab es eine Bäckerei, die über Mittag geöffnet hatte. Das war die letzte Station bei seinen täglichen Streifzügen. Die Bäckersfrau, eine fette Maghrebinerin mit einer Warze am Kinn, gab ihm jeden Tag ein knuspriges Pain de Campagne. Es war ein Geheimtipp. Keiner der anderen, die täglich ihren Rundgang durch die Zone machten, wusste davon. Die Bäckersfrau hatte er vor vielen Monaten zufällig in der Zone getroffen. Sie hatte ihn dabei beobachtet, wie er die Abfallkörbe durchsuchte, und ihn angesprochen. Ihr Mitleid und ihre mütterliche Art waren ihm von Anfang an auf die Nerven gegan-

gen. Doch ihr Brot war gut und ihr tägliches Abendessen.

Als er in die Rue Chaligny einbog, sah er den Menschenauflauf vor dem Geschäft für Radios, Waschmaschinen, Bügeleisen und Fernsehapparate. Er näherte sich der Menge, die durch die Schaufensterscheibe ins Innere des Ladens starrte. Dort stand ein eingeschalteter Fernseher, auf dem bizarre Bilder zu sehen waren. Ein Flugzeug raste in einen hohen Turm. Daneben stand ein weiterer Turm, aus dem dichter Qualm drang. Immer wieder wurden diese Bilder gezeigt, nur kurz unterbrochen von den Einblendungen eines Moderators, der sehr aufgeregt wirkte. Hier draußen auf der Straße verstand man nicht, was gesagt wurde. Die endlose Wiederholung dieser stummen Bilder hatte etwas Bedrohliches, Unbegreifliches. Von links ein Flugzeug, das in einen Turm rast. Eine Explosion, Feuer, Rauch.

Die anderen neben ihm starrten ebenso gebannt wie er auf den Bildschirm. Niemand wusste, was diese Bilder zu bedeuten hatten. Dann verlor er das Interesse, drehte sich um und schlenderte die Straße entlang. Das in Papier eingewickelte Pain de Campagne verströmte einen köstlichen Duft. Er musste an sich halten, um nicht ein Stück der knusprigen Kruste abzubrechen. Doch dann hätte er Ärger mit Dolly bekommen. Wegen solcher Kleinigkeiten konnte sie sich wahnsinnig aufregen.

Am Morgen hatte er auf Dollys Abreißkalender (ein Werbegeschenk des Discounters) gelesen, dass heute der 11. September war.

Für ihn ein Tag wie jeder andere.

Immer noch lag dichter Nebel über der Stadt. Er machte sich auf den Heimweg.

Etwas musste geschehen.

6. KAPITEL

Die Filiale der Bank Crédit Lyonnais, bei der Griseldis Géminard ihre Konten hatte, befand sich auf dem Boulevard Beaumarchais. Von der Wohnung der Ermordeten in der Rue Barbette bis zur Bank ging man normalerweise etwa zehn Minuten zu Fuß. Eine alte Dame mochte etwas länger brauchen, vielleicht die doppelte Zeit. Mit dem Wagen fuhr man mindestens eine Viertelstunde, da aufgrund der vielen Einbahnstraßen Umwege entstanden.

Franck lenkte den Wagen über die Rue des Francs Bourgois. Sonnabends waren hier viele Menschen unterwegs. Designerboutiquen, kleine Restaurants, Galerien und exquisite Delikatessengeschäfte lockten Flaneure und Käufer an.

Nach dem Unwetter am Vormittag hatte sich der Himmel aufgeklart, und das matte Oktoberlicht suchte sich zaghaft einen Weg in die engen Straßen. Einige Sonnenstrahlen fielen ins Wageninnere, als Franck an einer roten Ampel bremste, und tanzten auf seinem Gesicht. LaBréa warf einen Blick auf seinen Mitarbeiter. Hauptmann Franck Zechira, Spross einer algerischen Einwandererfamilie, war wieder in seine alten Gewohnheiten verfallen. Seine kurzgeschnittenen Haare klebten fettig am Kopf. Mit dem Dreitagebart wirkten Francks Wangen scheckig und eingefallen. Die speckige Lederjacke schien einiges durchgemacht zu haben. Der beigefarbene Rollkragenpullover sah ausgeleiert und schmuddelig aus. Ein unangenehmer Geruch nach Schweiß und ungelüfteten Kleidern ging von ihm aus. Mit einem Wort: Franck wirkte ungepflegt und leicht heruntergekommen. Im letzten Winter hatte sich sein äußeres Erscheinungsbild für kurze Zeit schlagartig verändert. Plötzlich trug er gut sitzende Bundfaltenhosen statt seiner ausgewaschenen Jeans, kaufte sich schicke Hemden und duftete nach einem edlen Rasierwasser. Damals war er bis über beide Ohren in Dr. Hélène Clément, die attraktive Gefängnisärztin der Santé, verliebt gewesen. Dass diese Frau als zweifache Mörderin überführt wurde, hatte Franck bis ins Mark erschüttert. Aufgrund seiner persönlichen Verstrickung war er von den Ermittlungen ausgeschlossen worden. Während einer Verhörpause hatte Hélène Clément auf der Damentoilette des Justizpalastes Selbstmord begangen. Franck hatte einige Wochen gebraucht, um sich von dieser Geschichte zu erholen. Ob er inzwischen wieder eine Freundin hatte, wusste LaBréa nicht.

Als könnte Franck die Gedanken seines Vorgesetzten lesen, wandte er den Kopf.

»Ist irgendwas, Chef?«, fragte er und runzelte die Stirn.

»Nein, nein«, wehrte LaBréa ab. Hinter ihnen ertönte lautes Hupen. »Es ist grün, Franck, Sie können fahren.«

Franck trat aufs Gaspedal, und der Wagen schoss nach vorn. Kurz darauf erreichten sie ihr Ziel und fanden nur wenige Meter entfernt einen Parkplatz. Vor dem Eingang der Bankfiliale standen zwei Männer und warteten. LaBréa zückte seinen Dienstausweis und nannte seinen Namen.

»Jean-Pierre Caro«, stellte sich der Ältere der beiden vor, ein untersetzter Mann mit blonder Igelfrisur. »Ich bin der stellvertretende Direktor. Und das ist Monsieur Christian Trichet, der Kassierer.« LaBréa reichte beiden die Hand. Der Kassierer war hager und hoch aufgeschossen. Zu seinem gut geschnittenen Anzug trug er ein rosa Hemd und eine grell gemusterte Krawatte. Die Augen hinter der randlosen Brille blickten wachsam, vielleicht ein wenig misstrauisch, so schien es LaBréa. Er schätzte den Mann auf Ende zwanzig.

»Am besten gehen wir in mein Büro«, schlug der stellvertretende Direktor vor. »Wir nehmen den Seiteneingang. Hier entlang, bitte.«

»Ich würde lieber den Schalterraum sehen«, erwiderte LaBréa. Jean-Pierre Caro nickte.

»Kein Problem, Commissaire.«

Im Schalterraum, der nicht sehr groß war, gab es zwei Kassenschalter. Da alle Bankkunden beim Eintreten eine Sicherheitsschleuse passieren müssen, hatte man bei den Schaltern auf dicke Trennscheiben verzichtet. Die Kunden hatten direkten Kontakt zu den Bankmitarbeitern. LaBréa wandte sich an den Kassierer.

»Wie lange kannten Sie Madame Géminard?«

»Seit ich hier arbeite.« Er überlegte kurz. »Das sind jetzt zwei Jahre.«

»Kam sie immer zu Ihnen, wenn sie Geld abheben wollte?«

»Das weiß ich nicht. Ich war ja auch mal im Urlaub oder hatte einen freien Tag. Aber jedes Mal, wenn ich Dienst hatte, kam sie an meinen Schalter.«

»Welcher von den beiden ist das?«, wollte Franck wissen.

»Von hier aus gesehen der rechte.«

LaBréa nickte.

»Erzählen Sie uns bitte, was gestern passiert ist. Wann ist Madame Géminard gekommen?«

»Das war kurz vor zwölf. Sie war die letzte Kundin, die die Bank betrat. Dann hat ein Kollege die Tür abgesperrt. Mittags zwischen zwölf und zwei haben wir geschlossen, wie alle Banken im Land.«

»War sie allein?«

»Ja. Sie kam an den Schalter und sagte, diesmal müsse sie etwas mehr abheben als gewöhnlich. Ich fragte sie nach der Summe, um die Auszahlungsanweisung ausfüllen zu können. Sie sagte, sie brauche 25 000 Euro.« Der Blick des Kassierers wanderte zwischen seinem Chef, Franck und LaBréa hin und her. »Obwohl ihr Sparbuch einen hohen Betrag auswies, fand ich das ungewöhnlich.«

»Weshalb?«

»Weil Madame Géminard bis dahin nie Geldbeträge abgehoben hatte, die auch nur annähernd an eine solche Summe heranreichten.«

»Sagte sie, wofür sie das Geld brauchte?«

»Nein. Und ich habe sie natürlich auch nicht gefragt, weil mich das nichts angeht.«

»Und dann zahlten Sie ihr die Summe aus. In welcher …«

Der Kassierer unterbrach LaBréa.

»Nein, nein, so war es nicht. Ich sagte der Kundin, dass sie das Geld nicht sofort haben könne.«

»Warum nicht?«, fragte Franck. Er hatte sich an einen der kleinen Kundentische gesetzt und hielt die wichtigsten Fakten in seinem Notizbuch fest.

Bevor der Kassierer antworten konnte, schaltete sich Monsieur Caro ein. Er lächelte verbindlich.

»Aus dem einfachen Grund, weil wir solche Summen im Tresor nicht vorrätig haben. Wenn ein Kunde so viel ausgezahlt haben will, muss er uns vorher Bescheid geben. Dann bestellen wir den entsprechenden Betrag in den gewünschten Scheinen bei unserer Zentrale.«

»Sie konnte das Geld also mittags nicht mitnehmen?«

»So ist es«, sagte der Kassierer. »Ich bat sie, gegen fünfzehn Uhr wieder vorbeizukommen.«

»Wie reagierte sie? War sie verärgert, unsicher, in Eile, irgendetwas in der Art?«

Christian Trichet zuckte mit den Schultern.

»Da ist mir nichts aufgefallen. Ich hatte ihr ja erklärt, dass wir einen solchen Betrag bestellen müssten. Sie schien das zu verstehen und meinte, sie käme dann am Nachmittag wieder.«

»Sie verließ also die Bank, ohne die gewünschte Summe. Haben Sie bemerkt, ob draußen jemand auf sie gewartet hat, sie abholte?«

»Nein. Ich sah, wie sie allein die Straße überquerte. Dann bestellte ich telefonisch bei unserer Zentrale das Geld und ging anschließend in meine Mittagspause.«

»Was geschah dann am Nachmittag? Wann kam Madame Géminard zurück?«

»Das muss so gegen halb vier gewesen sein. Genau weiß ich es nicht. Ich hatte mir kurz vorher einige Rollen Münzgeld aus dem Tresor geholt.«

»Kam sie wieder allein?«

»Ja. Und ich führte sie nach hinten in einen unserer Kundenräume. Summen ab 10 000 Euro zahlen wir aus Sicherheitsgründen nicht am Schalter aus. Sie hatte mich gebeten, ihr die 25 000 in vierzig Fünfhunderterscheinen und fünfundzwanzig Zweihunderterscheinen zu bestellen. Sie zählte die Scheine sorgfältig nach. Dann steckte sie das Geld in einen großen

Umschlag, den ich ihr gegeben hatte, und verstaute ihn.«

Franck überlegte kurz und blickte seinen Chef an. »Das waren ja dann fünfundsechzig Scheine! Ein ganz schöner Packen.« Er wandte sich an den Kassierer. »Passte der Umschlag denn in ihre Handtasche?«

Ein feines Lächeln huschte über das Gesicht des Kassierers.

»Sie werden es nicht glauben, meine Herren, aber Madame Géminard packte den Umschlag in eine Plastiktüte, die sie mitgebracht hatte. Eine Tüte der Supermarktkette Carrefour.«

LaBréa blickte ihn ungläubig an.

»Sie legte 25 000 in eine Plastiktüte und spazierte so aus der Bank heraus?!«

»Ja. Als ich Bedenken äußerte, meinte sie, niemand würde in der Plastiktüte Geld vermuten, und dass sie ohne Angst, ausgeraubt zu werden, nach Hause ginge.«

»Erstaunlich.« Franck grinste. »Geradezu raffiniert, würde ich sagen.«

Der stellvertretende Bankdirektor gab ihm Recht.

»Allerdings. Alte Menschen sind oft cleverer, als man vermuten würde.«

»Verließ sie dann die Bank durch den Schalterraum oder durch den Eingang, den wir vorhin gekommen sind?«

»Durch den Schalterraum.«

»Waren zu dem Zeitpunkt viele Kunden da?«

»Vor der Kasse meiner Kollegin war eine kleine Schlange.«

»Irgendjemand, der sich auffällig verhielt, Madame Géminard beobachtete oder plötzlich nach ihr die Bank verließ?«

»Mir ist nichts aufgefallen.«

LaBréa nickte. Niemand sagte etwas, bis sich der stellvertretende Direktor räusperte.

»Glauben Sie, dass es ein Raubmord war, Commissaire?«

LaBréa antwortete ausweichend.

»Wir stehen noch ganz am Anfang. Ach, noch etwas, Monsieur Trichet: Waren es neue Scheine, die Sie ihr gegeben haben?«

»Ich weiß, worauf Ihre Frage abzielt«, erwiderte der Kassierer schnell. »Sie wollen wissen, ob es vielleicht durchnummerierte Scheine gewesen sind?«

»Richtig.«

»Leider nein. Die Scheine waren gemischt. Einige sahen neu aus, andere waren bereits durch viele Hände gegangen.«

»Verstehe. Eine letzte Frage hätte ich noch: Hatte Madame Géminard die alleinige Vollmacht über ihre Konten?«

»Natürlich.« Der Kassierer nahm die Brille ab und rieb sich die Augen. »Das hätte ich Ihnen doch gleich als Erstes gesagt, wenn Dritte Zugriff auf ihr Konto gehabt hätten.« Es klang ein wenig entrüstet, und La-

Bréa taxierte ihn kurz und scharf. Eine weitere Frage lag ihm auf der Zunge.

»Nur der Ordnung halber, Monsieur Trichet. Sie kannten Madame Géminard nicht privat, hatten keine wie auch immer geartete Verbindung zu ihr außerhalb Ihrer Tätigkeit als Bankkassierer?«

Der Mann zuckte kaum merklich zusammen.

»Wie darf ich das verstehen, Commissaire? Denken Sie etwa …«

Franck unterbrach ihn.

»Wir denken gar nichts, Monsieur. Das sind reine Routinefragen. Wann haben Sie heute Morgen hier angefangen?«

»Um neun.«

»Und vorher?«

»Vorher? Da war ich zu Hause.«

»Kann das jemand bezeugen?«

»Ich lebe allein.« Mit einer heftigen Geste setzte der Kassierer seine Brille wieder auf und fuhr sich mit der Hand über die Stirn, als sei ihm plötzlich der Schweiß ausgebrochen.

Franck ließ sich noch Adresse und private Telefonnummer von ihm geben, dann verließen er und LaBréa die Bank.

Als sie in den Wagen stiegen, trübte kein Wölkchen mehr den Himmel. Franck startete das Auto und kurbelte das Fenster herunter.

»So ein Jammer«, murmelte er. »Ich könnte jetzt so gut draußen in Longchamps sein.«

LaBréa ging nicht darauf ein. Jeder in der Abteilung kannte Francks Leidenschaft für Pferdewetten. Sein Vater besaß ein Wettbüro, und dort hatte der Sohn von Kindesbeinen an die nötige Kenntnis erworben und sich so manches Zubrot verdient. Die meisten Wochenenden verbrachte er auf den Rennbahnen von Vincennes und Longchamps, wo er auch regelmäßig gewann. Franck seufzte noch einmal tief und fuhr aus der Parklücke heraus. LaBréa schnallte sich an.

»Was halten Sie von dem Kassierer, Franck?«

»Na ja, Typen mit rosa Hemd und bunter Krawatte sind nicht mein Ding. Abgesehen davon finde ich ihn zu glatt und irgendwie undurchsichtig.«

»Hm.« LaBréa nickte. »Es wäre nicht das erste Mal, dass ein Bankangestellter in Versuchung gerät.«

»Zumal bei einer alten Frau, die er gut kannte. Ihre Adresse war ihm bekannt, ihre persönlichen Lebensumstände, ihre finanzielle Situation. Vielleicht ist er heute Morgen unter irgendeinem Vorwand bei ihr aufgetaucht. Bevor er in der Bank anfing. Und da sie wusste, wer er war, ließ sie ihn herein.«

»Zeit genug wäre gewesen. Und er hat kein Alibi.«

»Ich nehme ihn mal unter die Lupe, Chef.«

»Tun Sie das, Franck.«

7. KAPITEL

Inzwischen war es kurz nach fünf. Während sie im nachmittäglichen Stau auf der Rue St. Antoine standen, rief LaBréa seine Tochter an. Jenny war vor zehn Minuten nach Hause gekommen.

»Ich bin total fertig, Papa«, sagte sie als Erstes. »Unser Testspiel war unheimlich anstrengend auf dem aufgeweichten Platz. Trotzdem haben wir gewonnen.«

»Das freut mich«, erwiderte LaBréa ohne großen Enthusiamus. »Was machst du jetzt?«

»Erst mal liege ich mit Obelix auf dem Sofa und ruhe mich aus. Wann kommst du denn nach Hause?«

»Kann ich noch nicht sagen, Chérie. Gegen sieben, halb acht, wenn nichts dazwischenkommt.«

»Im Flur steht so 'n komischer Karton. Was ist denn da drin?«

»Sachen von deiner Großmutter. Die habe ich aus dem Pflegeheim mitgebracht. Wahrscheinlich persönliche Dinge wie Fotos oder Briefe. Ich sehe mir das heute Abend mal an. Also, Salut, Chérie.«

Immer noch ging es nur im Schritttempo voran. Nervös trommelte Franck mit den Fingern aufs Lenkrad. »Soll ich das Blaulicht setzen, Chef?«

LaBréa musste lachen.

»Das wird nicht viel nützen. Auch die Busspur ist dicht. Vielleicht wird es ja vorn auf der Rue de Rivoli etwas besser.«

Aus dem offenen Fahrerfenster eines silbernen BMW X3 dröhnte lauter Technosound. Der Fahrer, nicht älter als Mitte zwanzig, trug eine verspiegelte Sonnenbrille und bewegte seinen Kopf im Stakkato der Musik. LaBréa ließ das Seitenfenster hoch. Die hämmernden Töne drangen dennoch ins Wageninnere.

»Das hält ja kein Mensch aus«, sagte er mehr zu sich selbst. »Ich bete zu Gott, dass meine Tochter nicht eines Tages mal solche Musik ins Haus schleppt. Was heißt Musik!« Er machte eine wegwerfende Handbewegung. »Von richtiger Musik haben die jungen Leute heute offenbar keine Ahnung mehr.«

Franck beugte sich vor und warf einen neugierigen Blick auf den Geländewagen. Der Fahrer blickte starr geradeaus und schob einen Kaugummi im Mund hin und her.

Endlich ging es weiter. LaBréas Handy klingelte. Es war Claudine. In knappen Worten berichtete sie, was ihre Recherche wegen ungeklärter Morde an älteren Frauen im Großraum Paris ergeben hatte. »Zwei Treffer, Chef. Mord an einer Siebenundsechzigjährigen, 2003 im 13. Arrondissement. Der Fall wurde nie aufgeklärt. Und 2006 traf es eine alte Frau im 19. Arrondissement. Auch hier wurde der Täter nie gefunden.

Beide Frauen lebten allein und hatten kurz vor ihrem Tod höhere Beträge von ihren Konten abgehoben.«

»Das ist ja schon mehr als nur Zufall«, erwiderte LaBréa.

»Sie schicken uns die Akten heute noch rüber«, fuhr Claudine fort. »Bis zur Talkrunde weiß ich mehr.«

»Gute Arbeit, Claudine. Das bringt uns vielleicht weiter.«

Er informierte Franck kurz über das Gespräch und versuchte dann, Jean-Marc zu erreichen. Erst nach mehrmaligem Klingeln meldete sich dieser.

»Irgendwas Neues, Jean-Marc?«

»Bisher nicht. In den Geschäften war sie bekannt, weil sie regelmäßig dort einkaufte. Über ihr Privatleben wusste niemand Bescheid, bis auf die Story über ihre Tochter und den Terroranschlag. Der Besitzer des Tabakladens kannte Augustine als Jugendliche. Da hat sie schon geraucht. Gauloises ohne Filter. Jetzt bin ich gerade auf dem Weg zu dem Nachbarn, der das Opfer gefunden hat, um nochmal mit ihm zu reden.«

»Warten Sie damit. Wir sind ganz in der Nähe und kommen dazu.«

Henri Buffon, der Nachbar von Griseldis Géminard, war ein kleiner, alter Mann mit Geheimratsecken und einem grauen Vollbart. Seine wässrigen grünen Augen schauten gereizt, als er LaBréa und seinen beiden Mitarbeitern die Tür öffnete. Da Franck ihn schon am

Morgen befragt hatte, wusste er, wer vor seiner Tür stand.

»Was ist denn noch?«, fragte er unfreundlich, als LaBréa ihm routinemäßig seinen Ausweis zeigte. »Ich habe Ihrem Mitarbeiter schon alles gesagt, was ich weiß. Und um ehrlich zu sein – obwohl man ja nichts Schlechtes über einen Toten sagen soll –, jetzt hat es wenigstens endlich ein Ende mit dieser verdammten Musik zu jeder Tages- und Nachtzeit.«

»Dürfen wir trotzdem einen Moment hereinkommen, Monsieur Buffon?« LaBréas Stimme klang bestimmt, und sofort wirkte der Mann etwas verunsichert.

»Bitte, wenn es unbedingt sein muss ...« Mit einer vagen Geste bat er die Beamten einzutreten. Henri Buffon war geschmackvoll und gediegen gekleidet. Zu einer gut sitzenden, grauen Flanellhose trug er ein dunkelblaues Hemd und einen in herbstlichen Farben gehaltenen Cardigan mit Rombenmuster. Der Bart wirkte sorgfältig gestutzt, und LaBréa roch den leichten, frischen Duft eines Rasierwassers.

Die Wohnung hatte den gleichen Grundriss wie die von Griseldis Géminard. Das Mobiliar war jedoch einfacher und sah aus wie ein Querschnitt durch verschiedene Stilrichtungen. Eine Marmorbüste von Kaiser Augustus, dekorativ auf eine gedrechselte Holzsäule drapiert, zeugte von der Liebe des Wohnungsbesitzers zur römischen Antike. An einer Längswand des Wohnzimmers befand sich ein großes Bücherregal. Auf einem

Intarsientisch lagen Zeitschriften und Tageszeitungen, pedantisch auf Kante gelegt. Alles wirkte sauber und aufgeräumt, fast steril.

»Bitte, nehmen Sie Platz.« Der pensionierte Lateinlehrer blickte mürrisch auf seine Armbanduhr. »Ich habe aber nicht viel Zeit. Punkt sechs muss ich das Haus verlassen. Heute ist mein Bridgeabend.«

LaBréa und seine Mitarbeiter nahmen auf den hellen Sesseln Platz, die um den runden Couchtisch gruppiert waren. Sichtbar widerstrebend kam Henri Buffon LaBréas Aufforderung nach, noch einmal zu erzählen, wie er die Tote am Morgen gefunden hatte. Seine Ausführungen deckten sich mit dem, was er Franck berichtet hatte. Kurz nach halb sieben vernahm er aus der Wohnung seiner Nachbarin Musettewalzermusik. Er klopfte ein paarmal gegen die Wand, danach hörte es auf. Eine halbe Stunde später erklang die Musik lauter als zuvor. Diesmal nützte sein Klopfen nichts. Kurz darauf wollte er an Griseldis Géminards Tür klingeln. Die Tür war nur angelehnt.

»Wie erklären Sie sich das?«, fragte LaBréa.

»Woher soll ich das wissen? Vielleicht ist die Tür nicht richtig zugeschnappt, keine Ahnung.« Henri Buffon betrat die Wohnung, rief den Namen seiner Nachbarin und fand sie schließlich tot in ihrem Schlafzimmer.

»Von wo aus haben Sie dann die Polizei angerufen?«, fragte LaBréa.

»Ich bin zurück in meine Wohnung gegangen.«

»Wie lange wohnen Sie schon in dieser Wohnung, Monsieur Buffon?«

»Seit meiner Pensionierung vor fünfzehn Jahren. Da habe ich mir die Wohnung gekauft.«

»Dann kannten Sie Madame Géminard ja schon sehr lange.«

Der alte Mann legte unwirsch seine Stirn in Falten.

»Was heißt kennen? Manchmal begegneten wir uns auf der Treppe. Wir haben uns gegrüßt, mehr nicht. Bis es dann vor einigen Jahren mit dieser Musik losging. Tingeltangelgedudel«, fügte er verächtlich hinzu.

»Sie mochten Madame Géminard nicht«, stellte Jean-Marc fest.

»Man kann sich seine Nachbarn nicht aussuchen«, seufzte der alte Mann und strich über sein schütteres Haar. »Sie wohnte schon vor mir in diesem Haus und war ebenfalls Eigentümerin. Wäre sie Mieterin gewesen, hätte ich mich bei ihrem Vermieter beschweren können. So jedoch waren mir die Hände gebunden. Ich habe das Thema Lärmbelästigung bei unseren Eigentümerversammlungen mehrere Male auf die Tagesordnung setzen lassen. Leider umsonst. Ich hätte vor Gericht ziehen müssen. Aber man weiß ja, wie solche Prozesse ausgehen. Erstens dauern sie lange, und zweitens bekommt der, der im Recht ist, in den wenigsten Fällen auch tatsächlich Recht.«

»Wann hat Madame Géminard Ihnen erzählt, dass ihre Tochter bei den Terroranschlägen in New York ums Leben gekommen ist?«

Die Antwort kam ohne Zögern.

»Das war gleich nach dem 11. September. Ein oder zwei Tage später. Mir hat sie es auch gar nicht erzählt, sondern der Concierge, Madame Chabrier. Ich traf die beiden unten vor dem Hauseingang, als ich einkaufen gehen wollte. Madame Géminard weinte und erzählte der Concierge gerade, dass ihre Tochter in einem der Türme umgekommen sei. Ich bin kurz stehen geblieben und habe ihr mein Beileid ausgesprochen, wie es sich gehört. Die Concierge hat das dann überall herumgetratscht, und einen Tag später wusste es die ganze Straße.«

»Kannten Sie die Tochter von Madame Géminard, Augustine? Hat sie ihre Mutter mal besucht?«

»Ob sie sie besucht hat, weiß ich nicht. Auf jeden Fall kannte ich die Tochter nicht persönlich. Ich wusste nur, dass sie in Amerika lebt.«

»Hat denn die Concierge die Tochter gekannt?«

»Keine Ahnung, das müssen Sie sie schon selbst fragen. Morgen Abend kommt sie zurück, hat sie mir gestern gesagt.«

Das nahm LaBréa sich fest vor. Er wechselte das Thema.

»Hatte Ihre Nachbarin denn überhaupt manchmal Besuch? Zum Beispiel Herrenbesuch?«

»Herrenbesuch?« Henri Buffon starrte ihn ungläubig an, dann lachte er anzüglich. »In ihrem Alter, Commissaire? Ich bitte Sie!«

»Und sonst? Kam anderer Besuch?«

Henri Buffon zögerte einen Moment. Dann sagte er gedehnt: »Na ja, da kam früher manchmal eine Frau. Ich bin ihr einige Male im Treppenhaus begegnet. Sie war etwas jünger als Madame Géminard.«

»Wie alt etwa?«, warf Franck ein.

»Ich würde sagen, Mitte bis Ende sechzig. Das Alter von Frauen kann ich immer schlecht einschätzen.« Zum ersten Mal huschte ein Lächeln über sein Gesicht und verlieh ihm einen Hauch von Liebenswürdigkeit, der jedoch sogleich wieder verschwand, als müsse sparsam damit umgegangen werden.

»Eine Freundin, eine Verwandte von Madame Géminard?«, hakte Franck nach.

»Wohl eher eine Freundin, vermute ich. Sie kam immer sonnabends. Meistens am frühen Nachmittag, und die beiden gingen dann zusammen weg.«

»Haben Sie mal ihren Namen gehört?«

»Ja, das war ein englischer Vorname. Emily. So hat Madame Géminard sie genannt. Und die Concierge begrüßte sie einmal mit Madame Baker.«

»Der Familienname klingt ebenfalls englisch.« Jean-Marc notierte alles in seinem Notizbuch. »Sprach die Frau denn mit englischem Akzent?«

Der alte Mann schüttelte den Kopf.

»Soweit ich hören konnte, nein. Aber ich habe die beiden auch nur einige Male miteinander sprechen hören. Wie gesagt, wenn man sich zufällig im Treppenhaus begegnete.«

Natürlich, wenn man sich zufällig begegnete, dachte LaBréa. Er vermutete, dass Monsieur Buffon so manches Mal hinter seiner Wohnungstür gelauscht hatte, wenn Madame Géminard ihre Wohnung verließ oder Besuch bekam. Der Mann lebte allein und war seit vielen Jahren pensioniert. Vielleicht stellte sich da irgendwann Langeweile ein. Und die Beschäftigung mit den Nachbarn ist ja durchaus dazu angetan, da Abhilfe zu schaffen. Wozu auch gehörte, sich mit den Mitbewohnern anzulegen, an Kleinigkeiten Anstoß zu nehmen und Gründe zu suchen, um sich beschweren zu können. Die angeblich laute Musik könnte ein Vorwand gewesen sein, um ein wenig Abwechslung in das eintönige Leben eines pensionierten Lehrers zu bringen. Vielleicht steckte sogar etwas ganz anderes dahinter. War es möglich, dass Monsieur Buffon seiner Nachbarin Avancen gemacht hatte und sie ihn abblitzen ließ? LaBréa beschloss, dieser Frage ein wenig auf den Grund zu gehen.

»Sagen Sie, Monsieur Buffon, sind Sie eigentlich verheiratet, oder waren Sie es?«

Der Mann blickte ihn misstrauisch an und antwortete mit einer Gegenfrage.

»Spielt das eine Rolle, Commissaire? Ich wüsste nicht, was Sie das angeht.«

LaBréas Ton wurde eine Spur schärfer. »Beantworten Sie bitte meine Frage, Monsieur.«

»Na schön, wenn Sie meinen … Ich bin seit mehr als zwanzig Jahren Witwer. Meine Frau starb an Krebs.«

»Das tut mir leid«, sagte LaBréa und ließ bewusst einen Moment verstreichen, bevor er fortfuhr. »Ihre Nachbarin war ebenfalls verwitwet. Sie beide waren im gleichen Alter. Da lag es doch vielleicht nahe, dass …«

Der Alte unterbrach ihn.

»Um Gottes willen! Das hätte mir gerade noch gefehlt! Madame Géminard war überhaupt nicht mein Typ, ganz im Gegenteil.«

»Das habe ich gar nicht gemeint, Monsieur.« LaBréa betrachtete ihn eingehend. »Ich meinte nur, dass man sich vielleicht manchmal zum Tee oder auf eine Tasse Kaffee hätte treffen können, mehr nicht.«

»Nein, nein, so etwas kam für mich von Anfang an nicht infrage. Sie hatte ja ganz andere Interessen als ich.«

LaBréa wurde hellhörig.

»Welche denn?«

Der Mann senkte rasch den Blick und schüttelte den Kopf.

»Keine Ahnung, so genau weiß ich das natürlich nicht. Aber mir war von Anfang an klar, dass wir nicht auf derselben Wellenlänge liegen.«

»Hm.« LaBréa spürte, dass der Mann ihm etwas verschwieg. Doch er bohrte nicht weiter nach. »Noch eine Frage zu der Freundin oder Bekannten von Madame Géminard, dieser Emily Baker. Wann haben Sie sie das letzte Mal hier gesehen?«

Henri Buffon überlegte.

»Das ist schon eine Weile her. Länger als ein Jahr, glaube ich.«

»Haben Sie eine Ahnung, warum sie so plötzlich nicht mehr kam? Hat die Concierge irgendetwas erzählt?«

»Nein. Ich habe auch nicht gefragt. Das Privatleben anderer interessiert mich nicht.«

Er sagte dies im Brustton der Überzeugung. LaBréa musste sich ein Schmunzeln verkneifen.

»Ich glaube, Madame Baker hat in Neuilly gewohnt«, fügte der alte Mann hinzu. »Ich meine, die Concierge hätte so etwas mal erwähnt. Aber sicher bin ich nicht.« Er blickte auf seine Uhr. »Schon gleich sechs. Ich muss jetzt wirklich los, meine Herren. Wenn Sie Bridge kennen, wissen Sie, dass immer zwei gegen zwei spielen, und dass der vierte Mann dringend gebraucht wird.« Er stand auf und blickte die Beamten auffordernd an.

LaBréa erhob sich ebenfalls.

»Vielen Dank, Monsieur«, sagte er und gab Henri Buffon die Hand, die dieser nur zögernd nahm. Sein Händedruck war feucht und schlaff. »Wenn Ihnen noch etwas einfällt, hier ist meine Telefonnummer.« LaBréa zog seine Visitenkarte aus der Tasche.

»Mal sehen, ob er wirklich seinen Bridgeabend hat«, meinte LaBréa, als sie auf der Straße standen. »Oder ob er uns nur möglichst schnell loswerden wollte.«

Sie setzten sich in Francks Wagen, der einige Meter entfernt geparkt war. Franck beobachtete den Hauseingang durch den Rückspiegel. Wenig später sagte er: »Er verlässt tatsächlich das Haus und geht in die entgegengesetzte Richtung. Ein komischer Vogel ist er schon. Das ist mir schon heute Morgen aufgefallen.«

Jean-Marc pflichtete ihm bei. »Ja. Und außerdem habe ich den Eindruck, dass er mehr weiß, als er uns sagt.«

8. KAPITEL

Draußen verblasste allmählich der Tag. Ein hell orangefarbener Himmel hatte die Stadt kurzzeitig mit einem Schimmer von mildem Septemberlicht übertupft. Jetzt zogen von Süden her dunkle Wolkenfelder auf. Bald würde es erneut regnen.

Die Talkrunde begann mit einer halben Stunde Verspätung. Kaum hatten LaBréa und seine Mitarbeiter sich in LaBréas Büro versammelt, wurde die Tür geöffnet, und Direktor Thibon betrat den Raum. Ohne zu grüßen, blickte er kurz in die Runde, bis sein Blick an Jean-Marc hängen blieb. Mit seinen grün-gelb gestreiften Jeans, einem lila Sweatshirt, auf dem eine fliederfarbene Mickymaus prangte, sah der Paradiesvogel aus wie ein Nachzügler der Flower-Power-Bewegung. Seine blond gefärbten Haare, ausnahmsweise einmal nicht gegelt, zierte eine lila Strähne im gleichen Farbton wie das Shirt. Thibon seufzte und verzog ein wenig angewidert das Gesicht.

»Mein Gott, Leutnant! Heute überbieten Sie sich ja wieder selbst in Ihrer eitlen Aufmachung. Wie hat Jean-Jacques Rousseau einmal sehr treffend gesagt? ›*Außer der Eitelkeit gibt es keine Dummheit, von der der Mensch nicht geheilt werden könnte.‹* Ich gebe es also auf, darauf zu hoffen, dass Sie irgendwann einmal in einem normalen Aufzug zum Dienst erscheinen.« Er wandte sich an LaBréa. »Vor einigen Jahren hätte es so etwas hier nicht gegeben. Aber durch Multikulti, Globalisierung und den Verlust jeglicher moralischer Werte ist heutzutage eben alles möglich.«

LaBréa, der nicht wusste, was Jean-Marcs Outfit mit all diesen Dingen zu tun hatte, konnte sich nur mit Mühe das Lachen verkneifen. Er vermied es, seine Mitarbeiter anzusehen, denen es wohl ähnlich erging. Im Übrigen wunderte sich LaBréa, dass sein Vorgesetzter sich an einem Sonnabend ins Präsidium verirrte, noch dazu um diese Zeit. Thibon lieferte sogleich die Begründung dafür.

»Der Polizeipräfekt hat für heute Abend kurzfristig ein Meeting mit den Leitern aller Abteilungen angesetzt. Ich wüsste also gern, was ich ihm aus meiner Abteilung berichten kann. Wie weit sind Sie in der Mordsache der alten Dame?«

LaBréa räusperte sich und teilte ihm die wichtigsten Fakten mit. Dabei erwähnte er nicht die beiden unaufgeklärten, ähnlich gelagerten Fälle, die zwei und drei Jahre zurücklagen. Er wollte zunächst Claudines Bericht abwarten.

Direktor Thibon schien nur mit einem Ohr zuzuhören und winkte rasch ab.

»Schon gut, LaBréa. Ihren Ausführungen entnehme ich, dass Sie noch keinen Täter präsentieren können.«

»Leider nicht, Monsieur le Directeur. Bisher liegen keine konkreten Verdachtsmomente vor. Weder gegen den Bankkassierer noch gegen den Nachbarn des Opfers.«

»Obwohl Sie seit dem frühen Morgen ermitteln. Wenig effizient, gemessen am Zeitaufwand.«

LaBréa spürte, wie Wut in ihm hochstieg. Doch er beherrschte sich. Er kannte seinen Vorgesetzten. Seit seinem Dienstantritt bei der Brigade Criminelle war LaBréa das Ziel ständiger Kritik seitens des Direktors. Damit musste er leben, solange Roland Thibon nicht die Karriereleiter nach oben kletterte und versetzt wurde.

»Wir bemühen uns nach Kräften, Monsieur«, sagte er in ruhigem Ton und blickte in Thibons hellgraue Augen, die kühl und unpersönlich wirkten. »Aber etwas mehr Zeit müssen Sie uns schon geben.«

Thibon lächelte süffisant und steckte seine Hand in die Hosentasche.

»Zeit ist das Allerkostbarste, was wir in unserem Beruf haben. LaBréa. ›*Komme, was kommen mag, die Stunde rinnt auch durch den rausten Tag.*‹ Shakespeare, *Hamlet.*« Zufrieden blickte er in die Runde. Jean-Marc hob zaghaft einen Finger und sagte: »*Macbeth,* Monsieur le Directeur.«

»Was?« Thibon funkelte ihn an.

»Das Zitat stammt aus *Macbeth*, nicht aus *Hamlet*.«

»Was erlauben Sie sich! Das ist doch …« Thibon blicke den Paradiesvogel empört an. »Kümmern Sie sich lieber um Ihre eigenen Angelegenheiten.« Er straffte sich, rückte seine Krawatte zurecht und verließ hoch erhobenen Hauptes LaBréas Büro.

Kaum hatte er die Tür hinter sich zugeknallt, fingen alle lauthals an zu lachen.

»Sag mal, du bunter Kakadu«, wandte Franck sich an Jean-Marc. »Seit wann kennst du dich denn mit solchen Sprüchen aus?«

Jean-Marc hob die Augenbrauen und erwiderte betont von oben herab: »Im Unterschied zu dir, mein Lieber, gibt es eben noch Leute, die sich für Kultur interessieren.«

»Von wegen Kultur! Wenn irgendwas völlig kulturlos ist, dann deine zusammengewürfelte Kluft. Da hat der Schöngeist nicht ganz Unrecht!«

Bevor der Paradiesvogel etwas erwidern konnte, mischte LaBréa sich ein.

»Schluss jetzt, ihr beiden! Wir haben keine Zeit für solche Plänkeleien. Also, Claudine, was haben die Kollegen in den beiden Mordfällen im 13. und 19. Arrondissement seinerzeit ermittelt?«

Claudine zog zwei dicke Akten heran, die vor ihr auf dem Tisch lagen. Ein Bote hatte sie vor einer knappen Stunde aus dem Archiv gebracht. Dann schlug sie ihr Notizbuch auf.

»Ich habe einige der Vernehmungsprotokolle und die Autopsieberichte gelesen und mich mit dem biografischen Hintergrund der beiden Opfer vertraut gemacht. Ich fasse das mal kurz zusammen.

Annie Normand, fünfundsechzig Jahre, eine ledige, pensionierte Staatsbeamtin, wohnhaft Rue de la Colonie im 13. Arrondissement, wurde im Januar 2003 in ihrer Wohnung von einer Nachbarin tot aufgefunden. Die Nachbarin hatte einen Schlüssel, und als Annie Normands kleiner Dackel stundenlang kläffte, fand sie das eigenartig und wollte nach dem Rechten sehen. Da entdeckte sie die tote Annie Normand. Sie war am Vortag zwischen achtzehn und zwanzig Uhr mit der Verlängerungsschnur ihres Bügeleisens erdrosselt worden. Ihr Portemonnaie fehlte, sowie zehntausend Euro, die sie wenige Stunden vor ihrem Tod von ihrem Konto bei der Bank Crédit Agricole abgehoben hatte. Die Frau lebte allein und hatte kaum Kontakt zu ihren Nachbarn. Es gab keine Zeugen, keine heiße Spur, nicht einmal Fingerabdrücke. Unter den Fingernägeln der Frau wurden fremde Hautpartikel sichergestellt, deren DNA im Zentralcomputer der Polizei nicht gespeichert war.

Ich habe aber jetzt veranlasst, dass diese Probe auf jeden Fall mit der DNA verglichen wird, die auf dem Seidenschal von Griseldis Géminard gefunden wurde«, fügte Claudine hinzu. »Wir warten auf das Resultat.«

»Sehr gut, Claudine.«

»Beim zweiten Fall handelte es sich um die ehemalige Krankenschwester Léonore Fourès, zweiundsiebzig Jahre, die in einer kleinen Villa gleich unterhalb von Sacré Cœur wohnte, in der Rue Ronsard. Im August 2006 fand ihre Nichte sie tot im Schlafzimmer. Der Mörder hatte sie mit einem stumpfen Gegenstand erschlagen. Die Mordwaffe wurde nie gefunden. Léonore Fourès hatte einige Jahre zuvor eine größere Erbschaft gemacht. Sie war verwitwet und kinderlos. Wenige Tage vor ihrer Ermordung hatte sie von ihrem Konto bei der Bank Société Générale achttausend Euro abgehoben, die spurlos verschwunden waren. Ihre Nichte, die zunächst in Verdacht geriet, konnte für die Tatzeit ein wasserdichtes Alibi vorweisen. Auch hier gab es weder Zeugen noch verwertbare Spuren. Fremde DNA konnte am Tatort nicht nachgewiesen werden, ebenso wenig Fingerabdrücke.

Seinerzeit lagen die Ermittlungen bei den Kollegen der 1. und 3. Abteilung der Police Judiciaire«, schloss Claudine ihren Bericht. »Nach dem zweiten Mord wurde eine Sonderkommission gebildet, da die Vermutung nahelag, dass es ein und derselbe Täter sein könnte. Aber die Ermittlungen verliefen im Sand, und die Kommission löste sich Anfang 2007 wieder auf.«

LaBréa hatte aufmerksam zugehört und sich einige Stichpunkte notiert.

»Es sind tatsächlich ähnlich gelagerte Fälle«, stellte er fest. »Griseldis Géminard und Annie Normand wurden erdrosselt, Léonore Fourès erschlagen. Alle Frauen lebten allein. Alle hatten vor ihrem Tod größere Beträge abgehoben, die spurlos verschwunden sind.«

»Die drei hatten ihre Konten bei verschiedenen Banken«, meinte Jean-Marc und wandte sich dann an Franck. »Du musst rauskriegen, wo der Bankkassierer Christian Trichet 2003 und 2006 gearbeitet hat.«

Franck kreuzte die Arme über der Brust.

»Nichts einfacher als das. Aber ich kann mir nicht vorstellen, dass er der Täter ist. Die Kollegen damals haben doch die Angestellten der Bank gecheckt, genau wie wir. Da wäre er aufgeflogen.«

»Er kann einen Komplizen gehabt haben«, wandte Jean-Marc ein. »Dem hat er vielleicht einen Tipp gegeben, nachdem die Frauen diese Beträge abgehoben hatten.«

Franck schniefte.

»Der Typ hat eine blütenweiße Weste. Keine Vorstrafen, nichts. Das hab ich vorhin gecheckt.«

LaBréa stand auf und ging zum Fenster. Inzwischen hatte der Himmel seine Schleusen geöffnet, und ein leichter Wind war aufgekommen. Das gelbe Licht der Straßenlaternen auf der Pont St. Michel drang kaum noch durch den Regen, der wie ein dichter Vorhang vom dunklen Grau des Himmels fiel. Nur wenige Autos passierten die Brücke. Kein Wunder, wer wollte bei diesem Wetter auch schon unterwegs sein.

»Wenn wir davon ausgehen, dass wir es in allen drei Fällen mit ein und demselben Täter zu tun haben, müssen wir herausfinden, was die drei Opfer mit dem Täter verbunden haben könnte. In jedem Fall war der Mörder den Frauen bekannt. Dass alle drei von einem Unbekannten beobachtet wurden, als sie das Geld holten, halte ich für unwahrscheinlich. Ich glaube, dass der Mörder die Opfer auf irgendeine Weise dazu bringen konnte, diese Beträge abzuheben.«

»Vielleicht ist er ein Heiratsschwindler«, warf Claudine ein. »Die machen sich doch oft an alleinstehende ältere Frauen heran und ziehen ihnen das Geld aus der Tasche.«

»Aber in den wenigsten Fällen töten sie die Frauen«, gab Jean-Marc zu bedenken. »Wenn sie haben, was sie wollen, verschwinden sie einfach. Denen geht es nur ums Geld.«

»Richtig.« LaBréa ging zurück zum Konferenztisch und nahm wieder Platz. »Ich glaube, hier geht es nicht nur ums Geld. Der Täter hätte ja mit dem Geld untertauchen können. Dass er seine Opfer, und zwar ganz bestimmte Opfer, nicht nur ausraubt, sondern auch tötet, weist auf etwas anderes hin.« Er blickte seine Mitarbeiter an. Franck reagierte als Erster.

»Sie meinen, er hat irgendein Problem mit alten Frauen, Chef?«

»Nicht unbedingt mit *alten* Frauen, aber vielleicht mit Frauen generell. Hier wird das Motiv zu suchen sein, denke ich.«

»Es kann auch schlicht und einfach Habgier gewesen sein«, sagte Jean-Marc. »Er hat sich bewusst schwache Opfer ausgesucht, alte Menschen, die leichtgläubig und naiv waren und ihm auf den Leim gegangen sind.«

»Aber wie kam er mit ihnen in Kontakt?«

»Die Kollegen haben seinerzeit auch überprüft, ob irgendwelche Handwerker im Haus waren«, bemerkte Claudine. »Die Telefonlisten wurden durchgesehen. Keine verdächtigen Anrufe, nichts.«

LaBréa nickte und atmete tief durch.

»Da wartet eine Menge Arbeit auf uns. Franck, fragen Sie gleich morgen nochmal in der Nachbarschaft der beiden ersten Tatorte herum. Vielleicht ergibt sich irgendetwas, was uns beim jetzigen Fall weiterhilft. Und fordern Sie bei France Telecom die Anruflisten der letzten sechs Monate von Madame Géminars Festnetzanschluss an.«

»Ist schon passiert. Das Material kommt am Montag.«

»Umso besser. Claudine bleibt an der Tochter Augustine dran. Die kann sich ja nicht in Luft aufgelöst haben. Durchforsten Sie deren Biografie. Rollen Sie die Vergangenheit der Frau auf. Wo wurde sie eingeschult, welche Ausbildung durchlief sie, hat sie möglicherweise studiert? Erkundigen Sie sich landesweit bei den Einwohnermeldeämtern. Wo hat sie gelebt, bevor sie nach Amerika ging? Ist sie nach 2001 vielleicht nach Frankreich zurückgekommen? Gehen Sie der Adresse nach, die auf den Briefumschlägen steht.«

»Das wird schwierig. In den USA gibt es keine Meldepflicht, Chef.«

»Ich weiß, Claudine. Lassen Sie sich was einfallen. Ihr Vorname, Augustine, ist altmodisch und selten, das könnte uns helfen, ihr auf die Spur zu kommen.«

»Und ich?«, fragte Jean-Marc und sah seinen Chef an.

LaBréa lächelte.

»Sie nehmen sich übers Wochenende die Akten der beiden ersten Fälle vor und studieren sie gründlich. Claudine hatte ja vorhin nicht die Zeit dazu. Jedes Detail kann wichtig sein. Es wäre möglich, dass die Kollegen seinerzeit etwas übersehen haben.«

Er schob seinen Stuhl zurück und erhob sich.

»Für heute machen wir Schluss. Wir treffen uns Montag früh um neun zur ersten Talkrunde. Ich werde morgen Abend mit der Concierge in der Rue Barbette sprechen, falls sie dann von ihrem Wochenendausflug zurück sein sollte.«

Fünf Minuten später verließ er zusammen mit Franck, der ihn nach Hause fahren wollte, den Quai des Orfèvres. Im strömenden Regen fuhren sie durch die Stadt, in die nun endgültig der Herbst Einzug hielt. Inzwischen war es kurz nach acht. Vom Wagen aus rief LaBréa seine Tochter zu Hause an.

»In einer Viertelstunde bin ich da. Wollen wir irgendwo was essen gehen?«

»Keine Lust. Lass uns zu Hause essen. Also, bis dann, Papa.«

Als LaBréa sein Handy abstellte, meinte Franck wehmütig: »Sie haben es gut, Chef. Auf mich wartet niemand zu Hause. Und Pizza, Croque Monsieur oder Hot Dog kann ich, ehrlich gesagt, nicht mehr sehen.«

»Legen Sie sich eine neue Freundin zu, Franck«, erwiderte LaBréa gleichmütig.

Franck seufzte.

»Das ist leichter gesagt als getan, Chef. Frauen, die es längere Zeit mit einem Bullen aushalten, sind seltener als ein Sechser im Lotto.«

LaBréa nickte vage. Seine Gedanken schweiften ab. Noch einmal ließ er die Geschehnisse des Tages Revue passieren. Ein schmerzliches Gefühl erfüllte ihn. Er hatte es den ganzen Tag über dumpf gespürt, doch es war überlagert worden von anderen Ereignissen. Die Aufregung um Céline, die Ermittlung in einem neuen Mordfall.

Seine Mutter war tot. Morgen oder spätestens übermorgen würde sein Bruder Richard wieder in Paris sein, und Ende kommender Woche würden sie ihre Mutter beerdigen.

9. KAPITEL

LaBréa hängte seinen Mantel an den Garderobenhaken.

»Hallo, Chérie!«, rief er und betrat das Wohnzimmer.

»Salut, Papa«, ertönte es aus einem der Sessel, wo Jenny mit Kater Obelix lümmelte. Der Fernseher war eingeschaltet. Auf dem Bildschirm lieferten sich Tom und Jerry eine wilde Verfolgungsjagd, die Jennys ganze Aufmerksamkeit in Anspruch nahm.

Aus der Küche ertönte plötzlich Célines Stimme.

»Du kommst keine Minute zu früh, Maurice. Es kann sofort losgehen.«

Jetzt bemerkte LaBréa, dass der Tisch im Wohnzimmer gedeckt war und ein köstlicher Duft die Wohnung durchzog. Er gab seiner Tochter einen flüchtigen Kuss und ging in die Küche, wo Céline mit Töpfen hantierte. Erstaunt blickte er sie an und schüttelte irritiert den Kopf.

»Sag mal …«, begann er leise, beendete den Satz jedoch nicht. Céline lächelte.

»Überraschung, Maurice. Ich dachte, nach solch einem Tag trauriger Ereignisse und überflüssiger Missverständnisse würde ein schönes Essen dir guttun.«

Er wusste nicht, wie er reagieren sollte. Was hatte das alles zu bedeuten? Wieso stand sie plötzlich in seiner Küche, als sei nichts geschehen? Wo war Adrien, der Mann aus ihrer Vergangenheit?

Céline umarmte ihn.

»Es tut mir so leid, das mit deiner Mutter«, sagte sie sanft. »Ich hab's vorhin von Jenny erfahren, und da dachte ich …« Sie beendete den Satz nicht.

»Und Adrien?« LaBréa konnte sich die Frage nicht verkneifen.

»Adrien hat heute Abend ein Geschäftsessen und kommt wahrscheinlich erst sehr spät zurück. Ich habe ihm einen Schlüssel zu meiner Wohnung gegeben, damit er unabhängig ist.« Sie küsste ihn.

»Wie kann man nur so dumm sein, Maurice?« Es klang so, als spräche sie zu einem Kind. »Du kennst mich jetzt schon beinahe ein Jahr. Eigentlich müsstest du wissen, dass ich ein treuer Mensch bin und kein Interesse an irgendwelchen Affären habe. Und schon gar nicht mit Adrien.«

LaBréa stand da wie ertappt. Er fühlte sich unsicher, die Gedanken kreisten in seinem Kopf.

»Ich dachte, eure Trennung war so schrecklich, dass du ihn nie wieder sehen wolltest? Wenn er jetzt plötzlich bei dir auftaucht, da liegt es doch nahe …«

Celine unterbrach ihn.

»Für dich vielleicht, Maurice. Ich bin da anders. Wenn ich eine feste Beziehung eingehe – und die bin ich mit dir eingegangen –, gibt es keinen Seitensprung. Ich liebe dich nämlich, und da ist kein Platz für jemand anders. Adrien hat mich Freitagnachmittag vom Flughafen aus angerufen und gefragt, ob wir uns sehen könnten. Warum nicht?, habe ich mir gedacht. Wir waren zusammen essen, und es war ausgesprochen nett. Er ist seit zwei Jahren verheiratet und hat einen kleinen Sohn. Ich habe ihm von dir erzählt. Es war ein gutes Gespräch, ein Abend unter Freunden.«

LaBréa nickte. Das, was Céline sagte, klang plausibel, und er fühlte sich erleichtert. Dennoch gab es etwas, was er nicht verstand.

»Wieso muss er denn bei dir übernachten? Hatte er kein Hotelzimmer gebucht?«

»Doch. Aber du wirst es nicht glauben: Bei der Buchung ist ein Fehler passiert. Als er Freitagnachmittag ins Hotel kam, war das Zimmer fälschlicherweise an jemand anders vergeben worden. Da im Moment mehrere Kongresse in Paris stattfinden, hat er so schnell nirgendwo ein Zimmer gefunden. Da habe ich ihm mein Gästezimmer angeboten. Voilà.«

LaBréa nickte und fuhr sich mit der Hand durch sein dichtes Haar.

»Verstehe. Aber das hättest du mir gestern doch gleich sagen können, statt so komisch zu reagieren.«

»Du hast Recht, das hätte ich«, meinte sie und lächelte hintergründig. »Aber irgendein Teufelchen hat mir eingeflüstert, dich mal ein bisschen schmoren zu lassen und eifersüchtig zu machen.«

LaBréa lachte erleichtert auf.

»Das ist dir auch gelungen.«

»Außerdem – hättest du es denn geglaubt?«

Bevor er darauf antworten konnte, ertönte Jennys Stimme aus dem Wohnzimmer.

»Ich hab Hunger! Wann ist es denn endlich so weit?«

»In zwei Minuten«, erwiderte Céline. »Mach ruhig schon mal den Fernseher aus.« Sie wandte sich an Maurice und hauchte ihm einen Kuss auf die Wange. »Warum hast du mich denn nicht angerufen, als du vom Tod deiner Mutter erfahren hast?«

»Ja, warum wohl?«, murmelte LaBréa. »Weil ich ein Idiot bin, deshalb. Weil ich dachte … ach, lassen wir das. Ich bin froh, dass du heute Abend hier bist.« Er nahm sie in die Arme und drückte sie fest an sich. Eine etwas unbeholfene Art, sich bei Céline zu entschuldigen, doch sie schien es zu verstehen.

Kurz darauf saßen sie um den runden Esstisch. Céline war eine ausgezeichnete Köchin und verstand es, innerhalb kurzer Zeit und ohne großen Aufwand raffinierte Mahlzeiten auf den Tisch zu zaubern. Als Vorspeise gab es Jakobsmuscheln in Estragon-Tomaten-Soße. LaBréa entkorkte eine Flasche weißen Burgunder. Célines Familie in Nuits St. Georges, Weinbauern in der siebten Generation, stellte diesen wunderbaren Tropfen her. Céline deckte sich regelmäßig damit ein. LaBréa schenkte den Wein ein, und Céline hob ihr Glas.

»Auf deine Mutter, Maurice«, sagte sie, und ihre Stimme klang beinahe feierlich. »Sie war eine wunderbare Frau und hatte durch ihre Krankheit ein schweres Schicksal. Möge sie in Frieden ruhen!«

LaBréa spürte einen Kloß in seinem Hals.

»Danke«, sagte er leise, und blickte ihr in die Augen. »Auch für alles andere. Du weißt schon … Also, auf Maman!«

Jetzt erhob Jenny ihr Glas Orangenlimonade.

»Mir tut es auch um Großmaman leid«, murmelte sie etwas unbeholfen und sah LaBréa mit ihren tiefblauen Augen an. »Sie ist jetzt sicher schon ganz weit weg, an einem schönen Ort. So wie Maman auch.« Rasch senkte sie ihren Blick, damit ihr Vater und Céline nicht bemerkten, dass sie mit den Tränen kämpfte. LaBréa drückte ihre Hand, und Céline wechselte das Thema.

»Schmeckt es euch? Die Jakobsmuscheln waren Jennys Idee. Ich hatte noch ein Päckchen im Tiefkühlfach.«

Als Hauptgang servierte Céline kleine, mit Pilzen, gerösteten Pinienkernen und Rosinen gefüllte Kalbsrouladen und als Beilage ein Zucchinigratin. Jenny erzählte jetzt von ihrem Tag in der Schule und vom Fußballnachmittag.

»Alles war ganz köstlich, meine Liebe«, sagte LaBréa, als er nach dem Essen seinen Kaffee trank. Jenny war schon beim Dessert beinahe über ihrem Teller eingenickt. Jetzt stand sie auf.

»Ich gehe ins Bett«, murmelte sie schläfrig und gähnte verhalten. »Lasst bitte die Tür zu meinem Zimmer auf, falls Obelix nachher zu mir will.« Sie gab ihrem Vater und Céline ein Gute-Nacht-Küsschen.

Eine halbe Stunde später hatten LaBréa und Céline die Küche aufgeräumt. LaBréa überzeugte sich, dass Jenny schlief, und lehnte ihre Zimmertür an. Obelix lag ausgestreckt auf der Wohnzimmercouch und gab leichte Schnarchtöne von sich. Spätestens dann, wenn LaBréas Schlafzimmertür sich hinter ihm und Céline geschlossen hatte, würde der Kater es sich bei Jenny bequem machen.

LaBréa fiel der Karton mit den persönlichen Sachen seiner Mutter ein. Er holte ihn ins Wohnzimmer und begann ihn auszupacken. Obenauf lag ein großer Umschlag mit alten Familienfotos. LaBréa erkannte seine Großeltern mütterlicherseits und seine Tante Isabella, die früh verstorbene ältere Schwester seiner Mutter. Es gab mehrere Hochzeitsfotos seiner Eltern, Bilder von ihm und seinem jüngeren Bruder, als sie Kinder waren.

»Du warst ein richtig hübscher Bengel«, meinte Céline, als sie die Bilder betrachtete. »Und daran hat sich bis heute nichts geändert. Kein Wunder, dass ich mich in dich verliebt habe.«

»Na, na«, lachte LaBrea. »Übertreib mal nicht.«

»Das ist keine Übertreibung, und das weißt du auch.«

Er nahm sie in den Arm, und sie küssten sich. Nach einer Weile lösten sie sich voneinander, und LaBréa widmete seine Aufmerksamkeit wieder dem Nachlass seiner Mutter. Er entdeckte Briefe seines Vaters, die er diskret beiseitelegte, sowie ein kleines Album, dessen abgegriffener Einband mit einem geblümten Stoff überzogen war.

»Sieh mal hier«, sagte er zu Céline und schlug die erste Seite auf. *»Poesiealbum von Lucia Bartoli«*, las er. »Bartoli war ihr Mädchenname. *Begonnen am 7. Mai 1950.* Da war sie …« Er dachte kurz nach. »Sie ist 1938 geboren, also war sie da zwölf Jahre alt.«

Auf vielen Seiten des Albums klebten Votivkärtchen und Glanzbilder mit Blumenmotiven, kleinen Herzen oder einem Vogel. LaBréa las die üblichen Jungmädchenwidmungen. Vom Veilchen im Moose und der stolzen Rose war die Rede, von der Jugend frohe Stunden, die man nutzen solle. Klassenkameradinnen hatten diese Widmungen mit zum Teil ungelenker Handschrift geschrieben. Auch Lehrerinnen hatten sich verewigt. *»Deine Mathematiklehrerin Françoise Vilot.«* Der letzte Eintrag trug das Datum 1. Dezember 1952.

»Zu ihrer Zeit gab es ja noch keine gemischten Schulen«, sagte LaBréa. »Es waren nur Mädchen in ihrer Klasse.«

Er reichte Céline das Album. Sie las einige Widmungen und schien gerührt.

»Wann sie wohl das letzte Mal dieses Album in der Hand gehabt hat? Sie hat es ihr Leben lang behalten, also hing sie sehr daran.«

»Obwohl sie in den Jahren ihrer Krankheit sicher alles vergessen hatte, was drinstand.«

»Schade, Maurice, dass junge Mädchen heutzutage so etwas kaum noch kennen. Ein Poesiealbum, meine ich. Das hat irgendwie etwas Romantisches. Etwas Unschuldiges, findest du nicht? Doch es ist völlig aus der Mode gekommen. Ich hatte übrigens auch kein Poesiealbum.«

»Ja, die Zeiten haben sich gewaltig geändert«, pflichtete LaBréa ihr bei. »Wenn ich Jenny solch ein Album schenken würde und ihr sagte, wozu es dient, würde sie mich auslachen.«

Er holte aus dem Karton einen Packen weiterer Briefe, säuberlich mit einem roten Band verschnürt. Erstaunt betrachtete LaBréa sie.

»Komisch, die Schrift kenne ich gar nicht.« Rasch blätterte er den Packen durch. »Oktober 73 … November 73 … Januar 74 … Keine Kuverts, also auch kein Absender«, stellte er fest. »Und alle in derselben Handschrift geschrieben.« Er löste das rote Band, nahm den zu oberst liegenden Brief und faltete ihn auf. »*22. September 1973. Liebste Lucia, mein Augenstern …*«, las er verwundert. »›*Meine Allerliebste*‹ steht hier und ›*Geliebte*

Lucia, wie sehr sehne ich mich nach Deinem Mund …‹« Er überflog das letzte Schreiben. »›*In ewiger Liebe und Treue, Dein Bernard …*‹« Irritiert schüttelte LaBréa den Kopf. »Dein Bernard?! Wer ist denn Bernard?«

Ein leises Lächeln huschte über Célines Gesicht.

»Sieht ganz so aus, als hätte deine Mutter ein Geheimnis gehabt, von dem ihr anderen in der Familie all die Jahre keine Ahnung hattet.«

LaBréa öffnete eine weitere Flasche Wein, verscheuchte Obelix vom Sofa und nahm neben Céline Platz. Beleidigt stolzierte der Kater in Jennys Zimmer.

Die Briefe eines Mannes namens Bernard an Lucia LaBréa, insgesamt einhundertsiebenunddreißig, waren romantische und auch leidenschaftliche Liebesbriefe. Oftmals nahm der Verfasser Bezug auf das, was Lucia ihm geschrieben hatte: zärtliche Worte, Schwüre ihrer Liebe, die er in seinen Zeilen erwiderte. Der erste Brief datierte aus dem Jahr 1973, der letzte trug das Datum 21. Januar 1984. In einem der Briefe steckte ein Foto. Das farbige Passfoto eines Mannes. Er hatte blonde, volle Haare und ein weiches Gesicht mit melancholischen blauen Augen.

»Kennst du ihn?«, fragte Céline. LaBréa schüttelte den Kopf.

»Nein. Den habe ich noch nie gesehen.«

»Er sieht ein bisschen aus wie Robert Redford, findest du nicht?«

»Vielleicht. Auf jeden Fall sieht er völlig anders aus als Papa. Der war dunkelhaarig, ein ganz anderer Typ.« LaBréa legte das Foto zurück in den Umschlag.

Elf Jahre lang, von ihrem sechsunddreißigsten Lebensjahr bis zum Alter von siebenundvierzig, hatte LaBréas Mutter ein geheimes Liebesverhältnis mit einem Mann gehabt. Aus den Briefen ging hervor, dass sie sich regelmäßig einmal in der Woche trafen, und zwar am Sonnabend. *»Du tanzt einfach hinreißend!«*, schrieb Bernard in einem seiner frühen Briefe. *»Wenn mein Arm Dich umfasst, wenn ich den Duft Deiner zarten Haut rieche, ist mein Verlangen nach Dir wild und ungestüm …«*

»Sie gingen also zusammen tanzen«, sagte LaBréa und trank einen Schluck aus seinem Glas. »Ich erinnere mich, dass meine Mutter immer eins dieser Tanzlokale besuchte, wo Musettewalzer, aber auch andere Musik gespielt wurde.«

»Meinst du das *Paradis* in der Rue de Lappe?«, fragte Céline.

»Ob sie dorthin ging, weiß ich nicht. Es gibt ja noch so einige dieser Tanzlokale in der Stadt. Überbleibsel aus der guten alten Zeit. Maman sagte immer, sie ginge mit einer Freundin aus. Und ich glaube, es war immer sonnabends.«

»Und dein Vater? Hat er sie nie begleitet?«

»Anscheinend nicht. Aber soweit ich mich erinnere, spielte Papa sonnabends immer Tischtennis. Er war ja

Ingenieur bei der Eisenbahn. Und da gab es eine Werksmannschaft, in der Papa aktiv war. Sie haben sogar Turniere gespielt. Ich erinnere mich, dass beide immer spät nach Hause kamen. Ja, Richard und ich waren sonnabends nach dem Mittagessen meistens allein.«

»Dann ist zu vermuten, dass deine Mutter diese Freundin vorgeschoben hat und sich in Wirklichkeit mit einem Mann namens Bernard zum Tanzen traf. Anschließend nahm er sie wahrscheinlich mit in seine Wohnung.«

LaBréa seufzte. Die Tatsache, dass seine Mutter über Jahre ein Doppelleben geführt und offenbar sehr leidenschaftlich geliebt hatte, löste zwiespältige Gefühle in ihm aus. Er fragte sich, ob sein Vater von diesem Verhältnis gewusst, es vielleicht sogar toleriert hatte? Oder war er nie dahintergekommen, weil seine Frau sich gut verstellt und alle Spuren sorgsam verwischt hatte? Wo waren die Liebesbriefe angekommen? Hatte Bernard sie per Post an ihre Privatadresse geschickt? Oder hatte seine Mutter sich die Briefe postlagernd senden lasen? Letzteres schien wahrscheinlicher zu sein; sie hatte kein Risiko eingehen wollen. Die Frage war: Warum hatten sie sich überhaupt Briefe geschrieben, wenn sie sich doch jede Woche trafen? Und waren sie nach dem Tanzen in die Wohnung des Liebhabers gegangen? Was, wenn er verheiratet gewesen war? Hatten sie dann ein Stundenhotel aufgesucht? Diese Vorstellung berührte LaBréa unangenehm. Wahrscheinlich würde es nie eine Antwort auf all diese Fragen geben. Lucia LaBréa hatte ihr Geheimnis mit in den Tod genommen; von ihrem Liebhaber fehlten Nachname und Adresse.

»Nach elf Jahren reißt die Korrespondenz plötzlich ab«, meinte Céline. »Vielleicht ist der Mann gestorben. Oder er ist aus Paris weggezogen, und das Verhältnis war dadurch beendet. Aus den Briefen erfährt man gar nichts über ihn. Wo wohnte er, welchen Beruf übte er aus, war er vielleicht ebenfalls verheiratet und führte ein Doppelleben?«

»Aber eins ist doch interessant«, sagte LaBréa. Ihm war plötzlich etwas eingefallen. »Mein Vater ist am 26. Januar 1984 bei der Testfahrt des neuen Hochgeschwindigkeitszugs tödlich verunglückt. Und der letzte Brief an meine Mutter datiert vom 21. Januar, also fünf Tage vorher.«

Céline verstand sofort, was er damit sagen wollte.

»Du meinst, da besteht ein Zusammenhang? Dein Vater stirbt, und das Verhältnis der beiden ist jäh beendet?«

»Ja, das wäre möglich. Meine Mutter ist damals völlig zusammengebrochen, als sie die Todesnachricht erhielt. Ich studierte da bereits, wohnte aber noch zu Hause. Insofern erinnere mich sehr genau an alles. Richard und ich waren immer der Meinung, sie muss Papa wahnsinnig geliebt haben. Mir schien immer, als hätte sie seinen Tod nie verwunden. Vor allem, weil es so ein schreckliches Unglück war. Die Rettungsmannschaften haben Stunden gebraucht, um Papa und seine beiden Kollegen aus den Trümmern des Waggons zu bergen. Obgleich schwer verletzt, hat er alles mitbekommen. Als er ins Krankenhaus kam, war er noch bei Bewusstsein.«

»Wie schrecklich, Maurice! So genau hast du es mir nie erzählt.«

»Das war ein Trauma für die ganze Familie. Wenn ich mir vorstelle, dass es da schon seit Jahren einen Liebhaber in Mamans Leben gab ... Ich fasse es nicht.«

»Vielleicht hat sie mit Bernard Schluss gemacht, weil sie sich irgendwie am Tod ihres Mannes schuldig fühlte?«

»Möglich. Ich habe meine Mutter stets als sehr moralische Frau erlebt. Nie hätte ich ihr einen Seitensprung zugetraut. Schon gar nicht ein jahrelanges Verhältnis. Vielleicht hat sie Papas Tod als ein Zeichen gesehen.«

»So eine Art Fingerzeig Gottes, meinst du? War deine Mutter denn gläubig?«

»In meiner Kindheit und Jugend schien das nicht der Fall gewesen zu sein. Da ging sie kaum in die Kirche. Aber nach Papas Tod – ja, ab dem Zeitpunkt ging sie mehrere Male in der Woche in die Kirche Notre-Dame des Champs, am Montparnasse. Mit dem dortigen Pfarrer war sie fast freundschaftlich verbunden. Pater René hieß er, glaube ich.«

»Na, das sagt doch viel. Sie hat ihr Gewissen erleichtert und bei ihm gebeichtet.«

»Wie auch immer, ich werde den Schleier über diesem Geheimnis wahrscheinlich nie lüften.«

»Wirst du es Richard erzählen, wenn er zurück ist?«

LaBréa überlegte kurz.

»Ja, ich glaube, dass er es wissen sollte. Der Nachlass meiner Mutter gehört auch ihm. Ich kann ihm die Briefe nicht vorenthalten.«

»Bist du jetzt schockiert, Maurice, ändert sich dadurch das Bild, das du von deiner Mutter hast?«

LaBréa ließ sich Zeit mit einer Antwort.

»Schockiert ist vielleicht das falsche Wort. Ich bin eher erstaunt, oder, besser gesagt, etwas befremdet. Aber im Grunde genommen geht mich das nichts an. Es war ihr Leben, und sie war nur sich selbst Rechenschaft schuldig. Höchstens noch Papa, aber auch das geht mich nichts an.«

»Es gibt einen Film, ich weiß nicht, ob du den kennst. Mit Meryl Streep und Clint Eastwood. *Die Brücken am Fluss.*«

LaBréa schüttelte den Kopf.

»Nein, den kenne ich nicht.«

»Es ist die Geschichte einer ehrbaren Farmersfrau irgendwo in Amerika, die eine Zeit lang einen Liebhaber hatte, einen Fotografen, der die berühmten überdachten Brücken in der Gegend fotografierte und so mit ihr in Kontakt kam. Von dem leidenschaftlichen Verhältnis der beiden hat ihr Ehemann nie etwas erfahren. Auch die Kinder nicht. Erst nach dem Tod der Frau fanden der Sohn und die Tochter die Liebesbriefe des Fotografen. Man könnte sich vorstellen, dass so etwas öfter vorkommt.«

LaBréa lehnte sich zurück und blickte gedankenverloren durch die hohen Fenster in den kleinen Garten. Die Zwergzypresse bog sich im Wind. Auf das Glasdach der Atelierwohnung trommelte der Regen in gleichmäßigem Rhythmus.

»Musettewalzer …«, sagte LaBréa plötzlich und schlug sich an die Stirn. »Ich erinnere mich, dass Maman diese Musik sehr liebte. Sie hatte eine Menge solcher Schallplatten.« Mit einem Ruck drehte er sich zu Céline. »Die alte Frau, die heute Morgen in ihrer Wohnung ermordet wurde, die hat auch Musettewalzer geliebt. Und ihr Nachbar hat ausgesagt, dass sie sonnabends immer mit einer Freundin ausging. Das bringt mich auf eine Idee!«

Er sprang auf und lief zum Telefon. Ein rascher Blick auf die Uhr sagte ihm, dass es kurz vor elf war. Trotzdem wählte er Francks Nummer. Nach mehrmaligem Klingeln meldete sich sein Mitarbeiter.

»Haben Sie schon geschlafen, Franck? Gut, umso besser. Wenn Sie morgen nochmal bezüglich der beiden Mordfälle Annie Normand und Léonore Fourès die Nachbarn interviewen, fragen Sie doch mal nach, ob die beiden Frauen öfter eines dieser Tanzlokale wie das *Paradis* besucht haben. Musettewalzer, Tanzmusik. Wie? Das erkläre ich Ihnen am Montag. Gute Nacht.«

Eine halbe Stunde später gingen er und Céline eng aneinandergeschmiegt ins Bett. Sie liebten sich lange und leidenschaftlich, so als wäre es das erste Mal. Céline schlief danach rasch ein. LaBréa lag noch lange wach und dachte über die Turbulenzen des Tages nach. Ereignisse hatten sich gekreuzt und überlagert, bei denen es um Liebe, Betrug und Tod ging. Und um ein nostalgisches Vergnügen aus vergangener Zeit: den Musettewalzer. Später, als LaBréa endlich schläfrig wurde, erschien ihm in der kurzen, rasch entfliehenden Spanne zwischen Wachen und Schlaf das filigrane Gesicht der ermordeten Griseldis Géminard. Das Bild verblasste, und LaBréas Gedanken und Gefühle versanken in ein traumloses Nichts.

6. Oktober 2001

Er zog die Schuhe aus, die ihm sein Cousin geschenkt hatte, und streifte die Socken ab. Der Schmutz unter den Fußnägeln hatte sich mit angetrocknetem Blut vermischt. Einige Blasen an den Zehen waren aufgeplatzt. Barfuß zu gehen war eine Wohltat.

Schon lange hatte sich der Tag davongestohlen. Auf dem Wecker neben Dollys Bett las er die Uhrzeit: kurz nach elf. Der Wecker stammte noch aus der Zeit, als er zur Schule ging, und war im Lauf der Jahre überflüssig geworden. Dolly und er lebten ohne festen Rhythmus, und Dolly stand auf, wenn sie ihren Rausch ausgeschlafen hatte. Das war selten vor zehn Uhr morgens.

Von draußen vernahm er die immer gleichen Geräusche. Heute störten sie ihn, und er wusste nicht, warum. Seine Streifzüge hatten sich länger hingezogen als gewöhnlich. In der Zone war wenig Betrieb gewesen, und dementsprechend fand er in den Abfallkörben nur kümmerliche Reste. Am Nachmittag war er von der Metrostation Nation nach Barbès gefahren. Er war ein geübter Schwarzfahrer. Die Kontrollsperren zu überwinden erwies sich in den meisten

Metrostationen als Kinderspiel. In der Rue Custine wohnte Mahmoud, ein ehemaliger Schulfreund von ihm. Sie waren zusammen eingeschult worden und hatten all die Jahre Kontakt gehalten. Mahmouds Familie stammte aus Afrika und lebte von Diebstahl und Hehlerei. Zu den Stoßzeiten trieben sich die Jugendlichen und Kinder des fünfzehnköpfigen Clans als Taschendiebe auf den Bahnhöfen der Stadt herum oder drängten sich in die überfüllten Metrozüge. Vor einigen Monaten hatte die Polizei Mahmouds jüngeren Bruder geschnappt. Da er noch nicht strafmündig war, musste der Untersuchungsrichter ihn laufen lassen.

Schon seit längerem plante er mit Mahmoud ein größeres Ding. In einem Hinterhof am Boulevard Barbès lagerten in einem schlecht gesicherten Raum Billiglaptops, Handys, Digitalkameras und Ghettoblaster. Schwarzmarktware aus Asien, Labelimitationen. Mahmoud hatte einige Käufer an der Hand, und am heutigen Abend sollte es losgehen. Er wusste, dass Dolly nicht vor Mitternacht nach Hause kam. Da würde er längst zurück sein. Das Türschloss des Lagerraums zu knacken war ein Kinderspiel. In den beiden Rucksäcken, die Mahmoud organisiert hatte, verstauten sie ein Dutzend Handys, drei Kameras, zwei Ghettoblaster und drei Laptops. Mahmoud wollte die Ware gleich am nächsten Tag verhökern. Nachdem sie die Sachen sicher in Mahmouds Wohnung ge-

schafft hatten, bekam er seinen Anteil von fünfzig Euro. Er fand das eigentlich zu wenig, doch Mahmoud hatte ihm klargemacht, dass er das Risiko trüge und die Ware möglicherweise nicht loswerden würde. Dolly würde er von diesem Geld nichts erzählen, denn sie war strikt gegen derartige Aktionen.

»Wir sind keine Diebe und Kriminellen«, sagte Dolly oft. »Sondern anständige Leute, trotz allem. Wir respektieren das Eigentum anderer.« Er wunderte sich über ihren seltsamen Begriff von Ehre. Für sie selbst galt er in einem entscheidenden Punkt offenbar nicht. Doch das stand auf einem anderen Blatt.

Einen Moment lang hatte er überlegt, ob er für Dolly eine Flasche guten Schnaps kaufen sollte. Fünf Euro, mehr müsste er nicht dafür hinblättern. Doch aus verschiedenen Gründen hatte er diesen Gedanken verworfen. Einer davon war der, dass etwas geschehen musste.

Seit den Flugzeuganschlägen auf die Türme in Amerika waren einige Wochen vergangen. Es war Herbst geworden. Seine Stimmung war auf dem Nullpunkt, trotz der fünfzig Euro, die er sich heute verdient hatte.

Diesmal hatte er kein Brot aus der Bäckerei mitgebracht. Dolly wollte unterwegs ein Stück Pizza essen, und später in der Nacht ließ ohnehin nur noch billiger Fusel sie alles vergessen.

Er blickte durchs Fenster auf die Umgebung. Es regnete, doch das Wasser konnte die verschmutzten Schei-

ben nicht rein waschen. In der Ferne blinkten Lichter, rote und grüne.

Eine Nacht wie jede andere.

Bald würde Dolly nach Hause kommen. Wie immer nicht allein. Hoffentlich war er bis dahin eingeschlafen!

Er hasste den Augenblick, wenn er das Geräusch des Schlüssels in der Haustür vernahm. So wie er alles hasste. Diesen Tag, der wie alle anderen war. Das Rattenloch, in dem sie lebten. Die immer gleichen Außen- und Innengeräusche, die ihn Tag und Nacht begleiteten.

Er ging zu seiner Schlafstatt und hob eine Holzbohle an. Dort hatte er eine verbeulte Tabakdose versteckt. Er legte die fünfzig Euro hinein. Es war nicht der einzige Schein. Mehr als vierhundert Euro hatten sich bereits angesammelt. Aus ähnlichen Geschäften wie heute. Er rückte die Bohle wieder an ihren Platz. Ohne sich zu waschen, warf er sich auf sein Lager. Die Arme hinter dem Kopf verschränkt, starrte er in die Dunkelheit.

Etwas musste geschehen.

10. KAPITEL

Sofern sein Beruf ihm die Zeit dazu ließ, ging LaBréa sonntagvormittags gern auf den Markt, am liebsten zur Place Monge im Quartier Latin. Schon als Junge hatte er seine Eltern manchmal am Sonntag dorthin begleitet. Der Markt erstreckte sich bis in die Rue Mouffetard. In einer Ecke des Platzes fand ein Treiben besonderer Art statt. Hier saß ein Akkordeonspieler und intonierte alte Gassenhauer, Couplets und bekannte Chansons von Edith Piaf oder Charles Aznavour. Jeder Marktbesucher konnte sich zu ihm stellen und ein Lied schmettern. Die meisten Darbietungen waren laienhaft, aber die Menschen hatten Spaß dabei. Zur Musik wurde getanzt, und alle fielen in den Refrain der populären Lieder ein.

Nach einem gemeinsamen Frühstück mit Jenny machten er und Céline sich auf den Weg zum Markt. Das schlechte Wetter – ein unangenehmer Nieselregen und ein böiger Wind – hielt sie nicht davon ab. Jenny hatte sich mit ihrer Klassenkameradin Virginie zu einer frühen Kinovorstellung verabredet. Der neueste *Asterix und Obelix* war im Kinocenter Beaubourg angelaufen. Lieber wäre Jenny zwar mit ihrer Freundin Alissa ins Kino gegangen, doch die verbrachte das Wochenende bei ihrem Vater und dessen neuer Frau.

Céline und LaBréa fuhren mit der Métro und erledigten ihre Einkäufe. Wegen des Wetters war der Akkordeonspieler nicht erschienen. Und so fehlte die fröhliche, unbeschwerte Atmosphäre, die so typisch für diesen Markt war.

Mittags lud LaBréa seine Gefährtin in ein kleines Lokal in der Rue Mouffetard ein. Die Wirtin kannte sie und stellte als Erstes gleich einen Krug Landwein auf den Tisch. Zu essen gab es einfache Hausmannskost. Am heutigen Tag wurden Lammkoteletts mit grünen Bohnen als Hauptgang serviert, als Nachtisch eine hausgemachte Mousse au Chocolat.

Nach dem Essen fuhren sie nach Hause. Céline wollte am Nachmittag arbeiten. Am kommenden Wochenende sollte ihre Ausstellung in einer Galerie im feinen 16. Arrondissement eröffnet werden. Ihr neuer Bilderzyklus, *Solitudes*, abstrakte Kompositionen in Grau-, Weiß- und Schwarztönen, war fertig. Jetzt galt es, einen Plan zu erstellen, in welcher Reihenfolge und Zusammenstellung die Exponate in der Galerie gehängt werden sollten

Sie gingen in Célines Atelier, um dort noch einen Kaffee zu trinken. Auf dem großen Tisch fand Céline eine Nachricht von Adrien. Er bedankte sich für ihre Gastfreundschaft. Am Morgen war er zu einer Veranstaltung aufgebrochen und hatte sein Gepäck gleich mitgenommen. Sein Flieger nach London ging am frühen Abend.

Eine Viertelstunde später begab LaBréa sich in seine Wohnung. Er legte *Seven Steps to Heaven* von Miles Davis in den CD-Player und machte es sich mit einem Buch auf der Couch gemütlich. Im Moment las er *Drop City* von T.C. Boyle, die skurrile Geschichte einer Hippiekommune in den USA. In den letzten Wochen hatte ihm sein Beruf wenig Zeit zur Lektüre gelassen. Bis zum Abend, wenn er im Mordfall Géminard zu einem Gespräch mit der Concierge in die Rue Barbette aufbrechen musste, blieben ihm ein paar Stunden Zeit. Und noch ein zweiter Gesprächstermin stand an diesem Abend an. LaBréa hatte sich erinnert, dass Francine Dalzon, die Besitzerin der Brûlerie, ebenfalls hin und wieder eins dieser Tanzlokale aufsuchte, genau wie LaBréas Mutter und vielleicht auch die ermordete Griseldis Géminard. Was lag da näher, als sich bei Francine einige Informationen über diese Lokale zu holen.

Kurz vor vier kehrte Jenny in Begleitung ihrer Klassenkameradin Virginie vom Kinobesuch zurück. Virginie war ein hoch aufgeschossenes, hübsches Mädchen mit dichten, blonden Haaren, die sie kurz geschnitten trug. Sie entstammte einer alten Adelsfamilie, die während der Revolution beinahe ausgelöscht worden war. LaBréa wusste, dass das Mädchen sich von Anfang an bemüht hatte, Jennys beste Freundin zu werden. Doch seine Tochter hatte Alissa den Vorzug gegeben, und so war Virginie für Jenny immer nur zweite Wahl. Deshalb schien das Mädchen heute umso erfreuter, dass Jenny sie sogar mit nach Hause nahm.

»Papa, spielst du mit uns 'ne Runde Monopoly?«, fragte Jenny gleich, als die beiden die Wohnung betraten. LaBréa senkte sein Buch und seufzte.

»Jetzt bin ich gerade beschäftigt, Chérie. Seid nicht böse, ihr beiden, aber ich will das Buch endlich zu Ende lesen.«

»Dann eben nicht«, schmollte Jenny. »Komm, Virginie, wir gehen in mein Zimmer. Ich zeig dir mein neuestes Videospiel.«

»Habt ihr was gegessen?«, rief LaBréa ihnen nach.

»Ja, bevor wir ins Kino gegangen sind, Monsieur«, erwiderte Virginie. Ihre Zahnspange blitzte. »Einen Cheeseburger bei McDonald's. Und 'ne Cola dazu.«

LaBréa verdrehte die Augen. Er verabscheute Fastfood, und auch Jenny machte sich normalerweise nichts daraus. Wahrscheinlich war es Virginies Idee gewesen, zu McDonald's zu gehen.

»Wenn ihr noch irgendwas wollt, meldet euch«, brummte er, doch Jennys Tür war bereits ins Schloss gefallen. Er stand auf und legte eine neue CD ein. Eine Aufnahme des letzten Konzerts von Betty Carter, die er besonders liebte. Obelix, der in seinem Lieblingssessel lag und schlief, war kurz wach geworden, als die Mädchen hereinkamen, hatte ihnen jedoch weiter keine Beachtung geschenkt.

Um sechs schlug LaBréa das Buch zu und ging in sein Schlafzimmer. Er vertauschte seine ausgewaschene Jeans und das alte Flanellhemd mit einer dunkelblauen Cordhose und einem dazu passenden Pullover. Wenig später klopfte er an Jennys Zimmertür. Die beiden Mädchen hockten einträchtig nebeneinander und waren in ihr Spiel vertieft. Es hieß *Animal Crossing* und führte die Spieler in die virtuelle Welt eines Dorfs und seiner Tiere. LaBréa hielt nichts von Videospielen und hatte sich lange dagegen gesträubt, Jenny eine Spielkonsole zu schenken. Doch letztes Weihnachten hatte Céline gemeint, dass man sich heutzutage diesen Dingen nicht mehr verschließen könne, und Jenny bekam ihre erste Nintendo-Konsole.

»Ich muss nochmal weg«, sagte LaBréa. »Bin aber gegen acht wahrscheinlich zurück.« Jenny nickte, ohne sich beim Spiel unterbrechen zu lassen. LaBréa wandte sich an die Klassenkameradin. »Wissen deine Eltern, dass du bei uns bist, Virginie?«

»Ja, Monsieur. Meine Mutter holt mich gegen sieben Uhr hier ab.«

»Gut. Also, Jenny, bis später.«

LaBréa verließ das Haus. In Célines Atelier brannte Licht, und LaBréa sah, wie sie aufmerksam ihre Bilder betrachtete, die sie ringsum an den Wänden aufgestellt hatte. Er klopfte kurz an die Fensterscheibe, winkte ihr lächelnd zu und machte sich auf den Weg. Immer noch regnete es. LaBréa spannte seinen Schirm auf.

Bis zur Rue Barbette im 3. Arrondissements brauchte er zu Fuß weniger als zehn Minuten. Ganz bewusst hatte LaBréa es vermieden, Madame Chabrier, die Concierge, über seinen Besuch in Kenntnis zu setzen. Bei jeder Mordermittlung spielte der Überraschungseffekt eine wichtige Rolle.

Nur wenige Menschen wagten sich bei diesem ungemütlichen Herbstwetter auf die Straße. Dazu gehörten die unverwüstlichen Hundebesitzer. Ihnen blieb auch keine andere Wahl. Eine junge Frau in Gummistiefeln und Regencape führte ihr winziges Hündchen aus – vermutlich eine sündhaft teure Rasse –, dessen magerer Leib mit dem spärlichen Fell vor Kälte zitterte. Das Tier verkroch sich in einem Torbogen, bis sein Frauchen es kurzerhand schnappte und auf den Arm nahm.

Hin und wieder fuhr ein Auto vorbei. LaBréa hielt sich dicht an den Häuserwänden, damit das Wasser, das aus den Pfützen hochspritzte, seine Kleidung nicht beschmutzte.

Er ging an der tristen Fassade des Nationalarchivs vorbei und bog in die Rue Vieille du Temple ein. Kurz darauf stand er vor dem Haus, in dem Griseldis Géminard am Vortag ermordet worden war.

Die Wohnung der Concierge befand sich im Hinterhof des Gebäudes. Eloïse Chabrier mochte Anfang fünfzig sein und entsprach in keiner Weise dem Bild einer Pariser Concierge, wie es in zahllosen Romanen über viele Jahrzehnte hinweg vermittelt wurde und oftmals auch heute noch seine Gültigkeit hatte. Sie war eine moderne Frau in den Fünfzigern, die sich, wie es so schön hieß, gut gehalten hatte. Ihre engen schwarzen Jeans und der blaue Pullover, der nicht gerade aussah, als wäre er im Monoprix gekauft worden, betonten ihre tadellose Figur. Ihr dezentes Make-up war sorgfältig aufgetragen, der Schnitt ihrer kurzen Haare schien das Werk eines fähigen Friseurs. Eine leichte Parfümwolke umgab die Frau, die eher als Directrice in ein Edelkaufhaus zu passen schien als in das Häuschen einer Concierge.

Sie bat LaBréa einzutreten. Ihre Wohnung war klein und ziemlich dunkel, was Eloïse Chabrier mit hellen Holzmöbeln zu kompensieren versuchte. Über den gewaltsamen Tod von Griseldis Géminard war sie bereits unterrichtet. Als sie vor einer knappen Stunde nach Hause gekommen war, hatte sie Monsieur Buffon getroffen, der einen Müllbeutel zu den Tonnen im Hof brachte. Sie zeigte sich erschüttert.

»Eine fürchterliche Geschichte! Wer bringt eine alte Frau um? Und vor allem, weswegen?«

LaBréa nahm auf einem der Sessel Platz.

»Ich hoffe, dass Sie mir da weiterhelfen können, Madame. Wie lange kannten Sie Madame Géminard?«

Die Concierge setzte sich auf die Couch und schlug die Beine übereinander.

»Ach, seit Ewigkeiten. Schon meine Mutter war Concierge in diesem Haus. Nach ihrem Tod vor fünfzehn Jahren habe ich dann ihren Posten übernommen. Die Géminards sind hier Ende der Sechzigerjahre eingezogen. Später hat Griseldis dann die Wohnung gekauft.«

»Dann kannten Sie doch sicher auch die Tochter, Augustine?«

»Natürlich. Wir waren ja in einem Alter. Ich machte damals, Anfang der Siebzigerjahre, gerade eine Ausbildung zur Stenokontoristin. Augustine hatte nach dem Abitur angefangen zu studieren. Ethnologie, daran erinnere ich mich noch genau. Sie interessierte sich für Indianerstämme und bedrohte Völker. Ein- oder zweimal sind wir auch zusammen ins Kino gegangen. Aber Augustine hatte ja ihren Freundeskreis an der Uni, und der Kontakt schlief allmählich ein.«

»Madame Géminard hatte Ihnen und auch anderen in der Nachbarschaft erzählt, dass Augustine bei dem Terroranschlag in New York um Leben gekommen sei.«

»Ja. Ich war damals total schockiert. Man hat ja so viele Bilder gesehen und konnte sich vorstellen, welch schrecklichen Tod die Menschen gestorben sein müssen. Und wenn man jemanden persönlich kennt, dann hat so etwas noch mal eine völlig andere Dimension.

Griseldis sagte, Augustine habe im Nordturm bei einer großen Bank gearbeitet. Ich weiß noch, dass ich mich gewundert habe, wieso sie in einer Bank tätig war. Sie hatte doch völlig andere Interessen, als sie nach Amerika ging.«

»Aber Sie haben Madame Géminard diese Geschichte geglaubt.«

Die Concierge blickte ihn erstaunt an.

»Ja, natürlich, wieso denn nicht?«

»Weil sie nicht stimmt. Madame Géminard hat sie erfunden. Ihre Tochter ist nicht bei dem Anschlag ums Leben gekommen.«

Eloïse Chabrier schüttelte irritiert den Kopf.

»Wieso erzählt sie dann so etwas? Eine Mutter erfindet doch nicht einfach den Tod ihrer Tochter?!«

»Wann haben Sie Augustine denn zum letzten Mal gesehen?«

Die Concierge überlegte einen Augenblick.

»Das muss ... warten Sie, das war Mitte der Siebzigerjahre. Augustine wollte nach Amerika gehen und dort weiterstudieren. Sie gab hier unten im Hof ein Abschiedsfest für ihre Freunde und die Hausbewohner. Einige Tage später flog sie dann los.«

LaBréa nickte. Augustine Géminard verschwand vor beinahe dreißig Jahren und schrieb ihrer Mutter aus New York regelmäßig Briefe, in denen sie belanglose Dinge mitteilte. Über ihr Privatleben oder was sie beruflich machte, erfuhr man nichts. Als ehemalige

Ethnologiestudentin arbeitete sie laut Aussage ihrer Mutter bei einer Investmentbank, was schon recht seltsam war. Im April 2001 kam ihr letztes Schreiben, und nach dem 11. September verbreitete Griseldis Géminard die Nachricht, ihre Tochter sei bei dem Anschlag ums Leben gekommen. Warum? Was war tatsächlich mit Augustine Géminard geschehen? Und hatte das irgendetwas mit dem Mord an ihrer Mutter zu tun? LaBréa mochte es nicht ausschließen, wenngleich er sich nicht vorstellen konnte, in welcher Weise es relevant sein sollte.

»Ist Augustine Géminard denn irgendwann einmal wieder nach Paris gekommen, um ihre Mutter zu besuchen?«

»Soweit ich weiß, nicht.«

»War sie in den USA verheiratet?«

»Nein. Jedenfalls hat Griseldis das nie erwähnt.«

»Was war Augustine für ein Mensch?«

Eloïse Chabrier dachte einen Moment nach und suchte nach den richtigen Worten.

»Wie soll ich sagen? Man hätte nie gedacht, dass sie aus einer solchen Familie kommt. Sie war damals in den Siebzigern ziemlich flippig. Bunte Kleidung, Jesuslatschen, Henna im Haar, Janis Joplin und diese ganzen Sprüche der Hippie-Bewegung. Außerdem war sie politisch engagiert. In der Studentenbewegung '68 hier in Paris hat sie aktiv mitgemacht, obwohl sie damals noch zur Schule ging. Bei der Party hier im Hof haben einige Marihuana geraucht, Augustine auch. Eigentlich wollte sie nach San Francisco. Aber da blieb sie wohl nur kurz und ging dann nach New York. Ich habe sie aus den Augen verloren, und Griseldis war keine Frau, die viel erzählt hat.«

»Verstehe. Haben Sie eine Idee, wer Madame Géminard umgebracht haben könnte?«

»Nein. Sie hatte ja kaum Kontakte und hat nie einer Seele etwas zuleide getan. An den Samstagen ging sie meistens zum Tanzen, ins *Paradis* in der Rue de Lappe.«

LaBréa horchte auf.

»Ins *Paradis*? Sind Sie da ganz sicher?«

»Ja.«

»Ging sie auch in andere Tanzlokale?«

»Das glaube ich nicht. Ich weiß, dass sie im *Paradis* Stammgast war.«

»Monsieur Buffon sagte mir, er habe sie mit einer Freundin weggehen sehen.«

»Ja, mit Madame Baker. Eine Engländerin, die seit fast vierzig Jahren in Paris lebte.«

»Lebte? Heißt das, sie ist verstorben?«

»Vor eineinhalb Jahren. Bei einem Verkehrsunfall. Sie war sehr nett, immer fröhlich und gut aufgelegt.«

»Wissen Sie, ob Madame Géminard im *Paradis* irgendwelche Kontakte geknüpft hat?«

Die Concierge schüttelte den Kopf.

»Keine Ahnung.«

»Bekam sie Männerbesuch?«

»Nicht, dass ich wüsste. Warum fragen Sie das, Commissaire? Denken Sie, sie hat den Kerl, der sie umgebracht hat, gekannt?«

»Wir wissen nicht, ob der Mörder ein Mann war, Madame Chabrier. Alles ist möglich. Nur der Ordnung halber: Wann sind Sie in Ihr Wochenende gefahren?«

Die Concierge sah ihn empört an.

»Freitagabend. Glauben Sie etwa, *ich* hätte Griseldis …« Sie sprach den Satz nicht zu Ende und lachte ein wenig gekünstelt.

»Das sind reine Routinefragen. Haben Sie jemanden besucht?«

»Meinen Freund. Ich fahre jedes Wochenende zu ihm. Er wohnt im Grünen, hinter der Porte des Lilas.«

»Wann haben Sie Madame Géminard zum letzten Mal gesehen?«

»Das war am Freitagnachmittag. Ich habe den Hausflur geputzt, da kam sie nach Hause.«

Bei der Vorstellung, dass diese gepflegt wirkende Frau sich mit Scheuereimer und Schrubber im Hausflur zu schaffen machte, musste LaBréa schmunzeln. Doch warum eigentlich nicht? Wenn sie ihren Pflichten als Concierge nachkam, trug sie ja vielleicht eine Kittelschürze und Gummihandschuhe.

»Sie war auf der Bank gewesen«, fuhr Madame Chabrier fort.

»Sagte sie, dass sie am Abend oder am nächsten Tag jemanden erwartete? Dass sie sich am Sonnabend mit jemandem treffen wollte?«

»Nein. Ich erwähnte ja bereits, dass Griseldis nie viel von sich erzählt hat. Sie lebte ihr eigenes Leben und ließ andere nicht daran teilhaben.«

»Was können Sie sonst noch über sie sagen?«

Die Concierge überlegte nicht lange.

»Geizig war sie, richtig knickrig. Mit Trinkgeldern war sie mehr als sparsam.«

LaBréa wurde hellhörig.

»Ihnen gegenüber?«

Die Concierge machte eine wegwerfende Handbewegung.

»Um mich geht es gar nicht. Obwohl es in meinem Job üblich ist, dass die Wohnungseigentümer sich zum Beispiel zu Weihnachten oder Neujahr großzügig zeigen. Griseldis war es nicht. Dabei dürfte sie wahrlich nicht arm gewesen sein, bei der guten Pension ihres Mannes.« Sie verzog ihren Mund zu einem etwas verkniffenen Lächeln. »Zum Glück bin ich nicht auf Trinkgelder angewiesen. Aber eins muss ich doch sagen: Da ist Monsieur Buffon schon ein anderes Kaliber! Nobel und vom alten Schlag.«

Wie von Zauberhand verblasste der Eindruck, den LaBréa zunächst von Eloïse Chabrier gehabt hatte. Hinter der Fassade einer gepflegten und charmanten Frau, die nicht dem Bild einer Concierge entsprach und von

Griseldis Géminards gewaltsamem Tod ehrlich betroffen schien, entdeckte LaBréa einen Anflug von Neid und Missgunst. Hatte Eloïse Chabrier gewusst, dass die alte Dame am Freitag 25 000 Euro von ihrem Konto abheben wollte? Eine solche Summe konnte jemanden leicht in Versuchung führen ... LaBréa wechselte das Thema.

»Wie war Madame Géminards Verhältnis zu den anderen Hausbewohnern?«

»Distanziert«, erwiderte die Concierge.

»Und zu ihrem direkten Nachbarn, Monsieur Buffon?«

Eloïse Chabrier zögerte einen Moment, bevor sie antwortete.

»Ich glaube, Griseldis fand ihn sehr nett und irgendwie auch attraktiv.«

»Tatsächlich? Hat sie das Ihnen gegenüber einmal erwähnt?«

»Nein, sie nicht. Aber Monsieur Buffon machte mal so eine Andeutung, dass Griseldis wohl gern näheren Kontakt zu ihm gehabt hätte. Aber umgekehrt war es nicht so.«

Wenig später verabschiedete sich LaBréa von ihr und ließ seine Karte da, für den Fall, dass der Concierge noch etwas Wichtiges einfiel. Namen und Adresse ihres Freundes hatte er sich notiert, damit ihr Alibi überprüft werden konnte.

»Was ist mit der Beerdigung?«, fragte Madame Chabrier, als sie LaBréa zur Tür brachte. »Wer entscheidet denn darüber? Abgesehen von Augustine hatte Griseldis ja keine Angehörigen mehr.«

»Ich weiß. Wir versuchen herauszufinden, ob die Tochter noch lebt. Wenn das bis Ende der Woche nicht gelingt, wird die Mairie des Arrondissements über das Begräbnis entscheiden.«

Madame Chabrier nickte und blickte ihn aus ihren braunen Augen an, die im Halbdunkel des Eingangsbereichs ausdruckslos wirkten.

»Wiedersehen, Madame«, sagte LaBréa. »Und vielen Dank, dass Sie sich die Zeit genommen haben.«

»Das ist doch selbstverständlich, Commissaire. Auf Wiedersehen!«

Die Tür fiel ins Schloss.

Eine Frau, die als geizig galt, hob auf einen Schlag 25 000 Euro ab, dachte LaBréa, als er das Haus verließ. Wofür?

11. KAPITEL

Draußen dämmerte es bereits. Der Regen hatte aufgehört. Straßen und Bürgersteige glänzten im Licht der Laternen. Von der Rue Barbette ging LaBréa in Richtung Place des Vosges. Natürlich war die Brûlerie am heutigen Sonntag geschlossen, und LaBréa wusste nicht, ob er Francine Dalzon zu Hause antreffen würde. Von unterwegs aus rief er sie an. Erst nach mehrmaligem Läuten ging sie ans Telefon. Er fragte sie, ob sie einen Moment Zeit für ihn habe. Sie klang verschlafen, als sie antwortete.

»Um was geht es denn, Commissaire?«

»Das würde ich Ihnen lieber persönlich sagen.«

Sie gab ihm die Nummer ihres Haustürcodes, und Minuten später öffnete LaBréa die kleine Tür, die sich gleich neben dem Eingang zur Brûlerie befand.

Es war das erste Mal, dass er die Privatwohnung der Familie Dalzon sah. Sie lag im ersten Stock, direkt über dem Geschäft, und die Fenster gaben den Blick über den ganzen Platz frei. Das Mobiliar war einfach und funktional. Ein Vitrinenschrank beherbergte alte Puppen. Sammlerstücke, wie Francine erklärte.

»Als Sie vorhin anriefen, habe ich übrigens gerade geschlafen. Das Beste, was man an solch einem verregneten Tag machen kann. Die Sonntage sind am schlimmsten, seit mein Mann weg ist. Also, worum geht es, Commissaire?« Sie bot ihm einen Apéritif an, und LaBréa entschied sich für einen Pastis.

Er nippte an seinem Glas und erzählte Francine in groben Zügen von dem Mord an der alten Frau und den Hinweisen, die sowohl Henri Buffon als auch Eloïse Chabrier ihm gegeben hatten.

»Und da dachte ich, ich wende mich mal an Sie, Madame Dalzon«, schloss er seinen Bericht. »Soweit ich weiß, besuchen Sie doch auch hin und wieder diese Tanzlokale.«

»Ja. Aber weniger das *Paradis* als das *La Rose* in der Rue St. Claude. Im *Paradis* finde ich es zu teuer, das ist der reinste Nepp. Die nehmen für ein Glas Wein schon dreizehn Euro. Aber in letzter Zeit war ich nicht mehr tanzen. Mir stand wahrlich nicht der Sinn danach auszugehen.«

»Wie geht es denn in diesen Lokalen zu? Wenn ältere Frauen dort allein hingehen, finden die dann alle einen passenden Tänzer?«

Francine lachte, was ihrem Gesicht für einen Moment den traurigen und depressiven Ausdruck nahm.

»Das kommt ganz darauf an.«

»Worauf?«

»Wer alt ist und sich dort amüsieren will, muss schon was springen lassen. Da lungern immer ein paar junge Männer herum, die knapp bei Kasse sind. Betuchte ältere Damen erkennen die sofort. Das ist im *La Rose* nicht anders als im *Paradis*. Glauben Sie, dass die Frau ihren Mörder dort getroffen hat?«

»Möglich. Jedenfalls war sie dort Stammgast«, sagte LaBréa nachdenklich. »Und betucht war sie auch«, fügte er hinzu, erwähnte allerdings nicht, dass Griseldis Géminard einen Tag vor ihrem Tod eine große Summe von ihrem Bankkonto abgehoben hatte.

»Warum überzeugen Sie sich nicht selbst davon, wie es dort zugeht?«, schlug Francine vor. »Das *Paradis* hat heute sicher geöffnet. Das würde ich mir nicht entgehen lassen, und zwar *bevor* ich mit dem Personal rede.«

»Gute Idee. Und was halten Sie davon, mich zu begleiten?«

Francine wehrte ab.

»Nein, nein, Commissaire, lieber nicht. Ich bin heute wirklich nicht in der Stimmung auszugehen. Außerdem – so, wie ich aussehe …« Sie zeigte auf ihre unfrisierten, leicht fettigen Haare.

»Schade. Eine Frage hätte ich noch, Madame Dalzon.« LaBréa überlegte, wie er es formulieren sollte, denn er verließ jetzt das Terrain der Mordermittlung und war aus rein privaten Gründen interessiert. »Wenn beispielsweise verheiratete Frauen in Ihrem Alter an den Wochenenden dorthin gehen, was sagen denn da die Ehemänner? Hat Ihr Mann zum Beispiel gewusst, dass Sie ins *La Rose* gingen?«

»Ja, natürlich hat er es gewusst. Ich tanze für mein Leben gern, und mein Mann war ein ausgesprochener Tanzmuffel. Ich ging mit einer Freundin dorthin, und wir amüsierten uns immer königlich. Aber es kamen und kommen natürlich auch Leute, deren Partner keine Ahnung haben. Und natürlich ergibt sich da so manches Techtelmechtel, manche Liaison. So etwas bleibt doch nicht aus, wenn jemand dafür empfänglich ist. Was in diesen Lokalen hauptsächlich verkauft wird, ist in guten wie in schlechten Zeiten immer gefragt: Sehnsucht und Träume. Für manche ist das wie ein Ball der einsamen Herzen. Und einsam kann auch jemand sein, der seit Jahren verheiratet ist und nach außen eine harmonische und glückliche Ehe führt.«

Als LaBréa Francine zum Abschied die Hand reichte, ahnte sie nicht, wie sehr ihre letzten Worte ins Schwarze getroffen hatten. War seine Mutter während ihrer Ehe eine einsame Frau gewesen? Hatte Lucia LaBréa sich an der Seite ihres Mannes unglücklich gefühlt und die Liebe eines anderen gesucht?

Er schlug den Weg zur Bastille ein und dachte, welch eigenartige Laune des Schicksals es doch war, dass ihn die Ermittlungen im Fall Géminard in eins der Tanzlokale führten, die im geheimen Leben seiner Mutter eine große Rolle gespielt hatten.

Von unterwegs aus rief er Jenny an, um ihr zu sagen, dass er doch später käme als versprochen.

»Ist Virginie schon weg?«, wollte er wissen.

»Sie wäre gern noch länger geblieben. Aber ihre Mutter hat sie pünktlich abgeholt. Am Sonntagabend gibt es bei denen immer ein großes Familienessen. Virginie sagt, das sei Tradition, und sogar ihre beiden Brüder, die schon studieren, müssen jeden Sonntag antanzen.«

»Hast *du* denn schon was gegessen?«

»Ja, eine Tüte Chips. Ist ja nichts anderes da.« Sie klang vorwurfsvoll.

»Ich war doch heute Morgen auf dem Markt. Der ganze Kühlschrank ist voll.«

»Aber mit Sachen, auf die ich keinen Bock habe. Wann genau kommst du denn, Papa?«

»So gegen zehn vielleicht. Geh ruhig schon mal ins Bett. Und vor allem, sieh dir nicht wieder irgendeinen Krimi im Fernsehen an.«

»Im Zweiten gibt es heute eine Doppelfolge von *Spurlos verschwunden.*«

»Ich will nicht, dass du dir diesen Schwachsinn anguckst.«

»Das ist kein Schwachsinn, Papa. Da geht es um vermisste Leute in Amerika, die dann von der Polizei gesucht werden. Das ist total spannend und cool, und es wird keine Gewalt gezeigt, ehrlich.«

LaBréa blieb skeptisch. Doch was sollte er tun? Ihm war klar, dass Jenny an den Abenden, wenn er nicht zu Hause war, häufig den Fernseher anschaltete. Er hatte keine Kontrolle über die Programme, die sie sich ansah. Er gab sich einen Ruck.

»Gut, Chérie, wenn du mir sagst, dass da keine Gewaltszenen gezeigt werden, vertraue ich dir. Aber spätestens um zehn schaltest du den Fernseher aus.«

»Mach ich, Papa. Großes Ehrenwort.«

»Wahrscheinlich bin ich ja bis dahin sowieso zurück.«

Am Eingang zum Tanzlokal *Paradis* in der Rue de Lappe befand sich ein Kassenhäuschen. LaBréa löste eine Eintrittskarte. Sie kostete zwanzig Euro und berechtigte zur Bestellung eines Softdrinks. Was die Preise in diesen Lokalen betraf, hatte die Besitzerin der Brûlerie nicht übertrieben. Dass die Garderobe, an der LaBréa seinen Trenchcoat abgab, nichts kostete, erschien ihm wie ein Wunder.

Der Raum mit dem langen Bartresen und den Sitznischen rings um die weitläufige Tanzfläche war in schummriges Licht getaucht. Rote, samtbezogene Sessel und Tische mit Spitzendeckchen und Kerzenlicht ließen die plüschige Atmosphäre vergangener Zeiten wiederauferstehen. Die nostalgische Stimmung schien absichtsvoll in Szene gesetzt. Sie hatte nichts von der Leichtigkeit, wie sie in den Couplets der Dreißigerjahre und den frühen Chansons von Edith Piaf besungen wurde. Die Combos und Orchester früherer Jahre waren einer teuren und phonstarken Stereoanlage gewichen, aus deren Lautsprechern gerade die Klänge einer Rumba ertönten.

LaBréa beobachtete vom Tresen aus das Treiben im Lokal. Viele Tische waren besetzt. Auf der Tanzfläche tummelten sich einige Paare; oftmals waren es Frauen, die miteinander tanzten.

Wie damals im Krieg, dachte LaBréa. Als Männer Mangelware waren und nicht jede Frau in Paris mit einem deutschen Besatzungssoldaten loszog.

Das Publikum war zumeist weiblich und vom Altersdurchschnitt her jenseits der sechzig. Offenbar legten alle Wert auf gute Kleidung. Die Frauen hatten sich herausgeputzt, trugen hübsche Kleider mit dazu passenden Schuhen und Handtaschen.

Die wenigen älteren Herren, in Anzug und Krawatte, hatten jene Frauen auf die Tanzfläche entführt, die am flottesten und jüngsten wirkten. Die anderen saßen allein oder zu zweit an den Tischen. Ein gewinnendes, aber wie eingefroren wirkendes Lächeln auf den Lippen, hielten sie Ausschau nach einem Kavalier, der ihr Mauerblümchendasein beendete.

Als Neuankömmling wurde LaBréa von vielen weiblichen Augenpaaren sehnsüchtig taxiert. Neben ihm an der Bar standen drei Männer jüngeren Alters. Zwei von ihnen hatten ihre gegelten Haare straff nach hinten gekämmt und bedienten das Klischee eines argentinischen Tangotänzers. Ihre dunklen Anzüge saßen schlecht. Vielleicht stammten sie aus einem Theaterfundus. Der Dritte trug einen grau gestreiften, tadellos sitzenden Dreiteiler mit gepunkteter Krawatte. Er hatte seine Arme über der Brust gekreuzt und lehnte lässig am Tresen. Seine Augen waren auffallend blau, das konnte LaBréa trotz des schummrigen Lichts erkennen. Ein strahlendes Kornblumenblau, wie man es selten bei Männern, noch dazu bei dunkelhaarigen, sieht. Doch am auffallendsten war die Narbe an seiner Oberlippe, die er mit einem Bärtchen zu kaschieren suchte. Eine Hasenscharte, wahrscheinlich im Kindesalter schlecht operiert.

Alle drei taxierten routiniert das Angebot an Damen und gaben sich abgeklärt. Sie sprachen nicht miteinander, schienen sich demnach wohl nicht zu kennen.

Einer der Tangotänzer veränderte seine Position, lehnte sich ebenfalls mit dem Rücken an den Tresen und zündete sich eine Zigarette an. Er war nicht der Einzige, der rauchte. LaBréa wunderte sich, dass das seit kurzem überall in Kraft getretene Rauchverbot hier so offensichtlich ignoriert wurde.

Er gab dem Barkeeper seinen Getränkecoupon und bestellte einen Tom Collins. Vor vielen Jahren, als er die USA bereiste, war das sein Lieblingsdrink gewesen. Es erschien LaBréa der passende Drink für einen Polizeikommissar, der am Sonntagabend inkognito ein Pariser Tanzlokal besuchte.

»Kostet aber vierzehn Euro extra«, sagte der Barkeeper, ein Mann mit weißem Hemd und Fliege, mit unbeteiligter Stimme. »Der Coupon gilt nur für eine Cola oder einen Saft.«

LaBréa nickte ergeben und zückte sein Portemonnaie. Mit seiner schiefen Nase, der unbestimmbaren Augenfarbe und den dunklen, in der Mitte gescheitelten Haaren erinnerte ihn der Mann an den Komiker Fernandel. Der mixte den Drink und stellte ihn schwungvoll auf den Tresen. LaBréa nahm einen ersten Zug und bemerkte sogleich, dass der Drink viel zu wenig Gin enthielt.

Die Musik wechselte. Die ersten Töne eines Musettewalzers wurden von den Damen freudig beklatscht. Einige Paare verließen die Tanzfläche, andere betraten sie. Die drei Männer, die neben ihm am Tresen standen, schwärmten zu den Tischen aus und unterzogen die Sitzengebliebenen einer kurzen Prüfung. Die beiden Tangotänzer kehrten unverrichteter Dinge zum Tresen zurück. Der Dritte, der mit den blauen Augen und dem Bärtchen über der Narbe, forderte eine grauhaarige Frau auf, die ein groß geblümtes Kostüm trug. Mit jugendlichem Schwung erhob sie sich und folgte ihm zur Tanzfläche. Dort fasste der Kavalier routiniert ihren linken Arm und legte seine rechte Hand auf ihren Rücken. Sogleich bewegten sie sich gekonnt im Rhythmus der Musik. Auf dem Gesicht der Frau lag ein romantischer Ausdruck von Verklärtheit.

Hinter sich hörte LaBréa ein kurzes Räuspern. Er drehte sich um und blickte in das lächelnde Gesicht eines Mannes von etwa Mitte dreißig. Mit seinen gegelten, sich im Nacken nach außen kräuselnden Locken und dem länglichen, leicht verschlagen wirkenden Gesicht sah er aus wie der Prototyp des Schurken in einem Low-Budget-Film. Sein dunkler Anzug saß tadellos, die schwarzen Lackschuhe wirkten geckenhaft.

»Guten Abend, Monsieur«, sagte er mit öliger Stimme und entblößte eine Reihe blitzender Zähne. »Zum ersten Mal hier bei uns im *Paradis*?«

»Ja, genau.« LaBréa nippte an seinem Drink, der inzwischen noch wässriger schmeckte.

»Ich bin der Geschäftsführer. Gestatten: Patrice Montana.« Er musterte LaBréa eingehend. Ein Mann in Cordhose und hellgrauem Pullover … Als sein skeptischer Blick auf LaBréas derbe Schlechtwetterschuhe fiel, schüttelte er leicht den Kopf, ohne dass sein routiniertes Lächeln verschwand.

»Tanzen Sie denn überhaupt, Monsieur?«

LaBréa nickte rasch.

»Ab und zu schon, sonst wäre ich ja nicht hier.«

»Wohl nicht aus Paris, was?« Es klang halb scherzhaft, halb mitleidig. LaBréa beschloss, das Spielchen mitzuspielen.

»Ganz recht, Monsieur Montana. Ich komme aus der Auvergne und habe geschäftlich in Paris zu tun.«

Der Geschäftsführer senkte vertraulich die Stimme.

»Und dann verirren Sie sich ausgerechnet zu uns? Da gibt es doch ganz andere Adressen: das Moulin

Rouge oder einschlägige Lokale am Boulevard Diderot.«

»Das hebe ich mir für die nächsten Tage auf«, erwiderte LaBréa.

Patrice Montana sah LaBréa noch einmal prüfend an, dann klopfte er ihm auf die Schulter.

»Nun, Monsieur, dann wünsche ich Ihnen noch einen angenehmen Abend.«

Der Geschäftsführer machte kehrt, ging zu einem der Tische in der Nähe, wo er den beiden Damen, die ihn und LaBréa die ganze Zeit neugierig beobachtet hatten, galant die Hand küsste. Dann stellte er sich an die Tanzfläche und beobachtete das Treiben. Die Grauhaarige mit dem geblümten Kostüm lächelte ihm zu, während ihr Kavalier mit der Hasenscharte ihn nicht beachtete.

LaBréa trank den letzten Schluck seines Tom Collins und dachte nach. Der Geschäftsführer hatte sich allzu sehr für ihn interessiert. Weil er sofort gespürt hatte, dass er nicht in dieses Lokal passte? Oder aus anderen Gründen?

Fünf Minuten später verließ LaBréa das *Paradis* wieder. Er hatte genug gesehen. Die eigenartige Atmosphäre in dem Lokal ging ihm nicht aus dem Sinn. War der Mörder von Griseldis Géminard in diesem Umfeld zu suchen?

Als LaBréa auf dem Nachhauseweg die Place des Vosges überquerte, zeigte sich am nächtlichen Himmel zwischen zwei Wolkenfetzen für einen Augenblick der beinahe volle Mond. Sein bleicher Lichtstrahl ergoss sich wie ein Scheinwerfer, den man an- und ausschaltete, über das Grün des Platzes.

12. KAPITEL

Am Montagmorgen brachte LaBréa seine Tochter zur Schule und versprach ihr, sie am Abend zusammen mit Céline zum Essen auszuführen. Anschließend ging er in sein Büro am Quai des Orfèvres. Es war ein schöner Oktobertag mit sanftem Licht, das über der Stadt schimmerte wie ein falsches Versprechen. Im Radio hatten sie am Morgen gesagt, dass es im Lauf des Vormittags erneut heftig regnen würde.

Auf den Seinebrücken und an den Quais herrschte der übliche Berufsverkehr. LaBréa nahm den Weg über die Île St. Louis und von dort aus zur Île de la Cité, wo sich der Justizpalast und das Polizeipräsidium befanden. Auf der Seine tuckerte ein Boot der Wasserpolizei. Die Trikolore am Heck sah nagelneu aus und flatterte im Wind.

Wie meistens war der Paradiesvogel auch an diesem Morgen als Erster im Büro. Er hatte bereits eine große Kanne Kaffee in LaBréas Büro geschafft. Heute trug er eine knallrote Hose aus Leder und einen schwarzen Pulli mit einem roten Smiley auf der Brust.

Claudine war ebenfalls schon da und setzte sich zu LaBréa an den Konferenztisch. Franck erschien als

Letzter und warf seine speckige Lederjacke über die Stuhllehne. Er wirkte verschlafen und war wieder unrasiert. Als er Jean-Marcs Outfit musterte, meinte er ironisch: »Wow, heute mal nicht im Zebra- oder Blümchenlook! Rot und schwarz. Ist das nicht der Titel eines berühmten Romans?«

Jean-Marc lächelte nachsichtig.

»Ach, Franck, lass es. Du weißt ja nicht mal, worum es in *Rot und Schwarz* geht. Geschweige denn, wer es geschrieben hat.«

»Natürlich weiß ich das. Aber ich muss es dir ja nicht auf die Nase binden.«

Jean-Marc lachte, und Claudine schüttelte schmunzelnd den Kopf.

LaBréa schlug mit der flachen Hand leicht auf die Tischplatte.

»Schluss jetzt! An die Arbeit.«

Er berichtete seinen Mitarbeitern von den Gesprächen mit der Concierge und der Besitzerin der Brûlerie sowie von seinem Besuch im *Paradis*.

»Scheint ja der richtige Name für diesen Schuppen zu sein«, bemerkte Franck und kratzte sich am unrasierten Kinn.

LaBréa fragte ihn, was er in der Nachbarschaft der beiden anderen Tatorte herausgefunden hatte.

»Tja, leider nicht viel«, erwiderte Franck und unterdrückte ein Gähnen. »Sonntags ist so was schlecht. Da wollen die Leute möglichst nicht gestört werden.«

»Warst du überhaupt dort?«, warf Claudine skeptisch ein.

»Na klar, was denkst du denn!« Franck war empört. »Also, ich fasse mal zusammen. Die Nachbarin, die diese ledige Staatsbeamtin Annie Normand seinerzeit tot aufgefunden hat, ist aus der Gegend weggezogen. Die konnte ich also nicht mehr fragen, ob das Opfer an den Wochenenden in diese Tanzlokale ging. Aber da bleib ich dran und such mir ihre neue Adresse im zentralen Melderegister.«

»Und die anderen Nachbarn?«

»Die wussten es nicht. Bei der Krankenschwester am Montmartre das Gleiche. Da hatte ich Mühe, dass mir überhaupt jemand Auskunft gab. Die Leute sind heutzutage misstrauisch.«

»Vor allem, wenn man selbst wenig vertrauenerweckend aussieht, Franck«, bemerkte Jean-Marc trocken. »Die dachten sicher, dein Polizeiausweis ist gefälscht.«

Franck ignorierte die Bemerkung und fuhr fort.

»Aber dann hatte ich doch noch Glück.« Er grinste. »Ich hab die Nichte angerufen, die die Frau gefunden hatte. Und die bestätigte mir, dass ihre Tante manchmal eines dieser Tanzlokale aufgesucht hat.«

»Sagte sie, welches?«, fragte LaBréa.

»Nein, das wusste sie nicht. Sie wusste nur, dass es in der Nähe der Bastille lag. Die Tante sei immer mit der Métro dorthin gefahren.«

»Dann kann es ja eigentlich nur das *Paradis* sein, Chef«, meinte Claudine. LaBréa schüttelte den Kopf.

»Nicht unbedingt, Claudine. Rund um die Bastille gibt es zwei oder drei solcher Lokale. Die sehen wir uns eins nach dem anderen an.« Er wandte sich an Jean-Marc. »Haben Sie in den Akten der beiden alten Fälle irgendwas Auffälliges gefunden?«

»Nein. Die Kollegen haben damals gründlich gearbeitet. Sie haben natürlich die Bankangestellten und auch deren Umfeld genau unter die Lupe genommen. Kein Hinweis darauf, dass irgendjemand einen Insidertipp gegeben hat oder selbst in der Sache drinsteckte. Im Fall der Krankenschwester Léonore Fourès gab es mal eine heiße Spur, Chef. War aber eine Sackgasse.«

»Was für eine Spur?«

»Sie führte zur Putzfrau des Opfers. Léonore Fourès hatte der Frau wenige Wochen zuvor gekündigt, weil sie angeblich was von ihrem Schmuck geklaut hatte – was die Putzfrau seinerzeit vehement bestritt. Die Sache kam zur Anzeige, und als die Frau dann ermordet wurde, geriet die Putzfrau unter Verdacht. Zumal sie für die Tatzeit kein Alibi vorweisen konnte. Aber da das Geld, das die Frau abgehoben hatte, bei ihr nicht gefunden wurde und man ihr rein gar nichts nachweisen konnte, war sie aus dem Schneider.«

»Wenn ich das richtig verstehe, gibt es da nirgendwo einen Punkt, wo wir nachhaken könnten.«

»So ist es, Chef. Leider.«

»Gut. Wir machen Folgendes. Jean-Marc nimmt Kontakt zum Geschäftsführer und zum Barkeeper des *Paradis* auf. Bestellen Sie die beiden aufs Präsidium. Wir zeigen ihnen das Foto von Griseldis Géminard, dann sehen wir weiter. Halten Sie auch die Fotos der beiden anderen Frauen bereit, Jean-Marc. Und Sie, Franck, gehen ab Mittwochabend undercover ins *Paradis*. Montags und dienstags ist das Lokal geschlossen.«

Jean-Marc feixte.

»Das passt ja! So wie Sie dieses Trio von letzter Nacht beschrieben haben, Chef, könnte Franck glatt den vierten Mann spielen. Wie beim Bridge.«

»Ich kann aber nicht tanzen«, wandte Franck ein. Ihm war anzusehen, wie unbehaglich er sich fühlte.

»Das lernt man schnell«, sagte Claudine und zwinkerte Jean-Marc zu. »Ich zeig dir in der Mittagspause ein paar Grundschritte, wenn du willst.«

Genervt winkte Franck ab und schnitt eine Grimasse.

»Kauf dir im Secondhandladen einen Anzug, und von mir kannst du eine Tube Haargel bekommen.« Der Paradiesvogel grinste boshaft.

»Niemand verlangt von Ihnen, dass Sie sich dort ausgiebig auf der Tanzfläche tummeln«, beruhigte LaBréa seinen Mitarbeiter. »Sie sollen hauptsächlich die Augen offen halten und beobachten, was da so läuft. Welche Männer verkehren dort? Verhält sich jemand auffällig? Das Übliche eben. Und sehen Sie zu, dass der Geschäftsführer und der Barkeeper Sie nicht zu Gesicht bekommen, wenn wir die beiden vorladen.«

»Keine Sorge, Chef. Bin ja schließlich kein Anfänger.« Die letzte Bemerkung klang beinahe beleidigt.

LaBréa wandte sich an Claudine: »Schon was Neues bezüglich dieser Augustine Géminard?«

»Nicht wirklich. Ich habe meinem Mann von der Sache erzählt. Vor Jahren hat er in Moskau mal einen Kollegen aus den USA getroffen und sich mit ihm angefreundet. Sie waren beide mit ihren Chefs beim G8-Gipfel. Mein Mann als Bodyguard des Präsidenten, der Amerikaner als Bewacher von Bush. Er heißt Bill Waters. Ab und zu schicken er und mein Mann sich eine Mail. Bill arbeitet seit einem Jahr beim FBI, in der Abteilung Vermisste Personen.«

LaBréa stutzte. Ihm war das Gespräch mit Jenny über den Fernsehkrimi eingefallen.

»Vermisste Personen? Gibt es da nicht so eine amerikanische Krimiserie, die solche Fälle zeigt? Meine Tochter hat so was erwähnt.«

»Ja, *Spurlos verschwunden*«, sagte Jean-Marc. »Normalerweise sehe ich mir so was ja nicht an, aber die Serie ist echt gut.«

Claudine fuhr in ihrem Bericht fort.

»Mein Mann hat Bill Waters gestern eine Mail geschickt und gefragt, wie man herausbekommen könnte, wo Augustine Géminard in den USA wohnt und ob sie noch am Leben ist. Am Abend kam seine Antwort.«

Gespannt sah LaBréa seine Mitarbeiterin an.

»Es gibt mehrere Möglichkeiten, meint Bill. Er kann in den Datenbanken der vermissten Personen nachforschen, und zwar in sämtlichen Bundesstaaten. Dann gibt es noch eine zentrale Datenbank für ungeklärte Todesfälle, Mordfälle und Selbstmorde. Er wollte ein Foto von Augustine. Die Kollegen der Spurensicherung hatten ja die Fotos aus der Wohnung von Griseldis Géminard zur Untersuchung im Labor. Heute früh hab ich mir die Aufnahme, auf der Augustine als junge Frau zu sehen ist, von drüben geholt, eingescannt und gleich an Bill gemailt. Er meldet sich, sobald er alles gecheckt hat.«

LaBréa nickte anerkennend.

»Danke, Claudine, gute Arbeit.«

Das Telefon auf seinem Schreibtisch klingelte. LaBréa stand auf und nahm den Hörer ab. Es war Gilles, der Leiter der Spurensicherung.

»Ich hab zwei interessante Sachen für Sie, Commissaire.«

»Moment, ich stelle auf ›Mithören‹.«

»Erstens: Wir haben das Resultat der DNA-Analyse der fremden Hautzellen auf dem Seidenschal des Opfers. Es ist die DNA eines männlichen Täters, wie das Y-Chromosom beweist.«

»Das also wenigstens steht fest«, meinte LaBréa.

»Aber jetzt kommt's: Diese DNA ist identisch mit der DNA, die 2003 am Tatort von Annie Normand sichergestellt wurde.«

»Tatsächlich? Dann war es ein und derselbe Täter. Das hatten wir bereits vermutet.«

»Zweitens: Am Sonnabendmorgen wurde auf dem Gelände der Gare de Lyon eine skelettierte Leiche gefunden.«

LaBréa warf Franck einen kurzen Blick zu und fragte Gilles: »Mit halb zertrümmertem Schädel? Franck hat mir vorgestern davon erzählt.«

»Es war Mord, und die Sache ist nicht verjährt.«

»Weiß man schon, um wen es sich handelt?«

»Nein. Keinerlei Hinweis auf die Identität. Im Institut für Forensische Osteologie haben sie übers Wochenende die Knochen untersucht. Dr. Foucart war auch dabei. Sie ist gerade bei mir. Können wir rüberkommen?«

»Ja, natürlich! Also, bis gleich«, erwiderte LaBréa und legte auf.

Minuten später betraten Gilles und Brigitte Foucart LaBréas Büro. Die Gerichtsmedizinerin war wie immer elegant gekleidet und dezent geschminkt.

»Ich wusste gar nicht, dass du dich in der forensischen Osteologie auskennst«, sagte LaBréa zur Begrüßung erstaunt.

»Sozusagen ein Hobby von mir«, erwiderte Brigitte trocken und zeigte ein kleines Lächeln. Dann begann sie ohne Umschweife mit ihrem Bericht.

»Am Kopf des Skeletts sind schwere Verletzungen zu erkennen, die von einem stumpfen Gegenstand herrühren. Ich tippe auf eine Eisenstange oder einen dicken Holzknüppel. Die Schädeldecke wies gleich mehrere Frakturen auf.«

»Seit wann lag der Leichnam auf dem Bahngelände?«, fragte LaBréa.

»Seit etwa sechs bis sieben Jahren. Demnach war in diesem Zeitraum vermutlich auch der Todeszeitpunkt.«

»Ist es ein Mann oder eine Frau?«, wollte Claudine wissen.

»Eine Frau. Sie war etwa dreißig bis fündunddreißig Jahre alt. Anhand der Femurknochen haben wir festgestellt, dass sie ziemlich groß war. Und wir wissen, dass diese Frau einmal geboren hat.«

»Wie und wo kann man so etwas an einem Skelett denn nachweisen?« Erstaunt zog LaBréa die Augenbrauen hoch.

»Am Becken, Maurice. Zunächst kann man anhand der Beckenform sehen, ob es sich um einen Mann oder eine Frau handelt. Bekanntlich ist das weibliche Becken breiter als das männliche.

Zudem ist die Symphysenfläche des Beckens bei Frauen, die noch keine Kinder zur Welt gebracht haben, an der Innenseite glatt. Wir haben diese Seite der Schambeinfuge, der Symphyse, der Unbekannten genauestens untersucht und eine Vertiefung festgestellt.

Diese Vertiefung ist ein untrügliches Anzeichen dafür, dass die Frau einmal geboren hat. Gäbe es dort zwei Vertiefungen, hätte sie zweimal geboren. Und so weiter. Ich erspare dir die medizinischen Einzelheiten, wie es zu diesen Vertiefungen kommt. Nur so viel: Sie haben mit dem Vorgang der Geburt zu tun.«

»Ich bin beeindruckt, Brigitte.« LaBréa strich sich mit der Hand übers Kinn.

»Aber was anderes: Sag, ist es normal, dass ein Leichnam nach solch einem doch relativ kurzen Zeitraum von circa acht bis zehn Jahren völlig skelettiert?«

Die Gerichtsmedizinerin räusperte sich.

»Zunächst einmal: Die Faustregel lautet, je flacher die Leiche liegt, desto schneller kommt es zur Skelettierung. Und im Fall der Unbekannten von der Gare de Lyon ist zu sagen, dass sie nur oberflächlich verscharrt wurde. Sie lag in der Nähe eines stillgelegten Stellwerks, bedeckt von einer Schicht Schottersteinen. An den Beckenknochen fanden wir noch Reste von Kleidung. Die werden im Moment zwar noch untersucht, aber es sieht nach Resten von Unterwäsche aus. Ein sehr feines Gewebe, keinesfalls von normaler Oberbekleidung. Im Lauf des Tages weiß ich mehr.«

»Und Schmuck? Wurde ein Ehering gefunden, andere Schmuckstücke?«

»Nichts.«

»Ich würde mir gern die Fotos ansehen, die vom Skelett gemacht wurden.«

»Kein Problem. Ich schicke sie auf deinen Rechner.«

»Hast du auch eine Skizze vom Fundort des Skeletts?«

»Natürlich. Auch die maile ich dir rüber.«

»Bist du ganz sicher, dass bei den Verletzungen an der Schädeldecke Fremdeinwirkung vorlag, dass es definitiv kein Unfall war?«

»Absolut sicher, Maurice. Nach den Verletzungen zu urteilen, die das Opfer davongetragen hat, wurde ihm von hinten mehrfach auf den Schädel geschlagen. Wuchtige Schläge. Von jemandem, bei dem Kraft und Wut eine tödlichen Verbindung eingingen. Die Frau wurde, anders lässt es sich nicht beschreiben, wie ein räudiger Hund erschlagen. Wenn die Stoffreste analysiert sind, bekommst du den vollständigen Bericht.«

»Was meinst du, sind Tatort und Fundort identisch?«

»Schwer zu sagen. Nach so langer Zeit sind die Spuren kaum noch zu verwerten.«

Erneut ergriff Gilles das Wort.

»Unsere Techniker haben den Fundort penibel abgesucht und keine eindeutigen Hinweise nach der einen oder anderen Seite gefunden. Die Frage muss vorerst offenbleiben.«

Es entstand eine kleine Pause. Dann ergriff Brigitte wieder das Wort.

»Noch eine Bemerkung zum Gebiss der skelettierten Leiche. Die Frau ist Mitteleuropäerin. Typisch für

Europäer ist nämlich der schmale Gaumenbogen, der zur Engstellung des Gebisses führt. Die Schneidezähne im Oberkiefer sind meißelförmig, nicht schaufelförmig, wie zum Beispiel bei Afrikanern. Ansonsten war das Gebiss in schlechtem Zustand, was für eine Mittdreißigerin ungewöhnlich ist und auf ihren sozialen Status schließen lassen könnte.«

»Du meinst, dass sie zu wenig Geld hatte, um ihr Gebiss in Ordnung zu halten?«

»So ist es. Schlechte Zähne sind häufig ein Zeichen für schlechte Ernährung und frühe allgemeine körperliche Vernachlässigung infolge knapper Geldmittel und Nachlässigkeit seitens der Eltern.«

»Wir recherchieren in den Zahnarztpraxen, ob irgendwo einmal ein Abdruck ihrer Zähne gemacht wurde. Dann hätten wir ihre Identität.«

»Und wir versuchen, ob wir nach all den Jahren noch DNA isolieren können.«

»Franck, Sie nehmen sich die Vermisstenfälle von damals vor«, ordnete LaBréa an, nachdem Dr. Foucart und Gilles das Büro wieder verlassen hatten. »Und zwar für den Zeitraum 2000 bis 2004. Und ich sehe mich nachher mal am Fundort des Skeletts um.«

»Ich denke, ich soll diesen Tanzschuppen observieren?«

»Ja, aber nur abends und erst ab übermorgen. Falls das bis dahin überhaupt noch notwendig sein sollte.

Vielleicht kommen wir schneller ans Ziel, als wir denken.«

»Hoffentlich«, murmelte Franck.

»Claudine hilft Ihnen bei den Vermisstenfällen. Die Tote von der Gare de Lyon hatte einen Namen, eine Adresse, kurz: eine Identität, und die gilt es herauszufinden. Und Sie, Jean-Marc, machen weiter mit dem Fall Griseldis Géminard. Bringen Sie mir innerhalb der nächsten Stunden die beiden Herren vom *Paradis* hierher. Claudine, Sie bleiben an Augustine Géminard dran, bis wir diesbezüglich eine eindeutige Klärung haben.«

Nachdem seine Mitarbeiter das Büro verlassen hatten, wählte LaBréa die Nummer von Ermittlungsrichter Couperin. Sie verabredeten sich zum Mittagessen. Es wurde Zeit, dass LaBréa ihn über den Stand der Dinge unterrichtete.

Als er gleich darauf im Sekretariat von Direktor Thibon anrief, teilte ihm dessen Sekretärin mit, dass ihr Chef einen dringenden Termin beim Polizeipräfekten habe.

»Wann kommt er denn wieder?«, wollte LaBréa wissen.

»Oh, nicht vor halb drei. Ist es dringend?«

»Na ja, Mademoiselle, es gibt einige neue Erkenntnisse. Und ich möchte vermeiden, dass er sich wieder beschwert, ich würde ihn nicht auf dem Laufenden halten.«

»Versuchen Sie's einfach nochmal nach drei. Da ist er bestimmt zurück.«

Von wegen Termin beim Polizeipräfekten, dachte LaBréa. Jeder in der Abteilung wusste, dass Roland Thibon eine Geliebte hatte, die er vorzugsweise über die Mittagszeit besuchte. Franck hatte die beiden sogar einmal gesehen, als sie an der Place Vendôme in ein Edelrestaurant einkehrten.

»Blond, Superfigur, mit allem Drum und Dran.« So hatte Franck sie beschrieben und hinzugefügt: »Die würde ich auch nicht von der Bettkante schubsen.«

13. KAPITEL

Um die Mittagszeit verlor der Tag seinen schönen Schein. Wie es vorausgesagt worden war, verdunkelte sich der Himmel, und es begann heftig zu regnen. Just zu dem Zeitpunkt, zu dem LaBréa den Ermittlungsrichter treffen wollte. Sie hatten sich im *Petit Bofinger* in der Rue de la Bastille verabredet, einem Restaurant, das beide sehr schätzten. Couperin war in einer anderen Ermittlungssache tätig und hielt sich ganz in der Nähe auf. Im Anschluss an das Mittagessen wollte LaBréa einen Abstecher zur Gare de Lyon machen und sich den Fundort der Leiche der unbekannten Frau ansehen. Vielleicht konnte er Couperin überreden, ihn zu begleiten.

Der Einfachheit halber fuhr er mit der Métro. Couperin war mit seinem Dienstwagen unterwegs und könnte ihn mit zurück ins Präsidium nehmen. Hoffentlich hatte sich das Wetter bis dahin gebessert.

Im strömenden Regen eilte LaBréa zur Métrostation Châtelet und nahm die Linie 1, die ihn direkt zur Bastille brachte. Zur Mittagszeit waren die Züge überfüllt. LaBréa ergatterte einen Sitzplatz an der Tür, gleich neben einer jungen schwarzen Mutter mit einem kleinen Mädchen auf dem Arm. Das Kind war nicht älter als zwei Jahre und trug die afrikanische Zöpfchenhaartracht, die von zwei pinkfarbenen Schleifen verziert wurde. Die Kleine blickte LaBréa aus großen Augen an und lächelte. Als LaBréa das Lächeln erwiderte, freute sie sich, und die Mutter strahlte.

Während der kurzen Fahrt dachte LaBréa an die Fotos des Opfers, die auf dem Bahngelände gemacht worden waren. Brigitte Foucart hatte sie, wie versprochen, sofort per Mail geschickt. Eine skelettierte Leiche, die mehrere Jahre oberflächlich verscharrt im Freien gelegen hatte, bot nie einen schönen Anblick. Die allerersten Aufnahmen von der Toten zeigten die Knochen der linken Hand, die unter den Schottersteinen hervorlugte und am Sonnabend dazu geführt hatte, dass die Leiche von Gleisarbeitern entdeckt wurde. Auf den Fotos, die nach der Freilegung des Leichnams geschossen worden waren, sah LaBréa im Bereich der Rippen und des Beckens verdickte Stellen. Waren es die Stoffreste, die noch an den Knochen hafteten und von denen die Gerichtsmedizinerin gesprochen hatte? Auf den Großaufnahmen des Kopfes waren deutlich die schweren Verletzungen im oberen Bereich der Schädeldecke zu erkennen. Fotos und Fundortskizze hatte LaBréa in einer Aktenmappe dabei, um sie Couperin zeigen zu können.

Als der Zug an der Bastille hielt, schenkte er dem kleinen schwarzen Mädchen ein letztes Lächeln und stieg aus.

Ermittlungsrichter Joseph Couperin saß an einem etwas abseits stehenden Ecktisch im hinteren Teil des Restaurants und studierte die Karte.

»Der Chef empfiehlt heute das Kaninchenragout mit Feigen«, sagte er, als LaBréa ihm gegenüber Platz nahm. LaBréa entschied sich ebenfalls für das Ragout, als Vorspeise nahm er ein halbes Dutzend Austern. Nachdem der Kellner die Bestellung entgegengenommen hatte, fasste LaBréa den Stand der Ermittlungen zusammen. Bei der Erwähnung der beiden ungeklärten Morde aus den Jahren 2003 und 2006 stutzte Couperin und sagte: »An die Fälle erinnere ich mich vage. Sie wurden damals von meiner Kollegin Mandarin bearbeitet, die inzwischen pensioniert ist. Aber Genaueres weiß ich nicht. Nur, dass die Akten irgendwann geschlossen wurden und Kollegin Mandarin nicht sehr glücklich war, das Handtuch werfen zu müssen.«

Während die Vorspeisen serviert wurden, fuhr LaBréa in seinem Bericht fort. Genüsslich nahm Couperin die Fischpastete in Angriff, die er gewählt hatte, und hörte LaBréas Ausführungen bis zum Ende zu, ohne ihn zu unterbrechen. Danach entstand eine kurze Pause. LaBréa langte nach der letzten Auster auf der Platte.

»Diese Tanzpaläste«, sinnierte Couperin, »die kenne ich selbst, LaBréa.« Er schmunzelte, und seine Augen glänzten. »Ja, ja. In den frühen Siebzigern ging ich mehr oder weniger regelmäßig ins *La Rose*. Dort waren ältere Herrschaften, Damen wie Herren, zwar in der Überzahl, doch jüngere Leute verkehrten da manchmal auch. Aber dass junge Männer ältere Frauen ausnehmen wollten oder gar abschleppten, das gab es damals nicht. Man ging hauptsächlich aus einem Grund ins *La Rose*: weil man ein nettes Mädchen kennenlernen wollte. Was allerdings nicht so einfach war. Vergessen Sie nicht, zu der Zeit gab es längst die Popmusik, und die wenigsten Mädchen wollten noch Musettewalzer hören, geschweige denn danach tanzen. Den jungen Männern in meinem Alter ging es ähnlich. Doch ich gehörte zu der altmodischen Sorte. Als Fan von klassischer Musik konnte ich mich schon mit den Beatles nie anfreunden. Und schon gar nicht mit allem, was danach kam.« Gedankenverloren lächelte er. »Im Übrigen habe ich meine spätere Frau nicht im *La Rose* kennengelernt, sondern bei einem Konzertabend mit Swjatoslaw Richter in der Salle Pleyel.«

LaBréa blickte Couperin aus den Augenwinkeln an und vermied es, sein Erstaunen zu zeigen. Er hatte gar nicht gewusst, dass der Ermittlungsrichter verheiratet war! Über sein Privatleben sprach Couperin nie. In den Kreisen von Police Judiciaire und Justiz galt er als eingefleischter Junggeselle. Lebte seine Frau nicht mehr? War er von ihr getrennt? LaBréa fragte nicht nach.

»Doch jetzt zum Prosaischen.« Couperin räusperte sich und trank einen Schluck Wasser. »Wir haben zwei

Ermittlungsstränge, wenn ich das richtig sehe. Zum einen die Morde an den beiden alten Damen. Wobei ich den Fall der Krankenschwester am Montmartre von 2006 ausdrücklich nicht dazurechne. Da gibt es, wie Sie mir sagten, bisher keine Indizien, die diese Tat mit den beiden anderen Morden in Verbindung bringen.«

»Richtig, Monsieur.«

Couperin trank einen Schluck Wein.

»Und was den Fall an der Gare de Lyon angeht: Eine junge Frau wird erschlagen und auf dem Bahngelände unter Schottersteinen verscharrt ... Vergessen Sie nicht, was das für eine Gegend rund um den Bahnhof ist!«

LaBréa nickte und schob einen Bissen Ragout nach. Das Kaninchenfleisch war zart, und die Feigen gaben dem Gericht eine ungewohnte und interessante Note. Er wischte sich mit der Serviette den Mund ab und sagte: »Ich weiß, was Sie meinen, Monsieur. Die Bordelle in den Nebenstraßen der großen Boulevards. Die Tote könnte eine Prostituierte gewesen sein. Nachdem ihr Mörder sie erschlagen hatte, brachte er sie irgendwann später auf das Bahngelände.«

»So könnte es sich abgespielt haben«, erwiderte Couperin und wischte mit einem Stück Brot seinen Teller aus. »Und wenn sie eine Prostituierte war, dann wird es sehr schwer sein, über die Vermisstenkartei oder Ähnliches ihre Identität herauszufinden. Wenn eine Nutte verschwindet, schweigt die Branche. Die melden niemanden als vermisst.«

»Sie hatte ein Kind, vergessen Sie das nicht. So was fällt auf.«

»Ja, aber wissen wir, wie alt das Kind war? Hat es überhaupt bei ihr gelebt? Starb es vielleicht schon im Säuglingsalter? Wurde es von der Mutter weggegeben? Soweit ich die Ausführungen von Dr. Foucart verstanden habe, kann nur nachgewiesen werden, *dass* die Frau geboren hatte, aber darüber hinaus nichts. Auch nicht, ob es ein Junge oder ein Mädchen oder gar Zwillinge waren. Wir wissen ja nicht einmal, ob es sich bei dem Opfer überhaupt um eine Prostituierte handelte. Das ist eine reine Vermutung, LaBréa.«

Sie gönnten sich noch ein Dessert und Kaffee, dann verließen Couperin und LaBréa das *Petit Bofinger*. Auf LaBréas Frage, ob der Ermittlungsrichter ihn zur Gare de Lyon begleiten wollte, winkte Couperin ab.

»Schluchten, Türme, dichte Wälder, unterirdische Gänge, die Schotterpiste eines Bahngeländes – das tue ich mir in meinem Alter nicht mehr an. Noch dazu bei diesem Sauwetter. Nein, nein, LaBréa. Sie berichten mir, wenn sich was Wichtiges ergeben sollte. Und die Fotos des Skeletts will ich sowieso nicht sehen. Sie haben mir ja alles erzählt.«

Der Regen hatte inzwischen aufgehört, doch die Feuchtigkeit kroch in die Kleidung. Von der Bastille zur

Gare de Lyon war es mit der Métro nur eine Station. LaBréa ging durch den Bahnhof ins seitlich gelegene Verwaltungsgebäude, wo sich das Büro des Bahnhofsvorstehers befand. Der Mann hieß François Petit und machte seinem Namen alle Ehre: Er war klein, untersetzt und glatzköpfig. Über den Fund des Skeletts wusste er Bescheid.

»Eine schreckliche Sache«, meinte er und blickte LaBréa neugierig an. »Weiß man denn schon mehr?«

LaBréa hielt sich bedeckt. Als der Bahnhofsvorsteher sagte, dass er ihn auf das Gelände begleiten würde, lehnte LaBréa dankend ab. François Petit widersprach vehement.

»Das kann ich nicht zulassen, Commissaire! Sie müssen mehrfach Schienen überqueren, das ist zu gefährlich. Auf dem gesamten Bahngelände trage ich die Verantwortung. Ich kann ja nicht Ihretwegen alle Signale auf Rot stellen lassen.«

»Mehrfach die Schienen überqueren?«, fragte LaBréa skeptisch. »Davon haben mir meine Kollegen nichts gesagt. Gibt es keinen anderen Weg?«

Die Antwort kam zögernd.

»Doch, natürlich. Von der Allée de Bercy aus kommt man auch dorthin.«

»Na also. Dann nehme ich diesen Weg.«

»Das Gelände ist eingezäunt. So ohne weiteres kann es niemand betreten. Aber neben dem stillgelegten Stellwerk Nummer 7 ist eine Tür in den Zaun eingelassen. Die Leute, die seinerzeit auf diesem Außenposten ihren Dienst versehen haben, hatten auf diese Weise direkten Zugang und mussten nicht den langen Weg über das gesamte Schienengelände nehmen. Ihre Kollegen sind am Sonnabend auch von dort aus hineingekommen.«

»Ist diese Tür verschlossen?«

»Nein. Das Schloss ist seit Jahren kaputt.«

»Seit wie vielen Jahren?«

»Das weiß ich nicht. Anscheinend hat sich nie jemand darum gekümmert, es zu reparieren oder auszutauschen.«

»Vielleicht ist es niemandem aufgefallen, weil das Stellwerk stillgelegt ist. Wie lange eigentlich schon?«

»Mindestens seit fünfzehn Jahren, schätze ich. Das war noch vor meiner Zeit. Und ich bin jetzt seit fast elf Jahren hier. Seit langem schon werden Planung und Überwachung unseres Fahrbetriebs per Computer gesteuert, von unserer elektronischen Betriebszentrale aus.«

LaBréa nickte. Eine unverschlossene Tür, die auf einen Teil des Bahngeländes führt, den niemand mehr betrat, weil durch die moderne Technik die abseits gelegenen Stellwerke nicht mehr gebraucht wurden. Hatte der Mörder der Unbekannten das gewusst? War er möglicherweise Angestellter oder Arbeiter bei der Bahn und hatte sich deshalb bestens ausgekannt? Eine weitere Frage schien LaBréa wichtig.

»Kann man das Stellwerk betreten?«

Monsieur Petit zögerte: »Warum?«

»In seiner unmittelbaren Nähe wurde das Skelett eines Menschen gefunden, der eines gewaltsamen Todes gestorben ist«, meinte LaBréa nur trocken. »Ich würde mich also auch im Stellwerk gern einmal umsehen.«

»Da werden Sie nicht viel finden, Commissaire. Wie gesagt, das wird seit langer Zeit nicht mehr genutzt.«

LaBréa insistierte.

»Ist die Tür verschlossen? Gibt es einen Schlüssel dazu?«

François Petit verzog unwillig die Mundwinkel.

»Wenn Sie unbedingt darauf bestehen … Ich müsste aber erst einmal nachfragen. Entschuldigen Sie mich bitte einen Moment.«

Zehn Minuten später kam Petit mit einem verrosteten Schlüssel einfacher Machart zurück.

»Der hier muss es sein, meinte einer unserer Mitarbeiter, der schon sehr lange bei uns ist und selbst noch im alten Stellwerk gearbeitet hat. Hier auf dem Schlüsselanhänger steht auch ›Stellwerk 7‹.«

LaBréa ließ sich vorsichtshalber Namen und Telefonnummer dieses Mannes geben.

»Ich nehme das auf meine Kappe, Commissaire«, fuhr der Bahnhofsvorsteher fort. »Eigentlich müsste mein direkter Vorgesetzter in der Zentrale die Sache absegnen. Aber angesichts der Tatsache, dass auf unserem Gelände ein Mord geschehen ist, kann ich das wohl verantworten.«

LaBréa nahm den Schlüssel und reichte dem Bahnhofsvorsteher die Hand.

»Danke, Monsieur.«

»Keine Ursache, Commissaire.«

»Ich bringe Ihnen den Schlüssel nachher gleich zurück.«

»Gut. Ich hoffe, Sie finden problemlos den Weg auf das Gelände. Ganz wichtig: Verlassen Sie die Allée de Bercy kurz vor der Kreuzung Rue Rambouillet. Das Stellwerk liegt dann gleich linker Hand.« Sein Lächeln wirkte enttäuscht. Vermutlich hatte er LaBréa nur deshalb begleiten wollen, weil er sich weitere Einzelheiten über den mysteriösen Leichenfund erhofft hatte.

LaBréa verließ den Bahnhof durch einen der Haupteingänge, bog zweimal links ab und ging die Allée de Bercy entlang. Die Gare de Lyon lag unweit der Seine, am rechten Ufer des Flusses. Genau gegenüber, am linken Seineufer, befand sich ein weiterer Pariser Bahnhof, die Gare d'Austerlitz. Rechts und links säumten Häuser, Wohnblocks und Bürogebäude die Straße und versperrten die Sicht auf das Gelände der beiden Bahnhöfe.

Unterwegs wählte er Francks Handynummer. Die Verbindung war schlecht.

»Wo sind Sie denn, Chef?«, sagte Franck. »Ich kann Sie kaum verstehen!«

»An der Gare de Lyon. Reden wir einfach lauter, Franck. Was gibt es bei Ihnen?«

»Nicht viel Neues. Ich lasse die Liste der Vermisstenanzeigen im Zentralregister rauf- und runterlaufen. Und Claudine hat die ungeklärten Todesfälle und Selbstmorde durchforstet. Nichts in dem besagten Zeitraum, was auf eine dreißig- bis fünfunddreißigjährige Frau passen würde.« Es klang resigniert.

»Es könnte ein Mitarbeiter der Bahngesellschaft SNCF gewesen sein, der die Frau erschlagen hat.«

»Wieso?«

»Den Zugang zu dem Teil des Geländes, auf dem die Tote gefunden wurde, kannten anscheinend nur Insider. Setzen Sie sich mit der Bahnzentrale in Verbindung. Wir brauchen eine Liste des gesamten Personals, das vor acht bis zehn Jahren an der Gare de Lyon gearbeitet hat. Ganz gleich, in welcher Funktion.«

»Okay, ich rufe dort in der Personalabteilung an.«

»Gut. Wissen Sie, ob Jean-Marc den Barkeeper und den Geschäftsführer des *Paradis* ausfindig gemacht hat? Sind die Leute schon im Präsidium?«

»Bisher nur der Barkeeper. Der Paradiesvogel nimmt gerade seine Personalien auf.«

»Sagen Sie ihm, ich bin in einer halben bis drei viertel Stunde da.«

Kurz bevor LaBréa die Kreuzung zur Rue Rambouillet erreichte, tauchte links auf dem Bahngelände das alte Stellwerk Nummer 7 auf. Die in den hohen Metallzaun eingelassene schwere Eisentür war zunächst gar nicht zu sehen. Angrenzende Bürogebäude sowie Buschwerk und wilde Hecken zogen sich am Zaun entlang und versperrten auch den Blick auf den schmalen Weg dorthin. Wenig später drückte LaBréa die verrostete Klinke herunter, und die Tür öffnete sich mit einem lauten Quietschen. Es brauchte einige Kraft, um sie so weit aufzustoßen, dass LaBréa das dahinterliegende Gelände betreten konnte. Anhand der Skizze der Mitarbeiter der Forensischen Osteologie machte er die Stelle ausfindig, an der das Skelett gelegen hatte. Sie befand sich etwa dreißig Meter hinter dem Stellwerk, wo ein großer, flacher Haufen alter Schottersteine lag, und war von der Straße aus nicht einsehbar. Zur anderen Seite blickte man auf die breite Schneise der Schienenstränge, über die die Züge fuhren. Das permanente Rattern der Räder schluckte jedes andere Geräusch.

Das ideale Terrain, einen Menschen nachts hier umzubringen oder herzuschaffen, falls der Tatort woanders war, dachte LaBréa. Einsam, schwer zugänglich und so gut wie unbeleuchtet. Nach einem letzten Blick auf den verwitterten Schottersteinhaufen ging er zum stillgelegten Stellwerk, einem alten Backsteinbau mit Flachdach und einer Fensterfront im oberen Teil. Vor der Eingangstür hatte sich allerlei Unrat angesammelt:

zerrissene Plastiktüten, leere Flaschen, verbeulte Coladosen. LaBréa schob es mit dem Fuß beiseite und wollte den Schlüssel ins Schloss stecken. Sofort sah er, dass er nicht passen würde, denn die Tür war mit einem Zylinderschloss gesichert, das allerdings nicht neu aussah. Hatte François Petits Mitarbeiter sich geirrt und ihm den falschen Schlüssel ausgehändigt? LaBréa wählte die Nummer, die der Bahnhofsvorsteher ihm gegeben hatte, und fragte den Mann selbst. Der meinte, dass es keinen Zweifel gäbe: Der Schlüssel war der richtige. Er könne sich nicht erklären, wieso er nicht passte.

»Da muss irgendjemand das Schloss ausgetauscht haben.«

LaBréa bedankte sich, wählte die Nummer der Spurensicherung am Quai des Orfèvres und ließ sich mit Gilles verbinden.

»Ich brauche ein Technikerteam auf dem Gelände der Gare de Lyon. Ja, genau dort, wo das Skelett gefunden wurde. Wir müssen das alte Stellwerk unter die Lupe nehmen. Wie lange wird das etwa dauern? Gut, ich warte hier auf die Kollegen.«

Es hatte wieder zu regnen begonnen. LaBréa schlug den Mantelkragen hoch und spannte seinen Schirm auf. Er rief den Bahnhofsvorsteher an und informierte ihn über die bevorstehende Maßnahme. François Petit hatte von dem Malheur mit dem Schlüssel bereits gehört.

»Brauchen Sie dazu nicht einen Durchsuchungsbeschluss?«, fragte er. Seine Stimme klang aufgeregt. »Ich will, dass alles seine Ordnung hat. Ich will keinen Ärger!«

»Den kriegen Sie auch nicht«, beruhigte LaBréa ihn. »Die Durchsuchung des Stellwerks ist eine zusätzliche Maßnahme in einer Mordermittlung. Meine Kollegen waren bereits auf dem Gelände, und jetzt könnten sich neue Erkenntnisse ergeben. Die Beschaffung von Beweisen, die wir möglicherweise im Stellwerk finden, ist legal. Sie können auch gern dazukommen, Monsieur. Allerdings müssten Sie draußen warten, damit keine eventuell vorhandenen wichtigen Spuren vernichtet werden.«

»Gut, ich komme dazu.«

Wenig später trafen zwei Männer und eine Frau der Spurensicherung ein. Sie zogen ihre weißen Schutzanzüge über. Einer von ihnen knackte das Zylinderschloss und öffnete die Tür. Die junge Technikerin namens Corinne, mit der LaBréa schon öfter gearbeitet hatte und die er sehr schätzte, reichte ihm die üblichen Plastiküberschuhe, bevor er das Innere betrat. Ein Paar dünne Gummihandschuhe hatte er bereits übergestreift.

Es war düster hier drinnen und die Luft so staubig und trocken, dass LaBréa husten musste. Einer der Techniker betätigte den Lichtschalter, doch ohne Erfolg.

LaBréa ließ sich eine Taschenlampe geben. Gleich neben der Eingangstür entdeckte er einen alten Kleiderspind aus Metall. Bis auf zwei Drahtbügel und einige Spinnennetze in den staubigen Ecken war er leer.

Daneben wellte sich eine Luftmatratze, aus der die Luft entwichen war. Obenauf lag eine zusammengeknüllte karierte Decke.

Rechter Hand befand sich eine Toilette, deren Tür schief in den Angeln hing und halboffen stand. Es handelte sich um eine früher allgemein übliche Stehtoilette, wie es sie auch heute noch in einigen alten Pariser Lokalen gab.

Keine Toilette für Frauen, dachte LaBréa spontan und erinnerte sich, wie oft seine Mutter sich früher darüber beklagt hatte, wenn sie in Restaurants und Cafés die Toilette aufsuchen wollte und nur ein »Pissoir« vorfand, wie sie es ausdrückte. Das kleine Waschbecken war schmutzig und rostig verfärbt. Im Abfluss steckte ein dünnes Stück vertrockneter grüner Seife. Auf dem Rand des Beckens lag eine Zahnbürste, deren abgenutzte Borsten sich nach außen bogen. An der Wand hing ein altes, vor Schmutz starrendes Handtuch, das einmal weiß gewesen sein musste. Alles hier sah verdreckt, verstaubt und seit Jahren unbenutzt aus.

Eine Wendeltreppe aus Metall führte hinauf in den eigentlichen Stellwerksbereich. Als Erstes fiel LaBréa und den Technikern oben die fleckige, löchrige Matratze auf, die in der Mitte des Raums lag. Am Fußende, halb auf den Boden gerutscht, ein Laken. Vorsichtig hob LaBréa es an. Im Labor würde man es genauer untersuchen. Seitlich vom Stellwerkspult stand ein billiger Plastiktisch mit schmutzigen Tellern und Tassen, die aufeinandergestapelt waren. Zwei wackelige Hocker, die einzige Sitzgelegenheit hier oben, vervollständigten das Mobiliar.

Das alte Stellwerkspult mit seinen Knöpfen, Hebeln und Signalanzeigen war von einer dicken Staubschicht überzogen, schien aber vollständig erhalten. Durch die Fenster hatte man einen weiten Blick auf das Bahngelände, auf dem reger Schienenverkehr herrschte.

»Merkwürdig, dass hier oben eine Matratze liegt, und unten eine Luftmatratze«, sagte Corinne. »Sieht aus, als hätte hier jemand gewohnt.«

LaBréa nickte.

»Ja, aber anscheinend nicht in letzter Zeit. Nehmen Sie alles gründlich unter die Lupe. Sie wissen, wonach wir suchen. Gibt's eine Chance, Material sicherzustellen, das noch verwertbar ist?«

»Ich denke schon«, erwiderte Corinne. »Wir haben Glück, dass es hier drinnen ziemlich trocken ist und die Sonneneinstrahlung sich in Grenzen hält. Feuchte Räume, Schimmelbildung und starker Lichteinfall vernichten DNA-Spuren. Mal sehen, was wir an der Zahnbürste finden, an Bettlaken, Matratze, Geschirr und so weiter. Andererseits könnten wir Pech haben, was die Fingerabdrücke angeht.«

LaBréa wusste, was sie meinte.

»Ja, wenn die Luft zu trocken ist, sind sie kaum mehr nachweisbar.«

»Tja, alles kann man nicht haben, Commissaire!« Corinne grinste. »Aber wenn DNA nachzuweisen ist, wäre das ja schon mal was.«

Die Techniker öffneten ihre Koffer mit den Arbeitsmaterialien und machten sich ans Werk.

Von unten ertönte die Stimme des Bahnhofsvorstehers.

»Commissaire?«

»Ich komme runter, Monsieur Petit.«

LaBréa ging nach unten, wo ihn François Petit mit einem Gesicht empfing, in dem sich Neugierde und Ängstlichkeit abwechselten.

»Und, irgendwas gefunden?«

»Kann ich noch nicht sagen«, erwiderte LaBréa ausweichend. »Unsere Leute werden noch eine Weile beschäftigt sein. Ich muss zurück zum Quai des Orfèvres und nehme am Bahnhof ein Taxi. Kommen Sie mit? Hier können Sie sowieso nichts tun. Die aufgebrochene Tür wird nachher versiegelt.«

Der Bahnhofsvorsteher führte LaBréa übers Schienengelände zurück in den Bahnhof. Der Weg war zwar kürzer, aber wesentlich zeitaufwendiger, da ständig Züge in den Bahnhof hinein- und wieder herausfuhren, so dass sie immer wieder warten mussten, bis sie die Gleise überqueren konnten. Doch François Petit kannte sich aus. Hin und wieder winkte ihm ein Zugführer aus dem Führerstand seiner Lok zu.

Am Bahnhofsvorplatz setzte LaBréa sich in ein Taxi und ließ sich zum Quai des Orfèvres fahren. Unterwegs klingelte sein Handy. Sein Bruder Richard war vor zwei Stunden in Paris gelandet

»Das war der früheste Flug, den ich bekommen konnte«, sagte er. »Wann ist Mamans Beerdigung?«

»Vermutlich am Freitag.«

Er gab Richard Namen und Adresse des Bestattungsinstituts.

»Ich rufe da gleich an, damit ich Maman noch einmal sehe«, meinte LaBréas Bruder. »Es gibt ja noch allerhand zu besprechen, und ich kann mich in den nächsten Tagen um alles kümmern. Wann können wir uns treffen, Maurice?«

»Wenn du willst, heute Abend. Ich gehe mit Céline und Jenny zum Essen. Komm doch dazu. Und danach würde ich dir gern ein paar Sachen aus Mamans Nachlass zeigen.«

»Ja, gut. Wohin geht ihr?«

»Ins *Gamin de Paris*. Ist quasi unser Stammlokal. Gegen halb acht, acht.«

»Dann treffe ich euch dort.«

»Könntest du da anrufen und uns einen Tisch reservieren lassen, Richie? Das wäre prima. Also, dann bis heute Abend.«

14. KAPITEL

Eilig schritt LaBréa den Korridor entlang. Die Tür zum Mitarbeiterbüro stand offen. Franck und Claudine arbeiteten an ihren Computern. Jean-Marc telefonierte, beendete jedoch gerade das Gespräch. LaBréa wandte sich an ihn.

»Wo ist der Barkeeper?«

»Der wartet im Konferenzraum«, erwiderte Jean-Marc. »Der Geschäftsführer ist immer noch nicht zu erreichen.«

»Wo wohnt der Mann denn?«

»Direkt über dem *Paradis* in der Rue de Lappe. Da war ich vorhin und hab geklingelt. Aber niemand hat geöffnet. Vielleicht ist er gar nicht in der Stadt. Er hat heute und morgen frei. Vom Barkeeper hab ich seine Handynummer. Doch da läuft nur die Mailbox. Ich hab schon zweimal eine Nachricht hinterlassen. Bisher hat der Typ noch nicht zurückgerufen.«

LaBréa gab Jean-Marc einen Wink, und die beiden gingen in den Konferenzraum, wo der Barkeeper wartete. Jean-Marc hatte ihm ein Glas und eine Flasche Wasser hingestellt, aus der bereits kräftig getrunken worden war. Als LaBréa und der Paradiesvogel den Raum betraten, zeigte sich der Mann völlig überrascht und starrte LaBréa ungläubig an.

»*Sie* sind der Commissaire?! Sie waren doch gestern Abend bei uns im Lokal! Ich hab gehört, wie Sie dem Chef sagten, Sie kämen …«

LaBréa unterbrach ihn.

»Aus der Auvergne, ich weiß. Aber das spielt jetzt keine Rolle, Monsieur. Darf ich wissen, wie Sie heißen?«

Der Barkeeper, der heute ein Paar ausgebeulte Jeans, ein verwaschenes Hemd und ein schlecht sitzendes Tweedjackett trug, schien plötzlich genervt.

»Grégory Renard. Das hab ich alles schon Ihrem Kollegen gesagt. Jetzt verraten Sie mir bitte, wieso Sie mich an meinem freien Tag hier aufs Präsidium bestellen und dann stundenlang warten lassen?«

»Nicht stundenlang, Monsieur«, warf der Paradiesvogel ein. »Sie sind erst vor etwa einer Stunde hier eingetroffen.«

Während LaBréa Grégory Renard gegenüber Platz nahm, schlug Jean-Marc eine Mappe auf, die er mitgenommen hatte. Er schob dem Mann das Foto der toten Griseldis Géminard zu.

»Kennen Sie diese Frau?«, fragte LaBréa.

Der Barkeeper nahm das Bild in die Hand und betrachtete es. Er nickte.

»Ja, irgendwie kommt sie mir bekannt vor. Wer ist das?«

»Die Frau heißt Griseldis Géminard und kam laut Zeugenaussagen regelmäßig am Sonnabend ins *Paradis*.«

Erneut nickte der Barkeeper.

»Ja, jetzt erinnere ich mich. Sie kam meistens mit einer Freundin, etwa in ihrem Alter, vielleicht ein bisschen jünger. Die beiden waren ständig auf der Tanzfläche.«

»Mit wem haben sie getanzt? Kannten Sie die Männer?«

»Soweit ich mich erinnere, haben die beiden hauptsächlich *miteinander* getanzt. In der Altersklasse ist das durchaus üblich. Warum fragen Sie, Commissaire?«

»Weil diese Frau vorgestern Morgen tot aufgefunden wurde«, entgegnete LaBréa.

Der Barkeeper stutzte einen Moment, verzog dann jedoch gleichmütig die Lippen.

»Sehr bedauerlich für die Lady. Aber was habe ich damit zu tun?«

»Sie wurde ermordet, Monsieur Renard. Und wir beleuchten ihr gesamtes Umfeld. Wann haben Sie die Frau das letzte Mal im *Paradis* gesehen?«

Der Barkeeper dachte kurz nach.

»So genau kann ich das nicht sagen. Ich bin am Sonnabend gerade aus dem Urlaub zurückgekommen. Gestern Abend war mein erster Arbeitstag.«

»Wo waren Sie denn?«, erkundigte sich Jean-Marc beiläufig. Der Barkeeper sah ihn erstaunt an.

»Es geht Sie zwar nichts an, aber ich war bei meiner Schwester auf Mallorca. Zwei Wochen. Mit dem Billigflieger, wenn Sie es genau wissen wollen.«

LaBréa ließ nicht locker.

»Wann haben Sie Madame Géminard das letzte Mal gesehen, Monsieur? Versuchen Sie sich zu erinnern.«

»Ich weiß es nicht. Ist sicher schon 'ne Weile her. Und mit der Freundin kam sie schon lange nicht mehr.«

Erneut schaltete Jean-Marc sich ein.

»Haben Sie denn mal gesehen, dass sie sich mit jemandem länger unterhielt? Oder verabredet war? Mit einem jungen Mann vielleicht?«

Grégory Renard überlegte und schüttelte dann den Kopf.

»Woher soll ich das wissen?« Er lehnte sich zurück und strich über seine schief gewachsene Nase. »Denken Sie etwa, dass die Frau von jemandem umgebracht wurde, der bei uns als Gast verkehrt hat?«

»Wir denken gar nichts«, sagte Jean-Marc trocken. »Beantworten Sie einfach unsere Fragen.«

»Das *Paradis* ist ein anständiger Laden, Commissaire. Eine Institution in der Stadt, und zwar schon seit den Zwanzigerjahren. Und noch nie wurden wir mit einem Mord in Zusammenhang gebracht!«

LaBréa ging nicht darauf ein.

»Ich bitte Sie noch einmal, Monsieur, versuchen Sie sich zu erinnern. Verließ die Frau auf dem Foto das

Lokal mal in Begleitung? Tanzte sie öfter mit demselben Herrn?«

»Ich sagte doch schon, als sie mit der Freundin kam, haben die beiden zusammen getanzt. Und danach ist mir nicht aufgefallen, mit wem sie getanzt hat.«

LaBréa gab Jean-Marc ein Zeichen. Der Paradiesvogel legte dem Barkeeper die Fotos von Annie Normand und Léonore Fourès vor, den beiden anderen Mordopfern.

»Haben Sie diese beiden Frauen schon einmal im *Paradis* gesehen?«, fragte er.

Der Barkeeper sah sich die Fotos genau an.

»Nein«, sagte er schließlich. »Definitiv nicht.«

»Noch eine letzte Frage, Monsieur Renard.« LaBréa nahm die Fotos und gab sie Jean-Marc zurück. »Seit wann arbeiten Sie denn im *Paradis*?«

»Seit Anfang 2007. Vorher war ich in Marseille.«

»Auch als Barkeeper?«

»Ja. Aber in einer Disko.« Er grinste. »Aber da wurde es mir zu stressig. Die laute Musik, Drogen, ausgeflippte Kids …«

»Der Name der Disko?«

»*Dschungel.* Direkt an der Cannebière.«

Das Gespräch mit dem Barkeeper hatte wenig erbracht. Lediglich die Bestätigung, dass Griseldis Géminard tatsächlich öfter im *Paradis* gewesen war. Nach dem Tod ihrer Freundin war sie allein in das Lokal gekommen. Ob sie dort ihren Mörder kennengelernt hatte, blieb weiter im Dunkeln. Einen Hinweis darauf gab es nicht. Es konnte alles auch ganz anders gewesen sein, und der Mörder war in einem völlig anderen Umfeld zu suchen. In jedem Fall würden Grégory Renards Angaben zu seinem Urlaub und seiner Tätigkeit in Marseille überprüft werden. Das Wasserglas würde Jean-Marc gleich ins Labor bringen, damit es auf Fingerabdrücke und DNA-Spuren untersucht wurde.

LaBréa war frustriert, als er mit Jean-Marc das Konferenzzimmer verließ. Inzwischen war es kurz nach vier, und er berief die Talkrunde ein. Vorher telefonierte er noch mit seiner Tochter, die sich gerade auf dem Nachhauseweg von der Schule befand und ausnahmsweise einmal nicht zum Fußballtraining ging.

»Na, wie war's heute, Chérie?«

»Wir haben die Englischarbeit zurück.«

»Und?«

»Ich hab die zweitbeste Note, eine Zwei plus«, sagte Jenny voller Stolz.

»Fantastisch! Herzlichen Glückwunsch. Wie hast du das geschafft? Englisch ist doch sonst nicht gerade deine Stärke.«

»Ich hab eben gelernt, Papa. Aber du kriegst so was ja gar nicht mit, weil du immer nur arbeitest.« Es klang enttäuscht und auch ein wenig vorwurfsvoll. Erneut rührte sich bei LaBréa das schlechte Gewissen.

»Was soll ich denn machen, Jenny? In meinem Beruf gibt es nun mal keine geregelten Arbeitszeiten.«

Jenny stieß einen tiefen Seufzer aus.

»Ich weiß. Soll ich irgendwas zum Essen einkaufen, Papa?«

»Nicht notwendig, Chérie. Ich sagte doch, wir gehen heute Abend essen. Ins *Gamin de Paris*.«

»Oh, super! Hoffentlich haben sie als Nachtisch diese tolle Apfeltarte.«

»Bestimmt. Die haben sie doch immer. Onkel Richard kommt auch dazu. Er hat seinen Urlaub abgebrochen, weil Großmama gestorben ist.«

Am anderen Ende der Leitung wurde es still. Dann fragte Jenny mit leiser Stimme: »Papa, muss ich auch mit zur Beerdigung?«

LaBréa wusste, warum seine Tochter diese Frage stellte. Jenny hatte Angst, dass beim Begräbnis ihrer Großmutter Erinnerungen an die Beerdigung ihrer Mutter vor einem Jahr in Marseille aufsteigen könnten. Dennoch sagte er: »Ich denke schon, dass du mitgehen solltest, Jenny. Sie war deine Großmutter, und du warst ihr einziges Enkelkind. Auch nach dem Tod zollt man einem Menschen, den man gekannt und auch geliebt hat, Respekt. Selbst wenn du kaum Kontakt zu Großmama hattest.«

»Ich wollte ja bloß mal fragen«, erwiderte Jenny kleinlaut. »Also dann, bis heute Abend! Und sag bloß nicht wieder ab, weil dir irgendwas dazwischenkommt!«

»Keine Angst, mein Schatz, das Essen mit euch hat heute absoluten Vorrang. Außerdem bekommst du ja noch deine zehn Euro für die gute Englischnote.«

Kaum hatte die Talkrunde in LaBréas Büro begonnen, rauschte Direktor Thibon herein. Wie immer hielt er es nicht für nötig anzuklopfen. Er schien aufs Höchste aufgebracht, was niemanden im Raum wunderte, da Roland Thibon als Choleriker galt. Schon sein bloßes Erscheinen versetzte LaBréa und seine Leute in Alarmbereitschaft. Selten verliefen die Gespräche sachlich und aufs Wesentliche bezogen.

»Was haben Sie sich dabei gedacht, LaBréa?«, begann Thibon ohne Umschweife. »Eben traf ich Couperin unten auf dem Parkplatz. Und ich musste mir von ihm anhören, dass dieser Mordfall an der alten Dame weite Kreise zieht und der Täter noch mehrere andere Opfer auf dem Gewissen hat!«

»Nicht mehrere, Monsieur le Directeur, sondern eins. Ein Fall aus dem Jahr 2003.«

»Wieso erfahre ich das erst jetzt? Und aus dem Mund des Ermittlungsrichters und nicht von Ihnen?«

LaBréa ließ sich nicht aus der Ruhe bringen.

»Ich hatte mittags in Ihrem Büro angerufen, und Ihre Sekretärin …«

Thibon unterbrach ihn wütend.

»Was glauben Sie, wie peinlich mir das vor Couperin gewesen ist! Der wird jetzt wieder überall herumerzählen, dass meine Leute mir systematisch Informationen vorenthalten.«

»Davon kann keine Rede sein, Monsieur! Ich …« Weiter kam LaBréa nicht.

»Halten Sie den Mund! Couperin muss von mir denken, dass ich meinen Laden nicht in Ordnung halte!«

Jeder im Polizeipräsidium und im Justizpalast wusste von der Intimfeindschaft zwischen Ermittlungsrichter Couperin und Direktor Thibon. In der Vergangenheit hatte Thibon bereits mehrfach versucht, Couperins Versetzung in die Provinz zu lancieren. Doch der Gerichtspräsident, ein Mann mit Prinzipien und klarem Urteilsvermögen, hatte diese Pläne stets vereitelt. Er schätzte Couperins Arbeit, von Thibon hielt er dagegen nicht allzu viel. Auch das war allgemein bekannt.

»Sie hätten mich übers Handy anrufen können, LaBréa«, wetterte Thibon weiter. »Um mich zu informieren. Dann hätte ich vor Couperin nicht wie ein dummer Junge dagestanden und mir sein blödes Grinsen ansehen müssen!«

Allmählich kroch die Wut in LaBréa hoch. Wie er es machte, war es verkehrt. Das alte Spiel zwischen Thibon und ihm. Das LaBréas Vorgesetzter zwangsläufig immer gewann. Informierte LaBréa ihn in einem frühen Stadium über den Stand der Ermittlungen, war es meistens zum falschen Zeitpunkt. Tat er es nicht, fühlte Thibon sich übergangen und veranstaltete ein Riesentheater.

»Ich erstatte Ihnen gern ausführlich Bericht, Monsieur, wenn Sie es wünschen.«

»Was heißt ›wenn Sie es wünschen‹?! Das ist schließlich Ihre verdammte Pflicht! Kommen Sie in einer halben Stunde in mein Büro. Aber pünktlich! Denn Pünktlichkeit ist eine Tugend, die ich sehr schätze, LaBréa. Auch wenn Honoré de Balzac schon vor über hundert Jahren gesagt hat: ›*Tugend ist vielleicht nichts als die Höflichkeit der Seele.*‹«

Beifallheischend blickte er in die Runde. Claudine und Jean-Marc sahen den Direktor ausdruckslos an, während Franck sich wegdrehte, weil er sich kaum noch das Lachen verkneifen konnte. Thibon verließ LaBréas Büro und knallte die Tür hinter sich zu.

»Womit haben wir das eigentlich verdient?«, stöhnte Claudine. »Wenn er doch endlich die Karriereleiter hinauffallen würde, damit wir ihn los sind!«

Jetzt prustete Franck los.

»Das erträgt man nur mit Humor«, sagte er. »Den Spruch, den er da wieder losgelassen hat, den verstehe ich, ehrlich gesagt, nicht so ganz. Klärst du mich mal auf, Jean-Marc?«

Jean-Marc winkte ab.

»Vergiss es. Ich bin nur froh, dass er sich nicht wieder über meine Klamotten ausgelassen hat.«

LaBréa und seine Mitarbeiter tauschten sich über ihre Erkenntnisse aus. Die Überprüfung der Telefonate auf

Griseldis Géminards Festnetzanschluss war für Franck ein Kinderspiel gewesen. Die alte Frau hatte kaum telefoniert, und Franck hatte die wenigen Anrufe rasch zurückverfolgen können. Es handelte sich um Terminvereinbarungen bei ihrem Hausarzt und beim Friseur. In einer Apotheke hatte sie ein Medikament bestellt, das ihr von ihrem Arzt verschrieben worden war. Sie hatte keine privaten Gespräche geführt und in den letzten vier Wochen selbst nur einen einzigen Anruf erhalten: von der Verwaltung des Friedhofs Père Lachaise, wo ihr Mann begraben lag. Die Grabplatte hatte sich abgesenkt, und man wollte die Witwe darüber informieren, dass entsprechende Arbeiten notwendig wurden.

»Kein Anruf von der Tochter Augustine?«, fragte LaBréa. Franck schüttelte den Kopf.

»Nein, Chef.«

»Und Sie, Claudine? Wissen Sie schon Näheres?«

»Ich warte auf Nachricht von Bill Waters aus New York. So schnell geht das wahrscheinlich alles nicht. Dort ist ja eine andere Zeitzone. Sie haben jetzt Montagvormittag.«

LaBréa rief Gilles von der Spurensicherung an und erkundigte sich, wann mit dem Ergebnis der Spurenauswertung im Stellwerk zu rechnen war.

»Frühestens morgen Mittag, Commissaire. Es wurde ja ziemlich viel Material sichergestellt, was anscheinend seit Jahren dort lag. Das ist eine Menge Arbeit.«

»Ich weiß, und ich will Sie auch nicht drängen. Rufen Sie mich aber bitte sofort an, wenn sich was ergibt.«

»Natürlich. Wie immer, Commissaire.«

LaBréa wandte sich an Franck.

»Sie haben doch gute Kontakte zu den Kollegen von der Sitte. Vielleicht kann sich einer von denen mal ein bisschen umhören, ob vor acht bis zehn Jahren eine Prostituierte in der Gegend um die Gare de Lyon verschwunden ist. Besonderheit: Sie hatte ein Kind. Ich verspreche mir zwar nicht allzu viel davon, aber wir wollen nichts unversucht lassen.«

»Wird gemacht.«

»Und Sie, Jean-Marc, bleiben bitte an Patrice Montana, dem Geschäftsführer des *Paradis*, dran. Er hat sich immer noch nicht gemeldet.«

»Okay, Chef.«

LaBréa blickte auf seine Uhr. Bis zum Termin mit Thibon blieben ihm noch zehn Minuten.

»So, Schluss für heute«, sagte er, stand auf und fuhr ironisch fort. »Der Schöngeist legt Wert auf Pünktlichkeit. Und Pünktlichkeit ist eine Tugend. Und Tugend ist die Höflichkeit des Herzens.«

»Der Seele, Chef«, verbesserte ihn der Paradiesvogel. »Das ist ein großer Unterschied!« Womit er von allen Seiten Lacher erntete.

Das Gespräch bei Direktor Thibon gestaltete sich kurz und unerfreulich. Erneut überhäufte der Direktor La-

Bréa mit Vorwürfen, bevor er sich seinen Bericht anhörte. LaBréa atmete erleichtert auf, als Thibon ihn endlich entließ.

Ein zugezogener Himmel empfing ihn, als er sich auf den Heimweg machte. Den ganzen Nachmittag über hatte es geregnet. Jetzt war ein böiger Wind aufgekommen, der die Wolken vor sich hertrieb. Nur vereinzelt fielen noch Regentropfen.

LaBréa ging am Rathaus vorbei, an dessen Fassade vor vielen Monaten das überlebensgroße Porträt von Ingrid Bétancourt angebracht worden war. Eine digitale Tafel zeigte die Anzahl der Tage, die seit der Gefangennahme der prominenten Politikerin durch die kolumbianischen FARC-Rebellen vergangen waren. Am heutigen Abend las LaBréa die Zahl 2102. Zweitausendeinhundertundzwei Tage Geiselhaft im Dschungel Südamerikas. Das waren fast sechs Jahre Gefangenschaft unter unvorstellbaren Bedingungen. Vor wenigen Wochen hatten LaBréa und Céline eine Petition für die Freilassung der Franco-Kolumbianerin unterschrieben. LaBréa blieb einen Moment stehen und betrachtete das schmale Gesicht der Frau. Als er weiterging, schienen ihre Augen ihm zu folgen.

Eine Stunde später betrat er mit Céline und Jenny das *Gamin de Paris*, wo ihn die Wirtin mit Handschlag begrüßte und sie an einen Tisch am Fenster führte, den sein Bruder reserviert hatte. Kurz darauf gesellte sich

Richard zu ihnen. Er sah erholt aus und war braungebrannt, was jedoch nicht darüber hinwegtäuschen konnte, dass der Tod seiner Mutter ihn sichtlich mitnahm. Die Brüder sprachen über die Modalitäten des Begräbnisses und erinnerten sich an alte Zeiten in ihrem Elternhaus. Céline und Jenny redeten über Jennys Klassenfahrt nach Chartres, die nach den Herbstferien stattfinden sollte. Das Essen war gut wie immer. Als Nachtisch gab es Jennys geliebte Apfeltarte, eine Köstlichkeit, die nirgends so gut schmeckte wie in diesem Restaurant.

Gegen zehn verließen sie das Lokal und spazierten in die Rue des Blancs Manteaux. Céline verabschiedete sich und verschwand in ihre Wohnung.

Als Jenny eine halbe Stunde später im Bett lag, zeigte LaBréa seinem Bruder die Briefe des unbekannten Liebhabers aus dem Nachlass von Lucia LaBréa. Richard war perplex. Auch er hatte nichts von dem Geheimnis ihrer Mutter geahnt und den Mann nie gesehen.

»Was machen wir mit diesen Briefen?«, fragte Richard. »Bewahren wir sie auf?«

»Wozu?«, erwiderte LaBréa. »Wahrscheinlich werden wir nie erfahren, wer dieser Bernard gewesen ist.«

»Dann vernichte sie, Maurice. Niemand braucht je etwas davon zu erfahren.«

Wenig später verabschiedeten sie sich. Richard, dessen Wohnung im 1. Arrondissement lag, würde in gut zehn Minuten zu Hause sein. Er lebte wieder allein, denn seine Freundin Fanny hatte ihn vor einigen Wochen verlassen. LaBréa schien es, als sei er nicht allzu unglücklich darüber.

»Also dann, Maurice, bis Freitag.« Richard schlug den Kragen seines Regenmantels hoch. »Elf Uhr, Haupteingang.«

LaBréa nickte. Für Freitag um elf Uhr war die Bestattung ihrer Mutter auf dem Friedhof Montparnasse angesetzt.

1. Dezember 2001

Wochen waren vergangen, und noch hatte sich nichts geändert. Doch morgens, wenn er in der Spiegelscherbe über dem Waschbecken sein Gesicht betrachtete, entdeckte er in seinen Augen die Veränderung, die allmählich in ihm vorging. Härte lag in seinem Blick, die kalte Überlegenheit desjenigen, der einen Entschluss gefasst hat. Die Eintönigkeit seines Alltags würde bald ein Ende finden. Das alles hier würde vorbei sein. Die gemeinsame Zeit mit Dolly, die dahinfloss wie ein träger, dreckiger Fluss, würde nur noch ein blasser Erinnerungsstreifen am Horizont sein.

Mehr und mehr hatte er seinen Tagesablauf verändert. In die Zone ging er nur noch selten und sagte Dolly nichts davon. Mit seinem alten Schulfreund Mahmoud verband ihn jetzt eine Art geschäftliches Interesse. Nach zähem Ringen hatte dieser sich einverstanden erklärt, ihn bei jedem Raubzug mit dreißig Prozent an den Erlösen zu beteiligen. Inzwischen gab es ein festes Netz von Abnehmern und Zwischenhändlern für die Ware, die weiterhin hauptsächlich aus elektronischen Gebrauchsgütern bestand. Die alte Blechbüchse unter der Bohle nahe seiner Schlafstatt war prallgefüllt. Die Ersparnisse beliefen sich auf knapp zweitausend Euro. Ein schönes Startkapital. Er musste nur den geeigneten Zeitpunkt abpassen und auf der Hut sein, dass Dolly den Schatz nicht entdeckte.

Es war kalt geworden. Seit Tagen lag die Stadt unter einer Schneedecke wie unter einem Schonbezug. Dolly steigerte ihren Schnapskonsum, wobei ihr als Ausrede das kalte Wetter diente, das ihr angeblich die Arbeit erschwerte. Tatsächlich waren die nächtlichen Besucher seltener geworden und ihre Einnahmen zurückgegangen. Vor einer Woche war sie mit einem ausgeschlagenen Schneidezahn nach Hause gekommen und mit einem blauen Auge, das sich inzwischen lila und gelb verfärbt hatte. Jean-Marie, einer ihrer Stammkunden, ein grobschlächtiger Hüne und ehemaliger Seefahrer, war im Suff ausgerastet. In letzter Minute hatte Dolly aus Jean-Maries schäbiger Wohnung fliehen können und war am Ende heilfroh, dass der Typ zu betrunken gewesen war, um sich an ihre Fersen zu heften.

»Wie gut, dass ich den Kerl nie mit nach Hause genommen habe«, sagte sie am nächsten Tag und grinste. »Einen guten Blick für die Leute, den musst du in meinem Job schon haben. Sonst gehst du drauf.«

Er hatte nichts erwidert und sie nur angeekelt betrachtet. Ihr Teint war von stumpfer Farbe, und die frische Zahnlücke ließ ihr Grinsen gehässig wirken. Dann hatte sie sich abrupt weggedreht und ihn nicht mehr beachtet, was ihm nur recht war. Er hatte sich seine Stiefel zugeschnürt, die Mütze tief ins Gesicht gezogen und die Behausung verlassen.

Auf dem Weg zu der Kneipe, in der er sich mit Mahmoud treffen wollte, machte er einen Abstecher ins 11. Arrondissement, wo sein Cousin wohnte. Der arbeitete seit kurzem in einer Bar und hatte ihm vorgeschlagen, ihm hin und wieder kleinere Jobs zu verschaffen. Da er nicht wusste, was damit gemeint sein könnte, wollte er ihn jetzt fragen. Obwohl er sich nicht vorstellen konnte, seine lukrativen Geschäftsbeziehungen zu Mahmoud für lächerlich entlohnte Hilfsjobs aufzugeben. Doch da sein Cousin sich ihm gegenüber immer mal wieder spendabel und großzügig gezeigt hatte, wollte er ihm den Gefallen tun.

Die Mutter seines Cousins hatte sich frühzeitig zu Tode gesoffen und nur mit Mühe ihr dreißigstes Lebensjahr erreicht. Nach ihrem Tod war der kleine Sohn zunächst ins Heim und dann zu Pflegeeltern gekommen, die ihn schlugen und misshandelten. Mit sechzehn war er von dort abgehauen. Das Elend seiner trostlosen Kindheit hatte jedoch nicht dazu geführt, dass der Cousin auf die schiefe Bahn geriet. Schon als junger Mann hatte er sein Geld mit ehrlicher Arbeit verdient und jeden Job angenommen, den er bekam.

»He! Mick!«, begrüßte ihn der Cousin. Er trug Schlafanzug und Morgenrock, was nicht weiter verwunderte

bei jemandem, der nachts arbeitete. »Na, hast du es dir überlegt?«

»Was sind denn das für Jobs?«, fragte er ohne großes Interesse.

»Na ja, dies und das. An der Bar wird immer mal jemand zusätzlich gebraucht. Und nach 'ner Weile könnte ich dich auch als Diskjockey unterbringen. Musik magst du doch, oder?«

Mick zwang sich zu lächeln.

»Ehrlich, ich glaube, solche Jobs sind nichts für mich.«

Der Cousin war enttäuscht.

»Du kannst doch nicht ewig in diesem Loch da rumhängen«, meinte er. »Wird Zeit, dass du endlich in die Gänge kommst. Sei froh, dass ich dir 'ne Chance gebe, Mick. Oder willst du so enden wie deine Mutter? Auf dem Strich?«

Er spürte, wie der Zorn sein Gesicht heiß werden ließ. Am liebsten hätte er seinen Cousin geschlagen. Verdammt, so einer war er nicht! Er war keiner, der sich von irgendwelchen Kerlen vögeln ließ. Lieber würde er verrecken, als sich nachts in einschlägigen Gegenden herumzutreiben, wo alte Knacker scharf auf seinen Arsch waren.

Er zügelte seinen Zorn, weil sein Cousin ihm körperlich überlegen war. Und wer weiß, vielleicht würde er ihn eines Tages doch noch brauchen …

Grußlos verließ er die Wohnung und steuerte mit schnellen Schritten auf die Métrostation an der Ecke zu. Er war spät dran. Mahmoud wartete sicher schon auf ihn. Und der hasste nichts mehr als Unpünktlichkeit.

Mehrere Stufen auf einmal nehmend, rannte er nach unten auf den Bahnsteig. Zum Glück fuhr gerade ein Zug ein. Zwei Stationen, und er würde gerade noch rechtzeitig kommen.

Während der Zug sich ruckelnd in Bewegung setzte, schoss ihm nur ein einziger Gedanke durch den Kopf, immer wieder, wie in einer Endlosschleife.

Etwas würde geschehen. Schon sehr bald.

15. KAPITEL

Kurz nach acht am nächsten Morgen verließ LaBréa mit seiner Tochter das Haus. Nachdem er Jenny wie gewöhnlich zur Schule gebracht hatte, begab er sich zum Quai des Orfèvres.

Pünktlich um neun begann die morgendliche Talkrunde. Laborergebnisse bezüglich der Spuren im alten Stellwerk an der Gare de Lyon lagen noch nicht vor, doch Claudine konnte mit einer interessanten Neuigkeit aufwarten.

»Heute Nacht um zwei kam eine Mail von Bill Waters«, sagte sie und blätterte in ihren Unterlagen. »Wir wissen jetzt, was mit Augustine Géminard, der Tochter des Opfers, geschehen ist.«

Der FBI-Mann aus New York hatte sämtliche infrage kommenden Datenbanken durchforstet und war fündig geworden. Augustine Géminard tauchte in einer Statistik des New Yorker Drogendezernats auf. Dort war sie 1995 als heroinabhängig erfasst worden, und es gab eine umfangreiche Akte über sie. Sie war arbeitslos und ohne festen Wohnsitz. Wegen Drogenbesitzes war sie mehrfach mit dem Gesetz in Konflikt geraten, hatte diverse Entziehungskuren absolviert, war jedoch nie clean geworden. Im Dezember 1999 wurde bei ihr Aids diagnostiziert. Da sie weder krankenversichert war noch über Geldmittel verfügte, wurde sie nicht ausreichend medizinisch behandelt. Im Juli 2001 starb sie an der Krankheit. Ihr Leichnam wurde in einem Abbruchhaus in der Bronx gefunden. Die Urne mit ihren sterblichen Überresten hatten die US-Behörden Anfang September 2001 nach Paris überführen lassen.

»Und zwar an die Adresse ihrer Mutter, Rue Barbette«, fügte Claudine abschließend hinzu.

LaBréa hatte aufmerksam zugehört und lehnte sich auf seinem Stuhl zurück.

»Jetzt wird mir klar, warum sie überall erzählt hat, ihre Tochter sei beim Angriff auf die Türme ums Leben gekommen«, sagte er nachdenklich. »Vermutlich hatte Griseldis Géminard all die Jahre keine Ahnung, wie Augustine gelebt hat. Aus den Briefen ist ja nichts hervorgegangen. Von daher war sie wahrscheinlich völlig schockiert, als die Todesnachricht kam und sie erfuhr, dass Augustine an den Folgen von Aids gestorben war. Das sollte niemand erfahren. Der Angriff auf das World Trade Center wenig später gab ihr dann Gelegenheit, eine Geschichte um den Tod ihrer Tochter zu erfinden. Und irgendwann hat sie wohl selbst auch daran geglaubt, dass Augustine im Nordturm ums Leben kam. Sie wird die Wahrheit verdrängt haben, weil es leichter für sie war, mit der Lüge zu leben. Die

Sterbedokumente aus den USA hat sie vernichtet und auf diese Weise die Spuren gelöscht.«

»Wenn Augustine in ihrer Jugend in den Sechzigerjahren nach Kalifornien gegangen ist, hat sie dort vermutlich mit den Drogen angefangen«, sagte Claudine.

»Wie so viele andere damals auch.« LaBréa dachte an die Drogenexzesse in einer Hippiekommune, wie sie T. C. Boyle so treffend in seinem Buch *Drop City* beschrieb.

»Vielleicht war Gras die Einstiegsdroge, und später kamen härtere Sachen.« LaBréa überlegte einen Moment. »Den letzten Brief an ihre Mutter hat sie im April 2001 geschrieben. Da muss sie schon ziemlich krank gewesen sein.«

Der Paradiesvogel nickte.

»Ja, und kein Wort davon, dass es ihr gesundheitlich schlechtging. Das sagt alles über das Verhältnis von Mutter und Tochter, finde ich.«

»Da haben Sie Recht, Jean-Marc.« LaBréa goss sich ein Glas Mineralwasser ein. »Was sie wohl mit der Asche ihrer Tochter gemacht hat?«

»Vielleicht irgendwo verstreut«, spekulierte Claudine. »In einem Park oder in der Seine.«

»Möglich. Jedenfalls wissen wir jetzt definitiv, dass die Tochter Augustine tot ist.« Er trank das Glas in einem Zug aus, blickte auf seine Uhr und stand auf.

»Gleich zehn. Jean-Marc, wir fahren zum Geschäftsführer des *Paradis*. Vielleicht haben wir jetzt Glück.«

Bei Tageslicht wirkte die Rue de Lappe wie ausgestorben. Die Tanzlokale und Bars, Jazzkeller und Restaurants waren geschlossen. Erst am Abend tobte hier das Leben. Auch die Leuchtreklame an der Fassade des *Paradis* war ausgeschaltet, der Eingang zum Lokal mit einem Gitter versperrt. Gleich neben dem Lokal führte eine schmale, rotbraun gestrichene Tür zur Wohnung von Patrice Montana, die über dem Lokal lag. Sie stand offen, und die beiden Beamten gingen ins Haus.

Nach längerem Klingeln an der Wohnungstür wurde diese geöffnet. Eine dunkelhäutige Frau in einem bunt geblümten Seidenmorgenrock blickte die beiden Besucher fragend an. LaBréa stellte fest, dass sie ausgesprochen hübsch war. Große, schwarze Augen beherrschten ihr schmales, fein geschnittenes Gesicht. Sie war ungeschminkt, und die feuchten, gelockten Haare ließen vermuten, dass sie gerade erst eine Dusche genommen hatte. LaBréa schätzte sie auf Mitte zwanzig.

Er zückte seinen Ausweis.

»Commissaire LaBréa von der Brigade Criminelle. Wir möchten zu Monsieur Montana. Ist er da?«

Die junge Frau musterte LaBréa eingehend, drehte sich dann um und rief: »Patrice? Kommst du mal? Die Bullen!«

Ohne die beiden Polizisten noch eines Blickes zu würdigen, schlenderte sie davon. Gleich darauf erschien der Geschäftsführer. Er trug ein Paar Jeans und ein enges T-Shirt mit halbem Arm. Unter dem Hemd zeichneten sich sein Waschbrettbauch und ein beeindruckender Bizeps ab. Ganz offensichtlich war er jemand, der seinem Körper viel Aufmerksamkeit widmete. Das Gesicht war unrasiert. Er starrte LaBréa an, doch bevor er etwas sagen konnte, kam ihm dieser zuvor.

»Polizei. Dürfen wir einen Moment reinkommen, Monsieur Montana?«

Der Geschäftsführer fing sich rasch und setzte sein öliges Lächeln auf.

»Ich dachte, Sie …«

LaBréa unterbrach ihn brüsk.

»Ja, ja, ich weiß. Aber ich komme nicht aus der Auvergne. Ich bin Commissaire LaBréa. Das ist mein Mitarbeiter, Leutnant Lagarde.«

Halb erstaunt, halb belustigt musterte Patrice Montana den Paradiesvogel, der diese Reaktion auf seine bunte, gewöhnungsbedürftige Erscheinung zur Genüge kannte.

»Warum haben Sie mich nicht zurückgerufen, Monsieur?«, fragte er Montana. »Ich hatte Sie doch mehrfach darum gebeten.«

»Tut mir leid, Leutnant, aber ich hab meine Mailbox nicht abgehört. Um was geht es denn?« Falls der Besuch der Polizei für Patrice Montana eine unangenehme Überraschung war, so ließ er sich das nicht anmerken. Er winkte die beiden Beamten herein und schloss die Tür. »Kommen Sie am besten in mein Büro.« Er öffnete eine Tür, die vom Flur abging, und ließ Jean-Marc und LaBréa den Vortritt.

»Es geht um Mord«, sagte Jean-Marc. »Und eine Spur führt möglicherweise in Ihr Lokal, das *Paradis*.«

Der Geschäftsführer schüttelte ungläubig den Kopf.

»In unser Lokal? Das kann nicht sein!«

»Hat Ihr Barkeeper Sie gestern nicht angerufen und Ihnen erzählt, dass wir mit ihm gesprochen haben?«

»Nein. Sandra und ich sind erst heute Morgen zurückgekommen.«

LaBréa verzog ironisch seinen Mund.

»Sandra ist die junge Dame, die uns eben so höflich und zuvorkommend empfangen hat?«

»Ja.«

»Ihre Freundin?«

»Meine Verlobte. Wir heiraten demnächst.«

»Tatsächlich. Und wo waren Sie bis heute Morgen?«

»In Deauville. Ein bisschen ausspannen.«

»So kurz? Gerade mal einen Tag?« LaBréa sah ihn skeptisch an. »Lohnt sich das denn?«

Patrice Montana nickte eifrig.

»Aber ja. In zwei Stunden ist man mit dem Wagen von Paris aus da.«

»Wieso sind Sie heute schon zurückgekommen? Ihr Lokal hat doch auch dienstags noch Ruhetag.«

»Ganz einfach, Commissaire: Weil ich geschäftliche Dinge zu erledigen habe.«

Der Hausherr bot ihnen nicht an, Platz zu nehmen. LaBréa ließ seine Blicke durch den Raum schweifen. In der Mitte stand ein schwerer Schreibtisch mit grüner Marmorplatte. Eine Sitzecke bestand aus plüschigen Polstermöbeln. An den Wänden Vitrinenschränke, die so gut wie leer waren. Auf einer Anrichte sah man mehrere Flaschen mit Whisky und anderem Hochprozentigem, diverse Gläser und einen silbernen Eiskübel mit Glasdeckel. Im großen Kamin an der Schmalseite des Zimmers türmte sich Asche. Ein gusseisernes Kaminbesteck und ein Korb mit Brennholz standen daneben. Auf einem Beistelltischchen lag ein Stapel Hochglanzprospekte. LaBréa blätterte sie durch. Ferrari, Porsche, Lamborghini ... Die Prospekte teurer Luxuswagen.

»Sie interessieren sich für schnelle Autos, Monsieur Montana? Gehört das zu den geschäftlichen Dingen, die Sie gerade erwähnt haben?« LaBréa legte die Prospekte zurück. Der Geschäftsführer lachte ein wenig gezwungen.

»Nein, Commissaire, für schnelle Autos interessiere ich mich wirklich nicht. Die Prospekte hat neulich jemand bei mir vergessen.«

»Jemand, der sich solch einen Wagen kaufen will?«, erkundigte sich Jean-Marc und warf seinem Chef einen Blick zu.

Patrice Montana lachte erneut.

»Keine Ahnung. Er wollte nur mal meine Meinung hören. Aber, wie gesagt, da kenne ich mich überhaupt nicht aus.« Er verschränkte die Arme über der Brust. »Also, womit kann ich Ihnen dienen, meine Herren?«

In wenigen Worten erzählte Jean-Marc ihm von dem Mord an Griseldis Géminard und zeigte dem Geschäftsführer das Foto der Ermordeten. Patrice Montana betrachtete es lange und schüttelte dann den Kopf.

»Die kenne ich nicht. Nie gesehen.«

»Ihr Barkeeper, Monsieur Renard, hat sie aber erkannt. Sie kam öfter mit einer Freundin am Wochenende ins Lokal, manchmal auch allein.«

»Schon möglich. Aber ich bin ja nicht ständig anwesend. Meistens komme ich erst nach einundzwanzig Uhr. Kann sein, dass die Dame da immer schon gegangen war. Immerhin öffnen wir sonnabends und sonntags bereits um drei.« Er gab Jean-Marc das Foto zurück.

»Es wäre möglich, dass sie ihren Mörder bei Ihnen im *Paradis* getroffen hat.« LaBréa fasste den Geschäftsführer scharf ins Auge. »Als ich Sonntagabend bei Ihnen war, sind mir diese jungen Männer aufgefallen, die da herumstanden.«

»Ach ja?« Montana blickte erstaunt. »Die kannte ich gar nicht. Da hätte ich viel zu tun, wenn ich mir jedes Gesicht einprägen würde!«

»Ich hatte den Eindruck, als suchten sie Kontakt zu entsprechenden Damen.«

Der Geschäftsführer stellte sich dumm.

»Was meinen Sie mit ›entsprechenden Damen‹?«

»Ältere Frauen. Betuchte ältere Frauen. Die man anschnorren und ausnehmen kann. Ich denke, Sie wissen genau, was ich meine.«

Der Geschäftsführer kratzte sich am Kopf, als wollte er Zeit gewinnen.

»Na ja«, sagte er nach einer Weile. »Ältere Damen sind oft einsam und freuen sich, wenn ihnen ein netter Mann mal ein Kompliment macht und Gesellschaft leistet.«

»Genau darum geht es, Monsieur«, warf Jean-Marc ein. »Um nette Männer, die mit älteren Frauen anbandeln und sich was davon versprechen. Und die vielleicht auch nicht vor einem Mord zurückschrecken, wenn es sich finanziell lohnt.«

»Tja, dazu kann ich Ihnen wirklich nichts sagen.« Montanas Miene war ausdruckslos. »Ich kenne die Dame nicht, die bedauerlicherweise Opfer eines Gewaltverbrechens wurde. Und ich bezweifle sehr stark, dass das *Paradis* in irgendeiner Hinsicht dabei eine Rolle gespielt hat.«

»Sie ist nicht das einzige Opfer.« LaBréa ließ seine Worte einen Moment nachwirken. »Der Mörder hat 2003 bereits eine andere ältere Frau umgebracht. Und 2006 wurde eine ältere Frau ermordet, die ebenfalls Musettewalzer liebte und in Lokalen wie Ihrem verkehrt hat.«

LaBréa sah ein Aufflackern in den dunklen Augen des Mannes, das aber sogleich wieder verlosch. Mit fahriger Geste strich Montana sich über seine gegelten Haare.

Jean-Marc zeigt ihm das Foto von Annie Normand.

»Das ist eine dieser Frauen? Kennen Sie sie?«

Diesmal warf Montana nur einen flüchtigen Blick auf das Bild und schüttelte heftig den Kopf.

»Nein, auch die kenne ich nicht. Bei uns verkehren so viele Leute, besonders an den Wochenenden, und Gesichter vergesse ich sowieso schnell.«

LaBréa sah, wie der Mann plötzlich nervös wurde.

»Eine Frage noch, Monsieur Montana: Wo waren Sie Sonnabendmorgen zwischen acht und neun Uhr?«

Ein Lächeln huschte über Montanas Gesicht; er schien erleichtert.

»Das kann ich Ihnen genau sagen. Ich war in der Großmarkthalle, draußen in Rungis. Um sieben bin losgefahren, und nach zehn war ich wieder in der Stadt.«

»Kann das jemand bezeugen?«

»Allerdings. Ich sprach mit einem Fleischgroßhändler und zwei Weinhändlern. Ich trage mich nämlich mit dem Gedanken, demnächst ein Restaurant zu eröffnen.«

Jean-Marc zückte sein Notizbuch.

»Die Namen dieser Leute, Monsieur.«

Patrice Montana nannte sie ihm. Von seinem Schreibtisch nahm er sein Adressbuch und gab Jean-Marc auch die Handynummern seiner Gesprächspartner.

Enttäuscht und frustriert verließen LaBréa und Jean-Marc wenig später die Wohnung des Geschäftsführers.

»Nichts, rein gar nichts«, sagte LaBréa ärgerlich. »Aber mein Instinkt sagt mir, dass bei dem Mann irgendetwas faul ist. Haben Sie gesehen, wie er zusammenzuckte, als ich den Mord im Jahr 2003 erwähnte? Und wie erleichtert er war, als ich ihn nach seinem Alibi fragte? Überprüfen Sie das gleich mal. Aber Sie werden sehen, es ist wasserdicht. Doch irgendetwas hat ihn in Unruhe versetzt. Und ich will wissen, was.«

Sie fuhren zurück zum Präsidium, und LaBréa begab sich missmutig in sein Büro. Als er seinen Rechner hochfuhr, klingelte das Telefon. Gilles von der Technikabteilung teilte ihm mit, dass eine erste Auswertung der Spuren aus dem stillgelegten Stellwerk vorlag.

»Und?«

»Hautpartikel am Bettlaken auf der Matratze oben im Stellwerk. Und zwar von vielen verschiedenen Personen. Außerdem hat es auf dieser Matratze von Spermaspuren verschiedener Männer nur so gewimmelt.«

»Stammen diese Spuren aus dem gleichen Zeitraum?«

»Ja. Keine ist jünger als fünf bis sieben Jahre.«

»Was ist mit Fingerabdrücken?«

»Da hatten wir Pech. Nichts Verwertbares.«

»War ja zu erwarten. Sonst noch was, Gilles?«

»Ja. Die Kleiderreste am Skelett, die Dr. Foucart erwähnt hat, stammen tatsächlich von Unterwäsche. Billiges Material, Kunstseide mit Nylonspitze. Ein alter Kanten Brot, den wir in einer Plastiktüte gefunden haben, ist mindestens fünf Jahre alt. Ein Wunder, dass er nicht schon zu Staub zerfallen war.«

»Oder dass die Ratten ihn nicht gefressen haben«, warf LaBréa ein.

»Ratten gibt's nicht in dem Stellwerk. Der Rest Kaffeesatz in einer der Tassen stammt aus demselben Zeitraum. 2001 bis 2003. Das war's, Commissaire. Vorerst jedenfalls. Mit der Auswertung der Faserspuren sind wir noch nicht so weit.«

»Danke.« LaBréa legte den Hörer auf und dachte einen Moment nach. War es möglich, dass die unbekannte Tote, die vor etwa sechs bis sieben Jahren in der Nähe des stillgelegten Stellwerks unter Schottersteinen verscharrt worden war, in dem Gebäude gewohnt hatte? Hatte die Frau als Prostituierte gearbeitet und ihre Freier dorthin mitgenommen?

LaBréa griff zum Telefonhörer und rief Franck auf seinem Handy an.

»Wo sind Sie jetzt, Franck?«

»Ich klappere gerade mit Dupont ein paar einschlägige Etablissements am Boulevard Diderot ab.« Dupont war der Kollege von der Sitte, den Franck um Hilfe gebeten hatte. »Bisher Fehlanzeige, Chef. Niemand erinnert sich an eine Nutte mit einem Kind.«

LaBréa teilte ihm die Ergebnisse der Spurensicherung mit.

»Eine Nutte, die ihre Freier in dem alten Stellwerk bedient hat?« Franck lachte. »Tolles Ambiente. Mit der Dauergeräuschkulisse der Züge musste das was von Fernweh und Abenteuer gehabt haben.«

LaBréa war nicht nach Scherzen zumute. »Grenzen Sie Ihren Radius ein, Franck. Konzentrieren Sie sich auf die Bordelle im direkten Umkreis der Gare de Lyon und auch der Gare d'Austerlitz.«

»Dupont meint, im Umkreis der Bahnhöfe gab es früher hauptsächlich Straßenstrich.«

»Dann fragen Sie in den Kneipen nach, den Cafés. Irgendjemand erinnert sich vielleicht. So lange ist das ja noch nicht her.«

»Mach ich, Chef.«

Es war kurz nach zwölf. LaBréa rief Jenny auf ihrem Handy an. Die Mailbox sprang an. Er hinterließ eine Nachricht. »Ruf mich zurück, wenn du Mittagspause hast. Bis dann, Chérie.«

Anschließend wählte er Célines Nummer. Während er auf die Verbindung wartete, schüttelte er den Kopf. Er dachte daran, wie töricht er sich benommen hatte, als ihr Exfreund Adrien am Wochenende bei ihr übernachtet hatte. Eine Welle von Zärtlichkeit durchflutete ihn. Nie hätte er geglaubt, dass er sich nach dem gewaltsamen Tod seiner Frau Anne vor fast einem Jahr wieder verlieben könnte. Und doch war es geschehen. Er hatte es nicht darauf abgesehen und nicht danach gesucht. Vorsichtig hatten er und Céline sich angenähert, gewartet, bis sie genügend Vertrauen zueinander entwickeln konnten. Und Jenny – letzten Endes hatte sie auf die neue Liebe ihres Vaters positiver reagiert, als er gedacht hätte. Mit ihren anfänglichen kleinen Eifersüchteleien war Céline souverän umgegangen. Durch ihre charmante, zugewandte und unkomplizierte Art hatte sie auch das Herz seiner Tochter erobert.

»Ja, Maurice?« Célines Stimme klang dunkel und warm. LaBréa lehnte sich entspannt in seinem Schreibtischsessel zurück.

»Ich würde gern heute Mittag irgendwo mit dir essen gehen. Wie sieht es mit deinem Zeitplan aus?«

»Mit dir immer«, erwiderte Céline. »Was schlägst du vor?«

»Treffen wir uns irgendwo auf halbem Weg. Im *Rouge Gorge* in der Rue St. Paul?«

»Einverstanden.«

LaBréa schnappte seine Jacke und verließ das Büro. Auf dem Flur begegnete er Claudine, die gerade aus der Damentoilette kam.

»Irgendwas Neues, Claudine?«

»Bisher nicht. Die SNCF hat uns die komplette Liste der Angestellten und Arbeiter rübergemailt, die zwischen 2000 und 2003 in irgendeiner Funktion auf dem

Bahngelände der Gare de Lyon gearbeitet haben. Schalterbeamte, Zugpersonal, das dort eingesetzt wurde. Gleisarbeiter und so weiter. Das sind etwa fünfhundert Leute. Ist 'ne Heidenarbeit, das alles durchzugehen, Chef.«

»Ich weiß.« Er unterrichtete Claudine kurz über das Ergebnis der Spurensuche im alten Stellwerk.

»Wenn die Frau als Prostituierte gearbeitet hat, ist doch eher anzunehmen, dass einer ihrer Freier sie erschlagen hat«, meinte Claudine.

»Alles ist möglich. Wir dürfen nichts außer Acht lassen. Es kann genauso gut ein Mitarbeiter der Bahngesellschaft gewesen sein, der gewusst hat, dass sie dort lebte, oder sogar einer ihrer Freier war.«

Claudine seufzte.

»Okay, Chef. Aber das wird eine Weile dauern.«

»Holen Sie sich Verstärkung aus der Abteilung II.«

Es war ein strahlend schöner Tag. Beschwingten Schrittes ging LaBréa über den Quai du Marché Neuf, vorbei an Notre-Dame. Vor der Kirche hatten sich die üblichen Touristenschlangen gebildet. Fotos wurden geschossen, ein Sprachengewirr aus aller Herren Länder erfüllte den Platz mit einem geschäftigen Summen. Auf den Seinebrücken und an den Quais rollte der Mittagsverkehr.

Jenny rief ihren Vater aus der Schulkantine an. »Was gibt's denn heute?«, wollte LaBréa wissen.

»Gemüseauflauf mit Reis. Schmeckt total langweilig. Wann kommst du nach Hause, Papa?«

»Das weiß ich noch nicht, Chérie.«

»Pierre-Michel kommt nach der Schule mit zu uns. Wir wollen zusammen Mathe lernen. Morgen schreiben wir eine Arbeit.«

»Gut. Wenn ihr Hunger habt, kauft euch eine Pizza.«

»Ja, mal sehen. Salut, Papa.«

Zehn Minuten später betrat er das Restaurant. Céline war kurz vor ihm angekommen und hatte gerade noch einen Tisch am Fenster ergattert. Das *Rouge Gorge* war ein beliebtes kleines Restaurant mit einfacher Küche und guten, preisgünstigen Weinen. LaBréa küsste Céline und nahm ihr gegenüber Platz. Kurz darauf erschien die Wirtin und begrüßte das Paar. Sie empfahl ihnen das Tagesgericht.

»Entenbrust mit Pommes Dauphine«, sagte sie. Céline und LaBréa nickten einvernehmlich. Dazu bestellte LaBréa eine Flasche Brouilly und eine große Karaffe Wasser.

»Wie weit bist du mit deiner Ausstellung?«, erkundigte er sich.

»Morgen wollen wir die ersten Exponate aufhängen. Jerôme ist ja ziemlich eigen, und ich fürchte, er hat da andere Vorstellungen als ich.«

Jerôme Klein, Spross einer wohlhabenden Industriellenfamilie aus dem Norden, war der Besitzer der

Galerie am Trocadéro, wo am Wochenende Célines Vernissage stattfinden sollte. Céline versprach sich einiges von der Ausstellung. Nicht nur gute Kritiken, sondern auch Verkäufe. Ihre Bilder waren im Lauf der Jahre im Wert gestiegen, und es gab bereits Sammler, die regelmäßig ihr Atelier besuchten.

»Ich dachte immer, der Künstler bestimmt, wie seine Bilder gehängt werden?«

Céline lachte.

»Normalerweise schon. Aber Jérôme sieht das anders und besteht darauf, ein Wörtchen mitzureden. Natürlich nicht, wenn der Künstler Gerhard Richter heißt.«

Die Wirtin brachte Wein und Brot. Sie entkorkte die Flasche und schenkte ein. Der Wein war so temperiert, wie es bei einem Brouilly sein sollte: leicht gekühlt, keine Zimmertemperatur.

Kaum war das Essen serviert, klingelte LaBréas Handy. Es war Franck.

»Sie werden es nicht glauben, Chef. Aber wir haben hier was Interessantes.«

»Inwiefern?«

»In der Rue Parrot, gleich in der Nähe der Gare de Lyon, gibt es ein Bordell. *Au train perdu.* Passender Name, wie ich finde.« Franck lachte. »Der Betreiber besitzt den Laden seit über dreißig Jahren. Und er kannte eine Nutte, die einen kleinen Sohn hatte.«

LaBréa legte wie elektrisiert seine Gabel auf den Teller.

»Und?«

»Ich dachte, Sie kommen am besten her, Chef. Denn raten Sie mal, welcher Name in dem Zusammenhang gefallen ist? Darauf kommen Sie nie!«

»Reden Sie schon, Franck.« LaBréa wurde ungeduldig.

»Patrice Montana. Der Geschäftsführer vom *Paradis.*«

»Ach, tatsächlich?« LaBréa schob seinen Stuhl zurück. »Welche Hausnummer ist das in der Rue Parrot?«

»Zwölf. An der Tür gibt's eine Klingel. Der Schuppen öffnet normalerweise erst um fünf.«

LaBréa steckte sein Handy in die Hosentasche und hob bedauernd die Hände.

»Tut mit leid, Céline. Ich muss sofort los.« Er gab der Wirtin einen Wink. »Packen Sie mein Essen bitte ein, und rufen Sie mir ein Taxi.«

Er leerte sein Glas und beugte sich zu seiner Freundin.

»Nicht böse sein, meine Liebe. Aber es sieht so aus, als hätten wir einen Treffer gelandet.« Aus seinem Portemonnaie zog er einen Fünfzigeuroschein und legte ihn auf den Tisch. »Bezahl bitte die Rechnung. Ich esse im Taxi. Ich rufe dich später an.«

Céline seufzte, ließ sich jedoch nicht anmerken, dass sie enttäuscht war. Nicht zum ersten Mal hatte LaBréas Beruf ihnen einen Strich durch die Rechnung gemacht, wenn sie zusammen essen gingen oder an den Wochenenden etwas unternahmen. Sie hatte sich damit abgefunden, dass ihr Freund nun einmal keiner Tätigkeit nachging, die feste Arbeitszeiten und freie Wochenenden bot.

»Ist schon okay«, sagte sie und hielt ihm ihre Wange hin. Die Wirtin brachte eine Assiette mit LaBréas Entenbrust und meinte: »Taxi kommt sofort.«

Vor dem Restaurant sah LaBréa bereits den Wagen, der vom Quai des Célestins in die Rue St. Paul einbog. Die Herbstsonne schickte ihre Strahlen auf die Sandsteinfassaden der Häuser. Das Licht blendete LaBréa. Er bedauerte, dass er seine Sonnenbrille nicht dabeihatte.

Der Taxifahrer hielt, und der Fahrer ließ das Fenster herunter. LaBréa nannte ihm die Adresse. Er nahm auf dem Rücksitz Platz und drängte den Mann, aufs Gaspedal zu drücken. In aller Hast verspeiste er die Entenbrust und die Kartoffeln. Beides war inzwischen nur noch lauwarm.

16. KAPITEL

Hinter der grauen, mit Graffiti und Plakatresten verunzierten Fassade des Hauses Rue Parron Nummer 5 verbarg sich eine schäbige, versiffte Bar. Die Jahrzehnte hatten ihre Spuren an den Wänden hinterlassen, die fleckig und nikotingelb einen länglichen Raum einfassten. Teilweise war der Putz abgeblättert. Verblasste Plakate mit Motiven von Toulouse-Lautrec sollten wohl so etwas wie Atmosphäre schaffen. Seitlich befand sich ein langer Tresen aus den Siebzigerjahren. Einige Tische mit Veloursesseln in Dunkelrot standen in der Mitte des Raums. Nach hinten gab es einen Durchgang zu einem kleinen Treppenaufgang, der in den ersten Stock führte. LaBréa vermutete, dass in den Zimmern dort der eigentliche Bordellbetrieb stattfand.

An einem der Tische saß der Betreiber des Etablissements, ein etwa sechzigjähriger Mann mit Halbglatze und tiefer Narbe quer über der rechten Wange. Durch diese alte Verletzung wirkte sein Mund ein wenig schief. Er sah aus wie ein Kobold.

Neben ihm hatte Franck Platz genommen sowie Cédric Dupont, der Kollege von der Sitte. Dupont war ein vierschrötiger Endzwanziger, der den Eindruck vermittelte, als sei mit ihm nicht gut Kirschen essen. LaBréa kannte ihn nur flüchtig, wusste aber um den Ruf, der Dupont vorauseilte. Er galt als scharfer Hund und unerbittlicher Ermittler in Sachen illegale Prostitution und Straßenstrich.

Franck deutete auf den Betreiber des Lokals.

»Das ist Monsieur Marcel Villiers, Chef. Er sagt, Mitte der Neunzigerjahre habe hier ab und zu eine junge Frau verkehrt, die ein Kind hatte. An den Namen der Frau kann er sich aber leider nicht erinnern.«

»Was heißt das: ›Sie habe hier verkehrt‹?«, wollte LaBréa wissen. »Hat sie bei Ihnen gearbeitet, Monsieur?«

Marcel Villiers schüttelte den Kopf.

»Gearbeitet hat sie hier nicht. Bei mir waren vier Mädchen, alle angemeldet, alles tipptopp. Was Illegales lief nicht. Stimmt's?« Er blickte Dupont an und erwartete eine Bestätigung.

»Das hat auch niemand behauptet«, knurrte Dupont und streckte seine Beine aus.

»Sie kam ein paarmal in dem Winter, als eine Menge Schnee lag. Sechsundneunzig muss das gewesen sein. Und sie hatte einen Jungen dabei. Der war damals neun oder zehn Jahre alt.« Der Mann räusperte sich. »War natürlich etwas ungewöhnlich, denn sie kam meistens nach zehn Uhr abends. Und da sollte so ein Junge doch eigentlich im Bett liegen.«

»Kam sie ohne weitere Begleitung?«

»Zuerst, ja. Aber, wie gesagt, mit dem Jungen. Ich hab ihr gleich zu verstehen gegeben, dass das nicht ginge. Bei mir war Publikumsverkehr, Stammkunden und so, Sie verstehen. Das ist nicht gerade was für Kinder. Aber sie meinte, sie hätten im Moment keine Wohnung und wollten sich nur ein bisschen aufwärmen.«

»Wie oft war sie da?«

»Fünf-, sechsmal vielleicht. Aber die letzten Male nicht allein. Sondern mit jemandem, den ich kannte.«

»Und zwar Patrice Montana«, fügte Franck rasch hinzu.

»Genau.« Villiers nickte. »Den kannte ich noch, als er als junger Spund nebenan in der Fischhalle gearbeitet hat. Die gibt es jetzt nicht mehr.«

»War er der Freund der Frau? Vielleicht der Vater des Jungen?«

»Nein. Das hab ich ihn nämlich mal gefragt. Er sagte, er wär's nicht. Doch mit dem Jungen schien er sich gut zu verstehen.«

»Und Sie wissen wirklich nicht den Namen der Frau? Woher sie kam, was sie machte?«

»Was sie machte, war ziemlich klar. Straßenstrich. Schnelle Nummern im Auto. Patrice fand das wohl nicht so toll, denn er fragte mich mal, ob sie nicht bei mir in der Küche arbeiten könnte oder als Putzfrau. Aber ich brauchte niemanden, denn damals lebte meine Frau noch.« Er überlegte einen Moment. »Und woher sie kam? Keine Ahnung. Irgendwo aus der Banlieue, vermute ich. Genau wie Patrice. Aber sicher bin ich da nicht.«

»Wissen Sie denn noch, wie der Junge hieß?«

»Nein. Aber es war eindeutig ihr Sohn. Er hat sie Maman genannt. Pausenlos starrte er meine Mädchen an. Er hat natürlich mitbekommen, dass die ab und zu mit einem Freier nach oben verschwunden sind. So ein Kind macht sich da schon seine Gedanken.«

»Und Patrice Montana? War der auch ein Freier?«

»Ja, aber wenn er mit der Frau und dem Jungen kam, lief da nichts. Er hat der Frau ein paar Drinks spendiert und dem Jungen 'ne Cola. Dann gingen sie zusammen weg.«

»Eigenartig, dass er mit den beiden hierher zu Ihnen kam.« LaBréa fasste den Mann scharf ins Auge. »Warum wohl? Hatte er keine Wohnung, wo er sie unterbringen konnte?«

Villiers zuckte mit den Schultern.

»Keine Ahnung. Ich hab nicht gefragt. Patrice war ein guter Kunde, und da hab ich ihm eben den Gefallen getan. Ging ja auch nicht lange. Nur ein paarmal, weil es draußen so kalt war.«

»Die Frau hat vermutlich vor einigen Jahren in einem alten Stellwerk auf dem Gelände der Gare de Lyon gewohnt. Wussten Sie das?«

Der Bordellbesitzer sah LaBréa erstaunt an.

»In einem alten Stellwerk? Nein, das hat sie nicht erwähnt. Patrice auch nicht. Wie kam sie denn da hin?«

LaBréa überhörte die Frage und sagte: »Ist Patrice Montana in den darauffolgenden Jahren noch mal hier bei Ihnen aufgetaucht?«

»Einige Male, dann nicht mehr. Ich hab ihn später mal am Boulevard Diderot getroffen, in einem Spielclub. Das ist aber schon länger her. Fünf, sechs Jahre bestimmt. Da sagte er mir, er hätte eine feste Freundin und sei jetzt Geschäftsführer in so einem Musettewalzerschuppen an der Bastille.« Marcel Villiers verzog abschätzig den Mund. »Nostalgischer Schwoof mit alten Leuten. Da hab ich mich sowieso gewundert.«

»Wieso?«

»Na ja, weil er eigentlich ganz andere Pläne hatte.«

»Welche denn?«

»Er wollte ins Ausland gehen. Irgendwo einen Club in einer Ferienanlage aufmachen, wo man richtig abkassieren konnte. Betuchte Kunden, Promiangebote. Das ganze Jahr Sonne und so weiter. Hat aber anscheinend nicht geklappt.«

Er zog ein Taschentuch aus der Hosentasche und schnäuzte sich umständlich die Nase.

»Hat Patrice Montana den Jungen und seine Mutter später nochmal erwähnt?«

»Nein, daran kann ich mich nicht erinnern.«

»Haben Sie ihn nicht nach den beiden gefragt? Immerhin hatten Sie sich doch gewundert, dass sie mit dem Kind hier aufgekreuzt ist.«

»Das stimmt, aber ich hab trotzdem nicht gefragt. Weil es mich einfach nicht interessiert hat.«

»Ach so.« LaBréa blickte dem Mann in die Augen, deren Farbe im schummrigen Licht des Lokals verschwamm. Doch er konnte nichts darin erkennen, was Anlass geben würde, misstrauisch zu sein.

»Sagen Sie, Monsieur Villiers, fällt Ihnen noch irgendwas ein, was diese Mutter und ihren Sohn angeht? Etwas, was vielleicht ungewöhnlich war?«

Der Bordellbesitzer überlegte einen Moment und kratzte sich am Kinn.

»Nein, da fällt mir nichts ein, Commissaire. Tut mir leid.«

LaBréa erhob sich.

»Danke, Monsieur Villiers. Sie haben uns sehr geholfen.«

Marcel Villiers neigte neugierig seinen Kopf.

»Um was geht es hier eigentlich, Commissaire?«

»Es geht um Mord, Monsieur. Aber die Sache ist zu kompliziert, als dass ich sie Ihnen auf die Schnelle erklären könnte. Wir müssen weiter.« Er gab Franck und Dupont einen Wink. Die drei verließen das Lokal.

LaBréa und Franck verabschiedeten sich vom Kollegen der Sitte, dessen Dienste nicht länger gebraucht wurden. Sie gingen zu Francks Wagen, der in einer Seitenstraße geparkt war. Franck setzte das Blaulicht aufs Dach, und in rasendem Tempo fuhren sie Richtung Place de la Bastille.

Die kleine Straße lag verschlafen im Licht des frühen Nachmittags. Franck parkte den Wagen direkt vor dem *Paradis*. Am Morgen, als LaBréa und Jean-Marc hier gewesen waren, hatte die Haustür neben dem vergitterten Lokaleingang offen gestanden. Jetzt war sie verschlossen. Ohne den Türcode zu kennen, kam man nicht ins Haus.

Während LaBréa noch überlegte, was zu machen war, sah er Patrice Montanas Verlobte kommen. Sie war offenbar einkaufen gewesen, denn sie trug einen Korb mit Gemüse und mehrere Plastiktüten. Beim Anblick der Polizisten vor der Tür reagierte sie unwillig.

»Sie schon wieder.« Sie bedachte LaBréa und Franck mit einem feindseligen Blick.

»Es trifft sich gut, Mademoiselle, dass Sie gerade nach Hause kommen. Wir müssten nochmal mit Monsieur Montana sprechen. Ist er da?«

»Weiß ich nicht.« Die Stimme der jungen Frau klang schroff. Sie tippte vier Ziffern ein, und das Schloss sprang auf.

»Wir folgen Ihnen einfach«, meinte Franck entspannt. »Dann werden wir ja sehen, ob er zu Hause ist.« LaBréa entging nicht, dass Franck mit Kennerblick die Beine der jungen Frau taxierte. Sie trug Leggins und halb hohe Stiefel. Ein Cape-artiger, grün-braun karierter Mantel umschmeichelte ihre Figur. Franck grinste anerkennend, als sie vor ihnen die Treppe hinaufging.

Sie schloss die Wohnungstür im ersten Stock auf und rief: »Patrice? Hier sind nochmal die Bullen. Keine Ahnung, was die schon wieder wollen!« Sie ging den Korridor entlang und öffnete eine Tür, die vermutlich in die Küche führte, stellte den Korb und die Tüten dort ab, kam wieder in den Flur und rief erneut: »Patrice? Wo bist du denn?«

LaBréa und Franck waren an der Eingangstür stehen geblieben, die Franck hinter sich verschlossen hatte.

Mit raschen Schritten ging die junge Frau durch die Wohnung zu der Tür, hinter der sich das Arbeitszimmer ihres Verlobten befand. Sie öffnete die Tür, blieb wie angewurzelt stehen und stieß einen kurzen, spitzen Schrei aus. Dann taumelte sie zurück und starrte die beiden Polizisten mit weit aufgerissenen Augen an.

LaBréa und Franck stürzten ins Büro des Geschäftsführers des *Paradis*. Patrice Montana lag bäuchlings auf dem Steinfußboden vor dem Kamin, den Kopf zur Seite gedreht. Aus einer Schusswunde am Hinterkopf war Blut geflossen, das den gegelten Haaren einen zusätzlichen, eigenartigen Glanz verlieh. Während Franck die Verlobte des Mannes rasch in die Küche führte, kniete LaBréa neben dem leblosen Körper nieder und legte vorsichtig zwei Finger an die Halsschlagader.

Patrice Montana war tot. Daran gab es keinen Zweifel.

20. Dezember 2001

Der Tag hatte begonnen wie so viele andere in seinem Leben. Mit dem bitteren Geschmack des Scheiterns, der düsteren Ahnung von der Zukunft, die eine Nummer zu groß für ihn schien. Die Geschäfte mit Mahmoud hatten ein jähes Ende gefunden. Zwei Tage zuvor war Mahmoud von der Polizei geschnappt worden, als er in der Allée Vivaldi ein Auto knacken wollte. Es hatte ein belgisches Nummernschild, und auf dem Rücksitz lag eine Fotoausrüstung. Er und Mahmoud hatten den Wagen beobachtet, als er in die Straße einbog und parkte. Ein dicker Mann und seine ebenso dicke Frau waren ausgestiegen und fünfzig Meter weiter in einem Schnellrestaurant verschwunden . Während er sich in der Nähe des Restaurants postierte, um die Besitzer des Wagens im Auge zu behalten, wollte Mahmoud die Seitenscheibe einschlagen und die Fotoausrüstung herausholen. Doch plötzlich war, wie aus dem Nichts, eine Bullenkutsche aufgetaucht und hatte mit quietschenden Reifen neben dem Belgierauto gehalten. Zwei Bullen waren herausgesprungen und hatten Mahmoud, der einen großen Schraubenschlüssel in der Hand hielt, über dessen Absichten also kein Zweifel beste-

hen konnte, überwältigt. Er selbst war sofort losgerannt, in die Rue Hénard eingebogen und in der Rue de Reuilly in die Métrostation Montgallet abgetaucht. Nach einem kurzen Streifzug durch die Zone – mehr oder weniger ergebnislos – war er in die Behausung zurückgekehrt. Dolly hatte es nicht geschafft aufzustehen. Am Vorabend war sie sturzbetrunken nach Hause gekommen, einen nach Knoblauch, Schweiß und Schnaps stinkenden Afrikaner im Schlepptau. Der hatte sie wenig zimperlich angefasst, als sie oben auf der Matratze lagen, und später lediglich zwanzig Euro abgedrückt.

Er hatte sich die Ohren zugehalten und sich geschworen, dass das seine letzte Nacht hier sein sollte.

Dolly war also noch nicht wach. Er holte ein angebissenes Pain au chocolat aus einer Tüte, die er in einem Abfalleimer in der Zone gefunden hatte, verdrückte es und trank ein Glas Leitungswasser dazu. Dann legte er sich auf seine Schlafstatt und dachte nach. Mahmoud konnte er vorerst abschreiben, so viel war sicher. Er überschlug sein Erspartes, das im Versteck unter der Bohle lag. Beinahe dreitausend Euro. Die letzten Wochen hatten fette Gewinne gebracht. Einmal hatten Mahmoud und er auf einen Schlag dreihundert Euro erbeutet. Ein alter Mann hatte am Geldautomaten in der Avenue Daumesnil einen Packen Scheine abgehoben. Sie waren dem Mann bis zu seiner Wohnung gefolgt. Im dunklen Treppenhaus hatte Mahmoud ihn gegen die Wand gedrückt und ihm ein Messer an die Kehle gehalten, während er aus der Manteltasche des Alten dessen Portemonnaie fingerte. Anschließend waren sie getürmt.

Draußen, von der Zone her, waberten die immer gleichen, lauten Geräusche herüber. Nach einer Weile hörte er unartikulierte Laute. Dolly war erwacht. Sie schlurfte die Treppe herunter und ging auf die Toilette, aus der gleich darauf entsprechende Geräusche an sein Ohr drangen. Minuten später wusch sie sich am Wasserhahn und rotzte ein paarmal laut ins Becken. Dann endlich bemerkte sie ihn und blickte flüchtig in seine Richtung.

»Was liegst du hier so faul rum?«, fragte sie mit belegter Stimme und rotzte erneut ins Becken. Er antwortete nicht. Dolly murmelte etwas Unverständliches und ging wieder nach oben. Wütend sprang er auf und verließ fluchtartig die Behausung. Er ging zur Straße und beschloss, erst nach Einbruch der Dunkelheit zurückzukehren. Das war in weniger als zwei Stunden. Er streunte ziellos durch die Straßen und wartete, dass die Zeit verstrich, damit das, was geschehen musste, geschehen konnte.

Es war etwas nach dreiundzwanzig Uhr. Schwer atmend stand er einige Meter von der Behausung entfernt, die Dolly und ihm Unterschlupf geboten hatte. Er blickte in den klaren Nachthimmel. Hinter der

Häuserzeile im Süden ging soeben der volle Mond auf. In wenigen Tagen war Weihnachten. Ein Datum, ein Ereignis, das in seinem Leben nie eine besondere Rolle gespielt hatte. In all den Jahren war Dolly wie gewohnt ihrer Arbeit nachgegangen. Fremde Männer hatten ihre flüchtigen Spuren hinterlassen. Einmal, als er noch klein war, hatte ihm einer eine Tafel Schokolade geschenkt.

Plötzlich hörte er von der Straße her Schritte. Im Licht des Mondes erkannte er seinen Cousin. Auch der bemerkte ihn jetzt.

»Was machst du denn hier draußen, Mick?«, fragte er erstaunt und kam näher. Mick roch den intensiven Duft des Rasierwassers, das sein Cousin benutzte.

»Wo ist Dolly?« Mick hob die Achseln. »Noch unterwegs.« Der Cousin stieß einen ärgerlichen Laut aus. »Ich hab ihr hundertmal gesagt, dass das zu gefährlich ist! Hier in der Gegend gibt es zu viele durchgeknallte Typen. Eines Tages kommt sie gar nicht mehr nach Hause. Weil sie tot in irgendeiner Ecke liegt.« Er zündete sich eine Zigarette an. Ein Schwall Rauch stieg in den hellen Nachthimmel auf. Wenig später machte sich der Cousin auf den Nachhauseweg.

Mick blickte ihm nach. Seine Seele oder das, was er dafür hielt, wurde von einem kalten Windhauch ergriffen. Ohne dass er es wollte, und ohne dass er etwas dagegen tun konnte, begann er leise zu schluch-

zen. Seine Schultern bebten, und für einen kurzen Augenblick schlug er die Hände vors Gesicht. Im Zeitraffer sah er sein bisheriges Leben an sich vorüberziehen. Ein Leben im Dreck. Doch jetzt war er frei. Und das war das, was zählte.

Mick war endlich frei.

17. KAPITEL

Am Tatort in der Rue de Lappe herrschte die übliche Betriebsamkeit. Die Techniker der Spurensicherung gingen ebenso akribisch wie routiniert ihrer Arbeit nach. Das Projektil aus der Tatwaffe steckte im Kopf des Toten und würde bei der Autopsie sichergestellt werden. Nahe einer Wandleiste wurde die Patronenhülse gefunden. Franck betrachtete sie eingehend und sagte zu seinem Chef: »Neun Millimeter Parabellum, wenn mich nicht alles täuscht.« Er steckte das Beweisstück in eine Plastiktüte und gab sie einem der Techniker aus der Ballistikabteilung.

Brigitte Foucart hatte in ihrer zügigen Art festgestellt, dass Patrice Montana nicht länger als drei Stunden tot sein konnte.

»Genickschuss, Maurice«, sagte sie. »Sieht aus wie eine Hinrichtung.«

»Stimmt. Keine Kampfspuren. Vielleicht hat er seinen Mörder gekannt. Hat ihm vertraut und ihm nichtsahnend den Rücken zugekehrt.«

LaBréas Blick fiel auf das Beistelltischchen am Kamin. Die Hochglanzprospekte der Luxusautos, die am Vormittag noch dort gelegen hatten, waren verschwunden.

»Hat jemand von Ihnen hier im Raum irgendwelche Autoprospekte sichergestellt?«, fragte LaBréa die Mitarbeiter des Technikerteams. Niemand hatte die Prospekte gesehen. LaBréa gab Anweisung, danach zu suchen.

Sandra Pannache, die Verlobte des Ermordeten, hatte ihre arrogante, feindselige Art der Polizei gegenüber abgelegt. Völlig aufgelöst und verweint saß sie in der Küche und beantwortete LaBréas Fragen. Kurz vor elf Uhr hatte sie die Wohnung verlassen, um in den Geschäften rund um die Bastille Einkäufe zu erledigen. Da war Patrice Montana gerade im Bad gewesen, um sich zu rasieren. Um zwölf saß sie beim Friseur; der Termin dauerte etwa eine Stunde. Anschließend hatte sie im Fitnessstudio in der Rue St. Antoine vorbeigeschaut. Dort arbeitete eine Freundin von ihr am Empfang. Die beiden hatten ein nahe gelegenes Bistro aufgesucht, um eine Kleinigkeit zu essen. Danach war Sandra Pannache zurück in die Rue de Lappe gegangen, wo sie LaBréa und Franck vor der Haustür traf.

»Erwartete Monsieur Montana Besuch?«, wollte LaBréa wissen. »War er mit irgendjemandem in der Wohnung verabredet? Einem Geschäftsfreund vielleicht?«

»Davon hat er mir nichts gesagt.«

»Hatte er Feinde? Leute, die ihm Geld schuldeten?«

»Patrice war keiner, der anderen Leuten Geld lieh. Er hat sein Leben lang hart gearbeitet. Ihm war nie etwas geschenkt worden. Er hielt sein Geld zusammen.«

»Wie lange kannten Sie ihn schon, Mademoiselle?«

»Seit drei Jahren. Wir wollten heiraten.« Sie schluchzte. LaBréa wartete, bis die junge Frau sich beruhigt hatte.

»Hat er Ihnen erzählt, was er früher gemacht hat? Bevor er das *Paradis* übernahm?«

»Nein. Er hat überhaupt nie viel über sich erzählt. Ich weiß nur, dass er als Kind in der Nähe von Bagnolet gelebt hat.«

»Hatte er Geschwister? Andere Verwandte?«

»Geschwister? Nein. Und seinen Vater kannte er gar nicht. Der hat ihn zwar als sein Kind anerkannt und ihm seinen Namen gegeben, ist aber gleich nach der Geburt spurlos verschwunden. Und von irgendwelchen anderen Verwandten war nie die Rede. Das fand er ja so schön bei mir, dass ich eine so große Familie habe. Wir sind sechs Geschwister. Mit meinen Eltern treffen wir uns regelmäßig einmal im Monat zum Abendessen. Patrice hat sich da immer wohlgefühlt. Und meine Familie mochte ihn.«

»Vor sechs oder sieben Jahren wurde er öfter in Begleitung einer jungen Frau und eines etwa neunjährigen Jungen gesehen. Hat er die beiden mal erwähnt?«

»Nein. Wer soll das gewesen sein?«

»Das wissen wir nicht. War Monsieur Montana schon einmal verheiratet?«

»Auf keinen Fall! Das hätte er mir sicher erzählt.«

LaBréa blickte sie skeptisch an. Ein kleines Lächeln huschte über seine Lippen.

»Sind Sie sich da so sicher, Mademoiselle? Ich meine, dass er es Ihnen erzählt hätte?«

Die junge Frau schüttelte hilflos den Kopf und begann wieder zu weinen.

Claudine, die zusammen mit Jean-Marc in die Rue de Lappe gekommen war, hatte sich bei den Nachbarn umgehört, ob jemand etwas gesehen oder gehört hatte. Was nicht der Fall war. Daraus schloss LaBréa, dass die Tatwaffe vermutlich mit einem Schalldämpfer versehen war. Die Kollegen der Ballistikabteilung würden das sehr schnell herausfinden. Da das Projektil noch im Kopf des Toten steckte, würde man alles über Waffentyp und Kaliber der Waffe erfahren. Claudine würde sich jetzt auf den Weg machen, um das Alibi der Verlobten zu überprüfen. Sie hatte sich die Namen der Geschäfte notiert, in denen die Frau einkaufen war, die Adresse des Friseurs und des Fitnessstudios.

Das Zeitfenster, in dem der Mörder zugeschlagen hatte, umfasste nur wenige Stunden. Genauer gesagt: Wenn die Aussage der Verlobten stimmte, musste es zwischen elf und kurz nach vierzehn Uhr geschehen sein. In dieser Zeit war sie nicht in der Wohnung gewesen. Als LaBréa und Franck Sandra Pannache vor dem Haus trafen und kurz darauf Patrice Montana in seinem Arbeitszimmer tot auffanden, war es zwanzig nach zwei gewesen.

Jean-Marc nahm sich Handy und Festnetzapparat des Ermordeten vor. Die Geräte waren bereits auf Fingerabdrücke überprüft worden. In den Anrufprotokollen des Handys fanden sich keine Nummern. Sie waren in letzter Zeit offenkundig gelöscht worden. Die letzten beiden Nummern auf dem Display des digitalen Festnetzapparats hingegen waren gespeichert. Jean-Marc rief dort jeweils an. Die erste Nummer gehörte zu einer kleinen Pension in Deauville. Sie war in der Woche zuvor am Freitag gewählt worden. Mit diesem Anruf hatte Patrice Montana das Zimmer für den Urlaubstrip reserviert, den er am Morgen erwähnt hatte. Die zweite Nummer entpuppte sich als die der Bank des Ermordeten. Er hatte sich am Nachmittag des Vortags bei seinem Bankberater erkundigt, ob er einhundert Aktien des nationalen Elektrokonzerns abstoßen oder weiter halten sollte.

»So wenige Anrufe«, sagte LaBréa zu Jean-Marc. »Auffällig für jemanden, der aus einem Kurzurlaub früher zurückkommt, weil er geschäftliche Dinge zu erledigen hat.«

»Stimmt. Aber vielleicht hat er vom Handy aus telefoniert.«

»Und dann löscht er die Nummern sofort? Warum?«

»Na ja«, erwiderte Jean-Marc. »Vielleicht hat *er* sie gar nicht gelöscht, sondern der Mörder. Weil seine eigene Nummer auch dort gespeichert war.«

»Richtig, Jean-Marc.« LaBréa nickte ihm anerkennend zu. »Kann man die gelöschten Nummern irgendwie rekonstruieren?«

»Ja, das geht. Über die Anrufprotokolle des Mobilfunkanbieters. Aber das dauert mindestens einen Tag. Ich kümmere mich darum.«

»Danke, Jean-Marc.«

»Warten Sie mal.« Jean-Marc nahm noch einmal das Handy des Ermordeten, scrollte im Menü und schüttelte gleich darauf den Kopf. »Das Adressbuch wurde vermutlich auch gelöscht, Chef. Jedenfalls ist dort keine einzige Nummer verzeichnet.«

Franck und LaBréa durchsuchten die restlichen Räume der Wohnung. Drei Aktenordner mit Geschäftsunterlagen und Kontoauszügen ließen auf den ersten Blick nichts Verdächtiges erkennen. LaBréa gab Anweisung, sie ins Präsidium zu schaffen, ebenso den Laptop des Toten.

Franck entdeckte in einer Ecke im Flur, gleich neben der Haustür, einen Papierschnipsel.

»Hier, Chef«, sagte er und kam ins Schlafzimmer, wo LaBréa die Schränke durchsuchte. »Eine Telefonnummer.«

LaBréa betrachtete den Zettel. Die Ziffern waren mit ungelenker, großer Handschrift geschrieben. Er zog sein Handy aus der Tasche und gab die Nummer ein. Nach einer Weile meldete sich jemand. LaBréa reagierte überrascht.

»Autohaus Frolet?«, fragte er verblüfft und blickte Franck fragend an. Seinem Mitarbeiter schien der Name geläufig zu sein. Deshalb sagte er rasch: »Oh, Verzeihung, falsch verbunden«, und brach das Gespräch ab.

»Ein Vertragshändler für Luxusschlitten im 8. Arrondissement.« Franck zog einen Kaugummi aus der Hosentasche. »Die verkaufen Aston Martins, Ferraris, Lamborghinis, und zwar auch gebraucht.«

»Interessant.« LaBréa spürte eine plötzliche Erregung. Er kannte dieses Gefühl. Es stellte sich immer dann ein, wenn sein Alarmsystem auf Rot schaltete, weil eine Spur plötzlich heiß zu werden versprach. Immer noch waren die Hochglanzprospekte nicht gefunden worden, und jetzt diese Telefonnummer ... Wie kam sie in den Flur? Hatte Montana sie ausgeschnitten und dort verloren? LaBréa dachte angestrengt nach. Er konnte sich nicht erinnern, dass auf den Prospekten Name und Telefonnummer eines Autohauses vermerkt waren. Oder hatte er es übersehen? Er steckte den Zettel in einen Plastikbeutel und ging mit raschen Schritten in die Küche.

Dort saß die Verlobte des Ermordeten immer noch auf ihrem Stuhl. Inzwischen hatte sie sich ein wenig gefangen und einige Telefonate geführt. Sie hatte den Barkeeper des *Paradis* vom Tod seines Chefs unterrichtet und schon erste Schritte für die Beerdigung unternommen.

»Wollte Monsieur Montana sich einen neuen Wagen kaufen?«, fragte LaBréa die junge Frau.

»Einen neuen Wagen?« Sandra Pannache blickte ihn verständnislos an. »Bestimmt nicht. Wie kommen Sie darauf? Vor zwei Monaten hat er sich doch gerade den großen Nissan-Kombi gekauft. Damit war er sehr zufrieden.«

»Und Sportwagen? Interessierte er sich dafür?«

»Ich glaube nicht. Jedenfalls hat er nie so was erwähnt.«

LaBréa nickte. Das bestätigte Patrice Montanas Aussage vom Vormittag.

»Bei unserem Gespräch mit ihm lagen Prospekte von Sportwagen in seinem Arbeitszimmer«, fuhr er fort. »Er sagte, die hätte jemand bei ihm vergessen. Wissen Sie vielleicht, wer das gewesen sein könnte?«

»Keine Ahnung, Commissaire. Vielleicht meinte er einen seiner Geschäftspartner.«

»Wen zum Beispiel?«

Die junge Frau hob die Achseln.

»Seine Geschäftspartner kenne ich nicht. Das sind alles Leute aus der Gastronomie, Großhändler. Meistens traf er sich auch gar nicht mit ihnen hier in der Wohnung.«

LaBréa zeigte der Frau den Zettel mit der Telefonnummer.

»Ist das seine Handschrift?«

Sandra Pannache nahm den Plastikbeutel und betrachtete den Inhalt eingehend.

»Nein«, sagte sie entschieden. »Das sehe ich an den Zahlen. Die Sieben, die schreibt er nämlich ganz anders. Nicht mit einem Strich durch die Mitte. Das hat mich schon immer gewundert. Er meinte, in Amerika schreibt man die sieben ohne Strich. Und er war ein großer Fan von Amerika. Dort hätte er gern gelebt.« Sie schluckte, und ihre Augen füllten sich erneut mit Tränen.

»Danke, Mademoiselle.« LaBréa verließ die Küche und gab Franck und Jean-Marc einen Wink.

»Irgendetwas stimmt nicht mit diesen Luxusautos«, meinte er kopfschüttelnd. »Erst verschwinden die Prospekte, und dann finden wir die Nummer eines einschlägigen Autohändlers. Und das bei jemandem, der sich für solche Wagen nicht interessiert hat.«

Auch LaBréa hatte sich nie für schnelle und teure Autos, noch nicht einmal für Autos im Allgemeinen begeistern können. Als junger Student hatte er sich einen gebrauchten, taubenblauen 2 CV ohne jeden Komfort gekauft. Dreitausend Francs hatte er seinerzeit dafür hinlegen müssen. Zahlreiche Beulen in der Karosserie zeugten von einer stürmischen Nutzung des Gefährts. Verschiedenfarbene Kotflügel (der rechte gelb, der linke giftgrün) gaben dem Wagen eine Art Multikulti-Anstrich, was damals geradezu revolutionär war. Bei einer Fahrt mit Kommilitonen an die Kanalküste, im Sommer 1984, hatte das Getriebe dann nach längerem Kampf seinen Geist aufgegeben. LaBréa und seine drei Studienfreunde ließen den Wagen stehen und setzten ihre Reise per Anhalter fort. Irgendwann holte ein Verschrottungsdienst den 2 CV vom Rand einer Allee zwischen zwei Dörfern auf dem platten Land der Normandie ab, und LaBréa musste für die Entsorgung siebenhundert Francs berappen.

Seit dieser Zeit hatte er nie wieder einen eigenen Wagen besessen. In Marseille hatte seine Frau Anne im Lauf der Jahre verschiedene Modelle von Renault gefahren, angefangen vom alten R4 bis zum neuesten Clio. Da LaBréa von Berufs wegen jederzeit ein Dienstwagen zur Verfügung stand, hatte sich die Frage nach der Anschaffung eines privaten PKW für ihn nie mehr gestellt.

Und so war er jetzt, im Unterschied zu Franck und Jean-Marc, auch keineswegs beeindruckt, als er und seine Mitarbeiter die Verkaufsräume des Autohauses Frolet betraten. Beim Anblick eines zitronengelben, nagelneuen Ferrari California und eines nachtblauen Lamborghini LP 560 Spider mit safranfarbenen Lederpolstern pfiff Franck voller Anerkennung durch die Zähne. Jean-Marc beugte sich durchs offene Fahrerfenster des Ferrari und warf einen Blick aufs Armaturenbrett.

»Mein lieber Mann«, sagte er zu Franck. »Sieht aus wie das Cockpit eines Airbus.«

Franck sah auf das Preisschild an der Windschutzscheibe und lachte kurz auf.

»Tja. Auch der Preis kommt dem eines Airbus nahe.«

LaBréa ging zügig durch den Showroom in den hinteren Teil der Halle, wo sich hinter einer Glastrennwand Büroräume befanden. Ein junger Mann, gediegen gekleidet in Anzug und Krawatte, erspähte die Beamten und kam ihnen mit einem gewinnenden Lächeln und beschwingten Schritts entgegen.

»Guten Tag, meine Herren. Was kann ich für Sie tun?«

LaBréa zückte seinen Polizeiausweis und stellte sich und seine Mitarbeiter vor. Aus dem Gesicht des Mannes wich das Erwartungsvolle tiefem Misstrauen. »Polizei?«, meinte er gedehnt und räusperte sich. »Um was geht es denn?«

»Sind Sie hier der Inhaber, Monsieur?«

»Ja. Ich bin der Juniorchef. Gestatten? Silvain Frolet.«

»Wir ermitteln in einem Mordfall. In der Wohnung des Ermordeten wurde Ihre Telefonnummer auf einem Zettel gefunden. Kannten Sie einen Mann namens Patrice Montana?« LaBréa gab dem Mann eine Beschreibung Montanas und erwähnte dessen Beruf.

Silvain Frolet schüttelte energisch den Kopf.

»Der Name sagt mir nichts, und so, wie Sie ihn beschreiben, kenne ich den Mann nicht.«

Jean-Marc hatte sich vom Informationscounter in der Mitte des Raums einige Prospekte gegriffen. Er gab sie LaBréa. Sie waren identisch mit denen, die sich am Vormittag in der Wohnung des Ermordeten befunden hatten. LaBréa zeigte sie dem Autohändler.

»Genau solche Prospekte waren wenige Stunden vor dem Tod des Opfers noch in dessen Wohnung.«

»Ja und?« Silvain Frolet blickte ihn fragend an. »Trotzdem kenne ich den Mann nicht.«

»Wer sind denn Ihre Kunden?«, wollte Franck wissen.

»In letzter Zeit läuft das Geschäft ziemlich flau.« Frolet klang resigniert. »Die Krise, Sie wissen schon. Wir haben dreißig Prozent weniger Verkäufe als noch im vergangenen Jahr.«

»Und in letzter Zeit? In den letzten Tagen?«

Der Autohändler überlegte einen Moment.

»Gestern kam ein Anruf wegen des neuen Ferrari California. Ein saudischer Prinz interessiert sich für eine spezielle Luxusausstattung. Er kommt am Freitag vorbei. Hoffentlich, kann ich nur sagen! Wenn das Geschäft klappt, haben wir fürs ganze Jahr ausgesorgt.«

»Und sonst?«

»Sonst leider nichts Konkretes. Nur heute Mittag, da rief ein Mann an. Er interessiert sich für einen gebrauchten Ferrari, Modell 360 Modena. Er hatte unsere Anzeige im *Figaro* vom letzten Sonnabend gelesen.«

»Nannte der Mann seinen Namen?«, fragte Jean-Marc und zückte Notizbuch und Kugelschreiber.

»Nein. Aber als ich ihm sagte, der Wagen sei noch zu haben, wollte er vorbeikommen, um eine Probefahrt zu machen.«

»Wann?« LaBréa spürte eine plötzliche Anspannung. Sein Jagdinstinkt war erwacht.

»Noch heute. Doch ob er tatsächlich kommt …« Skeptisch wiegte er seinen Kopf. »Was meinen Sie, wie viele Leute hier anrufen und eine Probefahrt vereinbaren. Aber wenn sie dann nochmal über den Preis nachdenken, machen sie in neunzig Prozent der Fälle einen Rückzieher.«

»Wie teuer ist denn dieser Ferrari?«, wollte LaBréa wissen.

»Zweiunddreißigtausend Euro. Inklusive Mehrwertsteuer.«

Erneut stieß Franck einen Pfiff aus.

»Das ist ja ein echtes Schnäppchen!«

»Ein Notverkauf«, fügte Silvain Frolet hinzu. »Der Wagen hat sechzigtausend Kilometer auf dem Buckel, und der Besitzer braucht Geld.«

»Wer ist der Besitzer?«

»Der Boss einer großen Werbeagentur. France Publicité. Er hat den Wagen vor vier Jahren bei mir gekauft. Brandneu. Aber seine Agentur hat Insolvenz beantragt. Ich habe ihm geraten, den Wagen nicht zu verschleudern. Aber ihm steht das Wasser wohl bis zum Hals.«

Er nannte Jean-Marc den Namen des Mannes, und der Paradiesvogel notierte ihn.

»Hat dieser Kaufinteressent am Telefon noch mehr gesagt? Wo er wohnt, um wie viel Uhr genau er vorbeikommen wollte?«

»Wo er wohnt? Hat er nicht gesagt. Und eine Telefonnummer hat er auch nicht hinterlassen. Er meinte, er käme so gegen achtzehn Uhr. Ich sagte ihm, dass ich das Geschäft um sieben Uhr schließen würde. Und ich sagte ihm auch, dass wir Gebrauchtwagen nur gegen Barzahlung verkaufen. Also keine Finanzierung, kein Ratenkauf. Er meinte, das sei kein Problem.«

LaBréa blickte auf seine Uhr. Es war kurz nach vier.

»Und sonst? Hat sich sonst noch jemand für einen Ihrer Wagen interessiert, Monsieur?«

»Nein, leider nicht. Ich sagte ja bereits, im Moment herrscht eine ziemliche Flaute.«

LaBréa nickte und überlegte. Sein Gefühl sagte ihm, dass er hier am Ball bleiben sollte. Er hatte einen Plan.

»Hören Sie, Monsieur Frolet. Sie tun jetzt bitte genau das, was ich Ihnen sage. Wir besprechen das am besten in Ihrem Büro.«

Franck warf noch einen letzten, sehnsüchtigen Blick auf die beiden Luxuswagen und folgte dann den anderen ins Büro des Autohändlers.

Nachdem er Silvain Frolet genaue Instruktionen erteilt hatte, ging LaBréa mit seinen Mitarbeitern in ein nahe gelegenes Bistro, um eine Kleinigkeit zu essen. Seit dem hastig im Taxi verschlungenen, lauwarmen Stück Entenbrust am Mittag hatte LaBréa nichts mehr gegessen und war entsprechend hungrig. Jean-Marc und Franck ging es ähnlich, wobei Franck ohnehin jemand war, dessen Appetit unersättlich schien. Zwischendurch aß er oft mehrere Packungen Kekse, eine Tafel Schokolade, dick belegte Sandwiches.

Um diese spätnachmittägliche Zeit herrschte in dem Bistro gähnende Leere. Normalerweise servierte man hier erst ab achtzehn Uhr wieder warmes Essen. Doch die Wirtin, eine blasse, magersüchtig aussehende Mittdreißigerin, ließ sich zu einer Ausnahme bewegen. Alle drei bestellten ein Minutensteak mit Pommes frites, dazu Mineralwasser. Gegen halb sechs verließen sie das Bistro und gingen zurück zum Autohaus Frolet. Unterwegs meldete sich Claudine und teilte LaBréa mit, dass der Bordellbesitzer Marcel Villiers »sauber« sei. Kein Vorstrafenregister, keine sonstigen Auffälligkeiten. Außerdem stand das Kaliber der Waffe fest, mit der Patrice Montana erschossen worden war.

»Neun-Millimeter-Parabellum, Chef.«

»Das hatte Franck schon vermutet. Der Waffentyp?«

»Eine Smith & Wesson 5904. Die Ballistiker haben mikroskopisch kleine Schrammen an der linken Seite der Geschosshülse entdeckt.«

»Dann war die Waffe tatsächlich mit einem Schalldämpfer versehen«, stellte LaBréa fest.

»Ja. Wenn wir die Tatwaffe finden, müssten diese Schrammen eins zu eins auch im Pistolenlauf nachzuweisen sein.«

»Richtig. Danke, Claudine.« Er steckte sein Handy in die Tasche und blickte erneut auf die Uhr. Einen Moment lang kamen ihm Zweifel, ob er und seine Leute in Erwartung eines unbekannten Käufers, der sich für schnelle und teure Autos interessierte, hier nicht ihre Zeit vergeudeten. Doch dann schob er diesen Gedanken beiseite. Die Ermittlungen traten in eine entscheidende Phase, das spürte er. Einen Beweis dafür gab es nicht, doch LaBréa verließ sich auch dieses Mal auf seine Intuition. Es konnte kein Zufall sein, dass irgendjemand im Umfeld von Patrice Montana sich für schnelle Autos interessierte und am Tag der Ermordung des Geschäftsführers einen Probefahrttermin bei dem Autohaus verabredet hatte, dessen Telefonnummer am Tatort gefunden worden war.

Die Gebrauchtwagen des Autohauses Frolet befanden sich auf dem Parkplatz der Firma. Drei Ferrari-Modelle, ein schwarzer Aston Martin DB9 Volante, zwei ältere Lamborghini und ein Maserati-Viertürer waren vor der Front eines Nebengebäudes akkurat nebeneinander geparkt. Ringsum trennten hohe Mauern den Parkplatz von den anderen Grundstücken ab. Von der Straße her gelangte man durch eine Toreinfahrt auf das Gelände. Gleich an der Einfahrt gab es eine Schranke und ein altes Parkwärterhäuschen. Silvain Frolet hatte gesagt, dass es nicht mehr genutzt würde, und dass die Schranke automatisch bei Ein- und Ausfahrt aufging.

Der feuerrote Ferrari 360 Modena, für den sich der unbekannte Anrufer interessierte, stand ganz rechts außen. Vom Parkwärterhäuschen aus war er gut zu sehen.

Der Weg vom Parkplatz ins Autohaus, zu den Büroräumen und dem Showroom, führte durch eine kleine Werkstatt, die etwa fünfzig Meter vom Parkhäuschen entfernt lag. In der Werkstatt herrschte im Moment kein Betrieb. Es gäbe zu wenig Reparaturbedarf bei den Kunden, hatte Silvain Frolet gemeint. Deshalb würden Reparaturen nur von mittwochs bis freitags durchgeführt.

Sie teilten sich auf. LaBréa begab sich ins Parkwärterhäuschen und nahm auf einem alten, dreibeinigen Schemel Platz. Von hier aus konnte er den gesamten Innenhof überblicken. Franck und der Paradiesvogel gingen ins Büro des Autohauses. Jean-Marc tauschte sein buntes Outfit mit einem grauen Overall, der dem

Mechaniker der Firma gehörte, und begab sich in die Werkstatt. Dort hatte Silvain Frolet in der Zwischenzeit seinen Privatwagen, einen schwarzen Ferrari California, das allerneueste Modell, auf die Hebebühne gefahren. Jean-Marc sollte sich an dem Auto zu schaffen machen und dabei den Hof unter Kontrolle behalten.

Franck, als echter Kenner der teuren Schlitten, würde in die Rolle des Besitzers des gebrauchten Ferrari schlüpfen und dem Unbekannten »seinen« Wagen zeigen und darüber fachsimpeln. Dem Juniorchef des Autohauses war eingeschärft worden, sich auf keinen Fall draußen zu zeigen, sondern in seinem Büro zu warten.

LaBréa blickte auf die Uhr. Es war fünf vor sechs. Würde der Mann pünktlich sein? Würde er überhaupt kommen?

Allmählich dämmerte es. Silvain Frolet schaltete vom Büro aus Scheinwerfer an, die den Parkplatz mit den gebrauchten Luxuswagen in kaltes Licht tauchten. Die Farbe des Himmels wechselte von kräftigem Azur in ein samtenes Schwarzblau.

LaBréa zwang sich, ruhig zu bleiben. Irgendetwas würde geschehen. Doch was? Um fünf nach sechs klingelte sein Handy.

»Ich glaube, da kommt er«, flüsterte Jean-Marc. LaBréa wusste, dass man durch das Fenster im oberen Teil der Werkstatttür Richtung Showroom und Büro blicken konnte. »Jetzt geht Franck auf ihn zu, Chef.«

»Danke, Jean-Marc. Funkstille, bis er bei Ihnen durch die Werkstatt gegangen ist und hier im Hof ankommt.«

LaBréa schaltete sein Handy aus. Angestrengt starrte er zum Eingang der Werkstatt. Er wusste nicht, wie viel Zeit vergangen war. Plötzlich betrat Franck mit dem Kaufinteressenten den Hof. Als die beiden zu den geparkten Wagen gingen und LaBréa den Unbekannten besser ins Auge fassen konnte, war er wie vom Donner gerührt.

Diesen Mann hatte er schon einmal gesehen! Seine Gestalt, sein Gesicht, die Art, sich zu bewegen … Es gab keinen Zweifel.

In Sekundenschnelle entschied er, was zu tun war.

15. Januar 2002

Eines Tages, nicht in weiter Ferne, wartet der Tod. Schon immer hat er gewartet, von Anfang an. Mick hatte früh begriffen, dass es nur einen Weg gab, diese unumstößliche Tatsache zu vergessen: die Zwischenzeit, die man Leben nennt, so gut wie möglich zu nutzen. Und das wollte er tun, jetzt, nachdem er alles hinter sich gelassen hatte und frei war.

Anfang Januar hatte er mit Mahmouds Familie Kontakt aufgenommen und erfahren, dass sein Freund zu einer dreiwöchigen Gefängnisstrafe verurteilt worden war. Da er ein Wiederholungstäter war, hatte der Richter keine Gnade walten lassen und ihn wegen versuchten Einbruchs in einen PKW in den Bau geschickt. Heute würde Mahmoud entlassen werden, und Mick befand sich auf dem Weg zum Gefängnis, um ihn abzuholen.

Es hatte geschneit. Ein Himmel voller milchiger Wolken ließ darauf schließen, dass noch mehr Schnee fallen würde. Die Bürgersteige und Straßen waren noch nicht geräumt, und die Autos schlingerten über die Boulevards. Zu Fuß durchquerte Mick das 3., 4. und 5. Arondissement. Das Gefängnis La Santé lag im

14. Arondissement. In dieser Gegend war er nie zuvor gewesen. Seine Wege und diversen Aktionen führten ihn meistens ins 10. und 11. Arondissement. Seit geraumer Zeit mied er auch die Zone und die bekannten Straßen in diesem Viertel.

Noch blieb Zeit. Um zehn wurde Mahmoud entlassen, und die digitale Uhr über dem Eingang einer Apotheke in der Rue Broca zeigte erst sieben nach neun an.

Vieles war geschehen in den letzten Tagen des alten Jahres, dessen Ausklang er gleichmütig hingenommen hatte, wie so vieles in seinem Leben. Am Silvestermorgen war er zum letzten Mal durch die Zone geschlendert. Aus den Bistros und Boutiquen erklang Weihnachtsmusik. Falsche Töne in einer falschen Zeit in einem Leben voller falscher Versprechungen ... Auf einem Flugblatt, das er unterwegs fand, warb ein griechisches Lokal mit einem üppigen Silvestermenü und suchte zudem eine Küchenhilfe für den Abend. Kurz entschlossen hatte Mick sich auf den Weg gemacht und sich im Lokal vorgestellt. Es lag im 6. Arrondissement, gleich hinter der Place St. Michel in der Rue de la Harpe, im griechischen Viertel der Stadt. Der Wirt, ein dicker, rotnasiger Mann mit buschigen Augenbrauen und einem starken Akzent, hatte ihm vier Euro die Stunde angeboten und ihn gleich dabehalten. Mit einer schmuddelig-weißen Schürze bekleidet hatte Mick in einer Ecke der engen Küche bis zum frühen

Abend Gemüse und Salat geputzt. Schmierige Fett- und Dunstspuren an Decke und Wänden und ein Geruch nach ranzigem Öl und Knoblauch gaben der Küche ihr typisches Flair. Der Koch, ein Schwarzer mit blitzenden Goldzähnen im Oberkiefer, Chef von drei weiteren Köchen und zwei Gehilfen, hatte ihn herablassend behandelt und ihm nach dem Gemüseputzen nur noch Drecksarbeit zugewiesen. Er musste große Fische schuppen und ausnehmen. Der Gestank war so überwältigend, dass ihm speiübel wurde. Der eigentliche Stress begann zwei Stunden vor Mitternacht. Das Lokal war brechend voll. Die Küchenbrigade kam kaum nach mit den Bestellungen des Silvestermenüs, das zum größten Teil aus Meeresfrüchten, deftigen Fleischspießen und ganzen gebratenen Fischen bestand, garniert mit Salat, Paprika, Auberginen und Bergen von Pommes frites.

Als um zwei Uhr die Küche schloss, fühlte Mick sich so ausgelaugt und fertig wie nie zuvor in seinem Leben. Auch das Rinderhacksteak mit Pommes frites, das er, ebenso wie das Küchenpersonal, gegen achtzehn Uhr gegessen hatte, tröstete ihn nicht darüber hinweg, dass der Wirt ihn schamlos ausgebeutet hatte. Mick steckte den mageren Lohn ein und ging in die Nacht hinaus. Mit ehrlicher Arbeit, also Hilfs- und Drecksarbeit, würde er seinen Lebensunterhalt in Zukunft nicht verdienen, so viel stand fest. Doch er wollte sein Erspartes zum Ende des Jahres noch ein wenig aufstocken, und der Job beim Griechen war ihm da gerade recht gekommen.

Die Straßen waren voller Menschen. Viele hielten Champagnerflaschen in den Händen und prosteten einander zu. »Frohes neues Jahr!«, schallte es übermütig von überallher.

Die Hände tief in die Taschen vergraben, ging er in die Rue de Marseille. Dort, direkt am Ufer des Canal St. Martin, befand sich sein neues Zuhause, eine verlassene Wellblechhütte. Eine alte Schaumstoffmatratze, mehrere Decken aus Armeebeständen, die er aus einem Obdachlosenheim hatte mitgehen lassen, und ein mit Holz zu beheizendes Kanonenöfchen schufen so etwas wie Heimeligkeit. Er war nie anspruchsvoll gewesen. Irgendwann würden die Zeiten sich ändern. Dann würde er sich für alles entschädigen. Denn die Zwischenzeit bis zum Tod, der auch ihn einmal ereilen würde, wollte er nutzen. Mit allen Mitteln. Er musste nur auf den geeigneten Moment warten.

Sein Erspartes befand sich in einem sicheren Versteck außerhalb der Wellblechhütte. Niemand würde auf die Idee kommen, in einer alten Regentonne nach Geld zu suchen. In der Tonne stand das Wasser fast einen halben Meter hoch. Eine dunkle, faulig riechende Brühe. Die Blechbüchse hatte er wasserdicht verpackt. Jetzt, in den ersten Stunden des neuen Jahrs, holte er sie aus dem nassen Versteck und legte den Lohn des Griechen dazu.

Der penetrante Küchengeruch aus dem Lokal, der in seinen Kleidern steckte, hielt sich noch mehrere Tage. Der Geruch nach Fisch, Armut und Scheitern. Doch er wollte nicht scheitern. Er würde kein Loser sein. Wenn Mahmoud doch bloß schon draußen wäre!

Vor dem Eingangstor zum Gefängnis La Santé ging er mit gleichmäßigen Schritten auf und ab. Die Profilsohlen seiner Stiefel hinterließen ein Muster im Schnee. In Abständen wurde das Gefängnistor geöffnet, und ein Gefängniswagen fuhr hinein oder heraus. Hinter den vergitterten Fenstern, die er gerade noch so über den Mauern erkennen konnte, brannte vereinzelt Licht. Der Tag war dunkel, und jeden Moment konnte es wieder anfangen zu schneien.

Dann war es so weit. Das Tor öffnete sich, und Mahmoud trat heraus. Seine bunte Wollmütze hatte er tief ins Gesicht gezogen. Mick sah sofort, dass er in den drei Wochen Knast abgenommen hatte. Seine Wangen wirkten eingefallen, die schwarzen Augen lagen noch tiefer in den Höhlen. Mahmoud grinste.

»He! Kumpel! Das ist ja 'ne Überraschung!« Aus der Tasche seiner gesteppten Jacke kramte er eine zerknautschte, filterlose Zigarette und zündete sie an. Dann warf er seinen armeefarbenen Rucksack über die Schulter und gab Mick einen kräftigen Klaps auf den Rücken.

»Los, komm, das wird jetzt erst mal gefeiert, Kumpel.«

Auf der Suche nach einer Kneipe gingen sie durch die Rue de la Santé Richtung Boulevard Arago. Mahmoud hatte in der Haft Pläne geschmiedet, wie sie beide ihre Geschäfte fortführen konnten, und erzählte Mick unterwegs davon. Schon lange hatte Mick sich nicht so gut gefühlt. Sein Freund war aus dem Knast, er war nicht mehr allein, und bald würden sie ihre alten Gewohnheiten wieder aufnehmen und nach allen Seiten expandieren. Das Leben, diese erzwungene Zwischenzeit bis zum Tod, war voller üppiger Überraschungen, wie ein Selbstbedienungsladen. Man musste nur ins richtige Regal greifen.

Die Fußgängerampel an der Kreuzung zum Boulevard stand auf Rot. Mahmoud scherte sich nicht darum und ging über die Straße, während Mick kurz zögerte und nach links und rechts blickte. In Sekundenbruchteilen geschah es dann. War es ein grüner oder ein blauer Kombi, der von rechts über die Kreuzung fuhr? Auch später konnte Mick sich nicht daran erinnern. Als der Fahrer des Wagens Mahmoud erblickte, trat er auf die Bremse. Der Kombi brach auf der schneeglatten Straße aus und rutschte mit voller Wucht auf Mahmoud zu. Dieses Geräusch! Das Geräusch eines auf der Kühlerhaube aufprallenden Körpers sollte Mick noch lange im Gedächtnis bleiben.

Wie erstarrt war Mick an der Fußgängerampel stehen geblieben. Als einige andere Autos anhielten, Men-

schen zur Unfallstelle eilten und jemand sein Handy zückte, um den Rettungsdienst und die Polizei zu rufen, lief Mick auf die Straße. Sein Freund lag auf dem Rücken, die Arme um den Körper geschlungen, als wolle er sich schützen. Ein seltsamer Ausdruck lag in seinen weit geöffneten, gebrochenen Augen, als wollte er sagen: So ist das also, wenn man stirbt!

Irgendwann fragte jemand, ob er den Verunglückten kenne? Mick schüttelte den Kopf, stand langsam auf und verließ den Unfallort, ohne sich noch einmal umzudrehen. Etwas war zerbrochen, unwiderruflich. Ein Abschnitt war zu Ende, ein neuer würde beginnen. Mick hörte die Sirene des Rettungswagens, der vom Krankenhaus Sainte Anne heranbrauste. Den Blick auf seine Stiefel und die Spuren, die sie im Schnee hinterließen, gesenkt, ging er ohne Ziel. Schmerz durchzuckte ihn. Er war immer noch frei, aber allein. Und er ahnte, dass dieser Zustand lange anhalten würde, vielleicht für immer.

Der Tag verging, und als die Dämmerung anbrach, wusste Mick nicht, wo die Stunden geblieben waren. In einer Métrostation hatte er sich aufgewärmt und einer Gruppe russischer Musiker gelauscht, die zu Balalaika- und Akkordeonklängen wehmütige Lieder aus ihrer Heimat sangen. Die Musik brachte ihn auf eine Idee.

Es war bereits dunkel, als er den Weg zur Wohnung seines Cousins einschlug.

18. KAPITEL

LaBréa schob sich an die Wand des Parkwärterhäuschens. Doch der Mann, der Franck fast um Haupteslänge überragte und mit ihm über den Hof zu den Autos ging, blickte kein einziges Mal in LaBréas Richtung. Sein ganzes Interesse galt dem feuerroten Ferrari, dessen polierte Karosserie im Licht der Scheinwerfer verführerisch glänzte. Franck redete mit dem Mann, gestikulierte, öffnete dann die Fahrertür. Der Mann steckte seinen Kopf kurz ins Wageninnere und nahm dann auf dem Fahrersitz Platz, wobei er Mühe hatte, seinen langen Körper zusammenzufalten. Franck legte die Hand aufs Wagendach und fuhr in seinen Erklärungen fort. Jetzt sah LaBréa, wie Franck heftig nickte und gleich darauf einen raschen Blick in seine Richtung warf. LaBréa ahnte, dass es jetzt um die Probefahrt ging.

Er drückte Francks Nummer auf seinem Handy. LaBréa sah, wie Franck das Handy aus der Tasche zog.

»Ja?«

»Ich kenne den Mann, Franck«, sagte LaBréa mit leiser, erregter Stimme. »Nehmen Sie ihn sofort fest. Zugriff!«

Im selben Moment stieg der Mann aus dem Ferrari, ging zum Heck des Wagens und beugte sich nach unten, wahrscheinlich um den Auspuff zu begutachten. Franck steckte das Handy ein, zog seine Waffe aus dem Schulterholster unter seiner Lederjacke und trat auf den Mann zu. LaBréa hörte nicht, was Franck sagte, doch er kannte das Prozedere. Der Mann wurde aufgefordert, sich mit erhobenen Händen gegen das Auto zu lehnen.

Jean-Marc, der das Geschehen von der Werkstatt aus beobachtet hatte, kam auf den Hof gerannt. Auch er hielt seine Pistole im Anschlag.

Der Mann reagierte sofort, hechtete zur Seite und suchte hinter dem nächsten Wagen Schutz. Es war der viertürige Maserati. LaBréa sah eine Waffe aufblitzen. Im selben Moment fiel ein Schuss. Er durchschlug die Fahrertür eines weißen Lamborghini. Franck ging hinter dem roten Ferrari in Deckung, Jean-Marc, der noch einige Meter von den Autos entfernt war, ließ sich zu Boden fallen. Hatte der Mann ihn entdeckt? Das war anzunehmen. LaBréa wusste, dass der Paradiesvogel in höchster Gefahr schwebte. Jetzt robbte er rasch an die Wagen heran. Ein weiterer Schuss fiel, doch er verfehlte Jean-Marc, der gerade den dunkelblauen Ferrari ganz außen links erreicht hatte.

LaBréa zog seine Beretta Neun-Millimeter-Parabellum und verließ das Parkwärterhäuschen. Dieser Teil von Hof und Parkplatz war unbeleuchtet, und es bestand die Chance, sich unbemerkt nähern zu können. Er würde versuchen, von hinten an das Nebengebäude heranzukommen, an dessen Vorderseite die Autos standen. Weitere Schüsse fielen. LaBréa hörte, wie Franck rief: »Lassen Sie die Waffe fallen!« Die Antwort war ein weiterer Schuss, der die Heckscheibe des roten Ferrari durchschlug.

LaBréa war am Nebengebäude angelangt und spähte vorsichtig um die Ecke. Er sah den Mann, der bewegungslos mit der Waffe im Anschlag hinter dem Maserati hockte. Mit einem Sprung war LaBréa neben ihm.

»Waffe fallen lassen! Hände hoch!«, brüllte er und hielt seine Beretta auf den Mann gerichtet. Blitzschnell drehte der sich zu ihm um und legte auf ihn an. In diesem Moment ertönte ein Schuss. Mit einem Aufschrei ließ der Mann seine Waffe fallen und griff sich an die Schulter. LaBréa und Franck, der den Schuß abgefeuert hatte und jetzt angerannt kam, drehten ihn auf den Bauch. Franck legte dem stöhnenden Mann Handschellen an. Jean-Marc, ebenfalls hinzugekommen, rief einen Krankenwagen.

Franck durchsuchte die Taschen der Cordjacke, die der Mann trug, und zog Brieftasche und Portemonnaie heraus. Im Portemonnaie steckten vier Zwanzigeuroscheine. Aus der Brieftasche nahm Franck den Ausweis des Mannes.

»Michel Catteau«, las er laut. »Wohnhaft Rue Lafayette 27 im 10. Arrondissement.«

»Rufen Sie Claudine an, sie soll den Namen ins Zentralregister eingeben«, sagte LaBréa. »Jean-Marc und ich nehmen uns seine Wohnung vor.«

Er beugte sich zu Michel Catteau, der am Boden lag und stöhnte. Aus einer Schulterwunde sickerte Blut.

»Wir beide sind uns schon mal begegnet, erinnern Sie sich?«, fragte LaBréa leise. Der Mann schloss die Augen und drehte seinen Kopf weg. Das Bärtchen, das die Narbe an der Oberlippe kaschieren sollte, zitterte leicht.

LaBréa erhob sich und nahm seine beiden Mitarbeiter beiseite. In wenigen Worten berichtete er ihnen, wo er Michel Catteau schon einmal gesehen hatte.

»Da schließt sich dann ja wohl der Kreis«, meinte Jean-Marc mit einer gewissen Genugtuung.

»Ja. Er war unvorsichtig genug, weiterhin im *Paradis* zu verkehren.« LaBréa wandte sich an Franck.

»Übrigens – danke, Franck. Das war keine Sekunde zu früh. Der Kerl hätte abgedrückt.«

Franck grinste verlegen.

»Stimmt. Aber Sie hätten das Gleiche auch für mich getan.«

Von fern ertönte die Sirene des Krankenwagens. Michel Catteau würde im Krankenhaus St. Lazare behandelt werden. Sobald es sein Gesundheitszustand erlaubte, wollte LaBréa ihn verhören. Er hoffte, dass das bereits morgen der Fall war. Noch einmal wandte er sich an Franck.

»Nehmen Sie von ihm im Krankenhaus als Erstes eine Speichelprobe, damit wir möglichst bald seine DNA haben. Übrigens, es wird sicher eine Untersuchung geben, weil Sie auf Catteau geschossen haben.«

»Ich weiß, Chef, das ist Vorschrift.«

»Es war Notwehr.« Nachdenklich sah LaBréa seinen Mitarbeiter an. »Aber seit dem Selbstmord von Dr. Clément haben sie ein Auge auf uns. Thibon hat seinerzeit ein gewaltiges Spektakel veranstaltet, das wissen Sie ja.«

Franck nickte. Vor einigen Monaten hatte Claudine versäumt, bei Dr. Clément vor der Vernehmung eine Leibesvisitation durchzuführen. In der Folge hatte die Gefängnisärztin der Santé, eine zweifache Mörderin, sich durch Selbstmord dem Verfahren und einer sicheren Verurteilung entziehen können. Die Innenrevision hatte Claudine und auch LaBréa als ihren Vorgesetzten tagelang in die Mangel genommen, und Direktor Thibon hatte noch Öl ins Feuer gegossen. Am Ende war Claudine mit einem Verweis und einem Vermerk in ihrer Personalakte davongekommen. Doch LaBréa wusste, dass jeder neue Vorfall, bei dem er oder seine Mitarbeiter von der Waffe Gebrauch machten, akribisch untersucht werden würde.

Inzwischen war es nach neunzehn Uhr. Durch die hell erleuchtete Stadt lenkte Jean-Marc den Dienstwagen in scharfem Tempo ins 10. Arrondissement. Der Feierabendverkehr hatte nachgelassen, und sie kamen zügig voran.

Michel Catteaus Adresse in der Rue Lafayette Nummer 27 entpuppte sich als gutbürgerliches Wohnhaus, das offenbar erst vor kurzem renoviert worden war. Die sandgestrahlte Fassade glänzte matt, die Balkongitter und eisernen Fensterläden waren dunkelgrün gestrichen, ebenso wie die massive hölzerne Eingangstür, die verschlossen war. Jean-Marc hatte in den Taschen von Catteau auch dessen Haus- und Wohnungsschlüssel gefunden. So war es für die Beamten kein Problem, die schwere Tür zu öffnen.

Ein Durchgang führte zu einem hübschen Innenhof mit Gartenhaus. Alles wirkte gepflegt. An einer Tür mit dem Schild »Concierge« klopften sie an. Ein älterer Mann öffnete und fragte, was die Besucher wollten. LaBréa zückte seinen Polizeiausweis und stellte sich vor.

»Wo wohnt Monsieur Catteau?«

Der Concierge, dessen volles, graues Haare akkurat gescheitelt war, wie bei einem Schüler aus früheren Zeiten, konnte nur mühsam seine Neugier bezähmen. Er erinnerte LaBréa an Monsieur Hugo, seinen Concierge in der Rue des Blancs Manteaux. Aber sahen die Concierges in Paris nicht sowieso alle ähnlich aus?

Nicht immer, dachte LaBréa, und rief sich die geradezu elegante Erscheinung der Concierge im Haus der ermordeten Griseldis Géminard ins Gedächtnis.

»Im fünften Stock.« Der alte Mann deutete aufs Treppenhaus. »Dachgeschoss. Leider ohne Fahrstuhl, Commissaire.« Er lächelte mit nikotingelben Zähnen.

»Wie gut kennen Sie Monsieur Catteau?«, erkundigte sich Jean-Marc.

»Na ja, wie man jemanden so kennt, der noch nicht lange hier wohnt und eigentlich kaum zu Hause ist.«

Jean-Marc holte Stift und Notizbuch aus der Tasche, während LaBréa die Befragung fortsetzte.

»Wann ist er denn hierhergezogen?«

»Mitte September, glaube ich.«

»Wissen Sie, wo er vorher gewohnt hat?«

»Keine Ahnung. Monsieur Catteau lebt sehr zurückgezogen. Ich sehe ihn kaum, und ins Gespräch kommt man mit ihm nicht.« Er beugte sich ein wenig vor und flüsterte vertraulich: »Hat er was ausgefressen, Commissaire?« LaBréa überhörte die Frage.

»Wissen Sie, welchen Beruf er ausübt?«

»Nein.«

»Bekommt er denn mal Besuch? Freunde, Verwandte?«

»Das würde mich wundern. Ich sehe ihn immer nur allein, wenn überhaupt.«

»Hat er eine Freundin?«

Der Concierge zuckte mit den Achseln.

»Kann sein, kann auch nicht sein. Ich weiß es nicht.«

»Danke, Monsieur.« LaBréa bedeutete Jean-Marc, ihm die Treppen nach oben zu folgen.

»Wollen Sie in seine Wohnung?«, rief der Concierge ihnen nach. »Dürfen Sie das denn einfach so? Ich meine, soll ich nicht lieber mitkommen?«

»Das geht schon in Ordnung, Monsieur«, erwiderte LaBréa. »Und in die Wohnung gehen wir lieber allein.«

Bis zur vierten Etage führte eine bequeme Steintreppe. Danach verjüngte sich das Treppenhaus, und ins Dachgeschoss gelangte man nur noch über eine steile Holzstiege. Dort gab es nur eine Wohnung, die von Michel Catteau. Kein Namensschild wies darauf hin, wer hier lebte. Auf dem Boden lag eine Fußmatte mit dem Aufdruck »Welcome«. Mit Catteaus Schlüsseln öffnete Jean-Marc die Tür, die zusätzlich mit einem robusten Sicherheitsschloss versehen war.

Die Wohnung bestand aus einem winzigen Eingangsbereich, einem innen liegenden Bad und einem großen Wohn-/Schlafzimmer mit Küchenzeile. Die schrägen Wände schufen eine freundliche Atmosphäre, die durch die Einrichtung noch unterstrichen wurde. Der große Raum, in dessen Mitte ein Bett stand, war sparsam mit hellen Möbeln ausgestattet. An einer Schmalseite stand ein kleiner Kleiderschrank. Ein roter Sessel und ein runder Rattantisch erweckten den Eindruck, als würden sie nie benutzt. Alles wirkte aufgeräumt und sauber. Durch die beiden Fenster, die nach Süden hinausgingen, hatte man einen weiten Blick über die

Dächer. Deren Zinnen und Fernsehantennen hoben sich scharf vom nächtlichen Himmel ab.

»Keine schlechte Bleibe«, meinte Jean-Marc und begann mit der Durchsuchung des Zimmers.

»Fragt sich nur, woher der Mann das Geld für die Miete hat«, rief LaBréa, der in die Küche gegangen war. »Die dürfte nicht unter zweieinhalbtausend Euro liegen. Mit dem Ausblick! Kein Vis-à-vis, Zentralheizung, restaurierte Hausfassade …«

Auf dem Küchentisch lagen die Hochglanzprospekte, die LaBréa in Patrice Montanas Wohnung gesehen hatte. Daneben ein zwanzig Zentimeter langes rundes Eisenstück von etwa einem Zentimeter Durchmesser.

»Na bitte!« LaBréa nickte zufrieden und rief Jean-Marc zu: »Hier liegt der Schalldämpfer. Ein besseres Indiz gibt's wohl nicht!«

Er öffnete sämtliche Fächer und Schubladen des Küchenschranks. Nur wenig Geschirr und Besteck befand sich darin. Das Notwendigste für einen Single: zwei Tassen, ein großer und ein kleiner Teller, Messer, Gabel, zwei Löffel. Hier wohnte niemand, der gern kochte oder Besuch empfing. LaBréa fand nichts mehr, was ihm von Bedeutung erschien, und ging zurück ins Wohnzimmer. Jean-Marc machte sich gerade am Kleiderschrank zu schaffen. In einem der unteren Fächer entdeckte er einen Schuhkarton. Als er ihn öffnete und den Inhalt inspizierte, stieß er einen erstaunten Laut aus.

»Hier, Chef, sehen Sie mal!« LaBréa war mit wenigen Schritten bei ihm. Jean-Marc hielt ihm einen dicken, unverschlossenen Umschlag entgegen. Darin lag ein Packen Geldscheine. LaBréa blätterte sie durch; es waren in der Hauptsache Fünfhunderter- und Zweihunderterscheine. Er schätzte, dass es sich um mindestens dreißigtausend Euro handelte.

LaBréa steckte die Scheine zurück in den Umschlag.

»Ich glaube, wir brauchen uns nicht lange den Kopf zu zerbrechen, woher er das viele Geld hat, Jean-Marc.«

»Denke ich auch. Ob Griseldis Géminard wohl die Einzige war, die auf ihn hereingefallen ist und die er ausgenommen hat?«

»Bestimmt nicht. Sie war ja auch nicht die Einzige, die ermordet wurde. Vergessen Sie Annie Normand nicht, die pensionierte Staatsbeamtin aus dem 13. Arrondissement, die 2003 erdrosselt wurde. Doch noch können wir nicht hundertprozentig sicher sein, dass Catteau wirklich der Täter ist. Wir brauchen seine DNA.«

Im Nachttisch neben dem Bett fand LaBréa einige Papiere, darunter weitere Hochglanzprospekte wie die, die er in Patrice Montanas Wohnung gesehen hatte. Dazwischen lag neben Rechnungsbelegen die Kopie eines Meldescheins. Am 13. September war Michel Catteau von der Avenue de la République hierher in die Rue Lafayette gezogen.

»Hm«, murmelte LaBréa, »bisschen wenig Informationen über seine Person.« Er schob die Schublade des Nachttischs zu und blickte sich prüfend um.

Jean-Marc war mit der Durchsuchung des Kleiderschranks fertig.

»Wir haben ja seinen Führerschein und den Personalausweis, Chef. Darüber kommen wir an weitere Daten.«

»Richtig. Vielleicht weiß Claudine ja auch schon mehr. Ich nehme mir unten ein Taxi und fahre ins Büro. Rufen Sie die Spurensicherung an und warten Sie, bis die Kollegen da sind.« LaBréa warf einen Blick auf seine Uhr. »Um halb neun steigt die Talkrunde.«

Auf der Straße wählte er als Erstes Francks Nummer. Der hatte inzwischen das Krankenhaus St. Lazare verlassen und befand sich auf dem Weg ins Präsidium. Michel Catteau war in die Notaufnahme gebracht und wenig später an der rechten Schulter operiert worden.

»Und die Speichelprobe, Franck?«

»Ist schon im Labor.«

»Wann können wir ihn vernehmen?«

»Sie wissen doch, wie die Ärzte sind, Chef. Ginge es nach denen, erst in ein paar Tagen. Aber ich habe gesagt, dass wir morgen im Lauf des Vormittags kommen.«

»Sehr gut, Franck. Im Übrigen haben wir in Catteaus Wohnung einen Haufen Geld gefunden. Mehrere Zehntausend Euro.«

»Na, dann haben wir ja unseren Walzer-Mörder!« Franck lachte.

»Wir sehen uns um halb neun zur Talkrunde. Bis dann, Franck.«

LaBréa musste bis zur Métrostation Louis Blanc laufen, bis er ein freies Taxi erwischte. Der Fahrer, ein Inder oder Pakistani, sprach nur gebrochen Französisch und kannte den Weg nicht. LaBréa erklärte ihm, wie er fahren sollte. Von unterwegs rief er Jenny an, die immer noch mit ihrem Klassenkameraden Pierre-Michel über den Matheaufgaben hockte.

»Habt ihr was gegessen?«, fragte LaBréa besorgt.

»Ja. Ich hab Spaghetti gekocht und mir von Céline ein Glas Pesto ausgeliehen. Hat super geschmeckt.«

LaBréa schmunzelte und dachte daran, wie seine Tochter ihn vor Monaten zum ersten Mal mit einem selbst gekochten Abendessen überrascht hatte. Die Nudeln mit Fleischsoße damals waren total versalzen gewesen. Sicher hatte sie inzwischen daraus gelernt.

»Gut, Chérie. Macht aber nicht mehr so lange. Wann geht Pierre-Michel denn nach Hause?«

»Seine Schwester holt ihn nachher ab. Die hat gerade erst den Führerschein gemacht.« Jenny kicherte. »Und Pierre-Michel sagt, sie fährt wie der Henker.«

Nachdem das Gespräch mit Jenny beendet war, wählte LaBréa noch rasch Célines Nummer und sagte ihr, dass es spät werden würde.

»Kannst du gegen zehn einfach mal rüber zu Jenny gehen und nachsehen, ob sie im Bett liegt?«

»Mach ich.«

»Danke. Wir sehen uns dann morgen, Céline.«

Eine Viertelstunde später stieg er vor dem Präsidium aus dem Taxi.

Pünktlich um halb neun erschienen die Mitarbeiter zur Talkrunde. Claudine hatte den Hintergrund von Michel Catteau recherchiert.

»Er wurde am 18. März 1987 im Krankenhaus Tenon im 20. Arrondissement geboren. Vater unbekannt. Mutter eine gewisse Dolores Catteau. Ein spanischer Vorname. Aber ihre Familie kommt nicht aus Spanien. Sie stammt aus Orléans, und Dolores muss irgendwann Mitte der Achtzigerjahre nach Paris gekommen sein, wo sie sich polizeilich nicht gemeldet hat. Amtlich registriert wurde sie in Paris erst bei der Geburt ihres Sohns.«

»Lebt Dolores Catteau noch?«

»Keine Ahnung, Chef. Ich habe nichts weiter über sie finden können.«

»War im Krankenhaus Tenon die Adresse bekannt, unter der sie in Paris wohnte?«, fragte LaBréa.

»Ja. Rue des Tourelles 2, im 20. Arrondissement. Da hab ich natürlich nachgeforscht. Niemand dort hat je von der Frau gehört.«

»Wo ging der Junge später zur Schule?«

»In eine Grundschule im 12. Arrondissement. Aber die hat er nach zwei Jahren wieder verlassen. In den Akten dort ist vermerkt, dass die Mutter mit dem Jungen fortziehen wollte.«

Das Telefon auf LaBréas Schreibtisch klingelte. Auf dem Display sah er die Nummer von Brigitte Foucart. Er drückte auf »Mithören«, damit seine Mitarbeiter das Gespräch verfolgen konnten.

»Es hat zwar eine Weile gedauert«, kam die Gerichtsmedizinerin gleich zur Sache. »Aber dafür kann ich mit einer sensationellen Nachricht aufwarten. Es geht um die Tote an der Gare de Lyon.«

»Spann mich nicht auf die Folter!«, erwiderte LaBréa ungeduldig.

»Aus den Knochen dieser Frau konnte tatsächlich noch DNA isoliert werden. Das Resultat haben wir im Osteologischen Institut in den Computer eingegeben. Erstens: Es gibt eine Übereinstimmung mit den DNA-Spuren im alten Stellwerk. Die unbekannte Frau hat dort ganz eindeutig gelebt. Zweitens: Es gibt auch Übereinstimmungen mit den beiden DNA-Proben am Seidenschal von Madame Géminard und vom Tatort Annie Normand von 2003.«

»Moment mal.« Irritiert schüttelte LaBréa den Kopf. »Eine Person, die selbst vor sechs bis sieben Jahren ermordet wurde, kann ja wohl schlecht einige Jahre später zwei alte Frauen erwürgt haben. Das bedeutet …«

»Sehr richtig, Maurice«, unterbrach Brigitte ihn. »Es gibt nur eine Erklärung: Der Mörder der beiden alten Frauen ist mit der Frau, deren Skelett jetzt gefunden wurde, verwandt.«

LaBréa spürte sein Herz schneller schlagen.

»Wie eng verwandt, Brigitte?«

»Sehr eng. In aufsteigender oder absteigender Linie.«

LaBréa ahnte, was das zu bedeuten hatte.

»Das heißt also, der Mörder von Griseldis Géminard, der auch den Mord an Annie Normand begangen hat, ist entweder ein Elternteil der unbekannten Toten von der Gare de Lyon oder deren leibliches Kind?«

»Genau. Und zwar männlichen Geschlechts. Seine untersuchte DNA zeigt über 50 Prozent Übereinstimmung mit der DNA der unbekannten Toten. Darüber hinaus trägt er ihr X-Chromosom. Der Mörder ist deren Sohn oder Vater. Beides ist möglich.«

»Wie sicher ist das?«

»Ich würde sagen, neunundneunzig Komma neun Prozent. Wir haben den DNA-Strang des Mörders von Griseldis Géminard mit dem DNA-Strang der unbekannten Toten verglichen. Und zwar bis zur zehnten Stelle. Nach der zehnten waren keine weiteren Analysen mehr möglich, weil die Qualität der DNA aus den Knochen des Skeletts nicht so gut war. Aber das spielt insofern keine Rolle, weil der enge Verwandtschaftsgrad nachgewiesen wurde.«

»Danke, Brigitte.« LaBréa legte auf. Mit einem Schlag waren ihm die Zusammenhänge klar. Ein direkter Weg führte von der Toten an der Gare de Lyon zu den beiden alten Frauen, zu Patrice Montana und in dessen Tanzlokal *Paradis*.

»Das ist das fehlende Glied in der Kette«, sagte LaBréa zu seinen Mitarbeitern. »Für mich ist der Fall geklärt. Es gibt nur eine Möglichkeit.«

»Dass Michel Catteau der Sohn der Toten von der Gare de Lyon sein muss«, meinte Claudine rasch.

»Richtig. Vom Alter käme das auch genau hin. Aber wer hätte auch auf diese Idee kommen können … Was haben Sie noch über ihn herausgefunden?«

»Michel Catteau hat keine Vorstrafen. Und als Schulabbrecher natürlich keine Berufsausbildung. Wovon er gelebt hat, ist, glaube ich, sonnenklar.«

»Von der Gutgläubigkeit und der Sehnsucht alter Damen«, sagte Jean-Marc.

»Als ich ihn am Sonntagabend im *Paradis* sah, war er anscheinend wieder auf der Jagd.« Erneut blickte LaBréa in die Runde. »Die Frau, mit der er da getanzt hat, wäre vielleicht sein nächstes Opfer gewesen.«

»Vorausgesetzt, sie wäre betucht gewesen«, meinte Franck trocken. »Denn darum ging es ihm ja anscheinend: um richtig viel Geld.«

»Entscheidend ist, dass Patrice Montana heute Morgen gesagt hat, dass er Catteau und die beiden anderen Männer nicht kenne. Das war eine Lüge. Catteau hat er auf jeden Fall gekannt, sonst wäre der nicht in seiner Wohnung gewesen und hätte ihn erschossen. Montana muss nach unserem Besuch bei ihm irgendwie geahnt haben, dass Catteau die beiden Frauen kontaktiert und ermordet hat. Vielleicht hat er Catteau heute Mittag mit dieser Tatsache konfrontiert und musste deshalb sterben.« LaBréa goss sich ein Glas Mineralwasser ein und trank einen Schluck. »Also, nach allem, was wir bisher wissen und beweisen können, ergibt sich folgendes Bild: Zwei alte Frauen, die an den Wochenenden Musettewalzertanzlokale besuchten, wurden auf ähnliche Art und Weise ermordet und jeweils um große Geldbeträge gebracht. Die Spur führt zu ein und demselben Täter, der zumindest in dem Tanzlokal verkehrt hat, das Griseldis Géminard regelmäßig aufsuchte. Ob er dort auch Annie Normand kennengelernt hat, wissen wir nicht, aber es ist zu vermuten. Die hohen Geldbeträge, die Catteau in seiner Wohnung gehortet hat, sind ein schlüssiges Indiz dafür, dass er die Frauen aus Habgier getötet hat. Der DNA-Abgleich wird die endgültige Klärung bringen.«

Erneut trank LaBréa einen Schluck Wasser und fuhr dann fort.

»Der Besitzer des *Paradis,* wo Michel Catteau verkehrte, wird erschossen, wobei es keinen Zweifel daran geben kann, dass Catteau der Täter ist. Der Beweis: der Schalldämpfer in seiner Wohnung und die Telefonnummer des Autohauses Frolet, die er offensichtlich in der Wohnung des Ermordeten verloren hat. Patrice Montana seinerseits hatte Ende der Neunzigerjahre Kontakt mit einer Unbekannten, von der wir jetzt wissen, dass sie in einem stillgelegten Stellwerk gewohnt hat und vor sechs bis sieben Jahren erschlagen und auf dem Bahngelände verscharrt wurde. Sie heißt Dolores Catteau und ist die Mutter des Mörders.«

»Sie und ihr Sohn waren es, mit denen Patrice Montana einige Jahre zuvor zum Aufwärmen in jenes Bordell kamen«, fügte Claudine hinzu. »Der Junge war damals neun oder zehn. Das würde exakt passen, denn Michel Catteau wurde 1987 geboren und war zu der Zeit genau in diesem Alter.«

»Ja. So viele zufällige Übereinstimmungen gibt es einfach nicht. Wir gehen davon aus, dass Dolores Catteau als Prostituierte gearbeitet hat. Wahrscheinlich hat der Junge mit seiner Mutter damals in dem Stellwerk gelebt. Als Dolores Catteau eines gewaltsamen Todes starb, war Michel Catteau dreizehn oder vierzehn Jahre alt.«

»Dann hat er doch sicher mitbekommen, wer seine Mutter ermordet hat«, sagte Franck. »Das können wir ihn doch fragen.«

»Ja, das können wir.« LaBréa lächelte hintergründig. »Aber ob er uns das sagt? Denn es könnte ja auch sein, dass er selbst der Mörder seiner Mutter war.« Er ließ seine Worte nachwirken. »Und das wird ihm schwer nachzuweisen sein, ohne Geständnis gar nicht.

Verwertbare Täterspuren am skelettierten Leichnam gibt es nicht, und die Spuren im Stellwerk lassen keine Rückschlüsse über den Tathergang zu. Dort ist der Mord anscheinend nicht begangen worden, denn nichts weist auf ein solches Geschehen hin. Wenn Dolores Catteau außerhalb des Stellwerks auf dem Bahngelände erschlagen wurde, ist das heute nicht mehr nachzuweisen. Ganz abgesehen davon, dass Catteau zur Tatzeit mit dreizehn oder vierzehn noch strafunmündig war.«

Jean-Marc atmete tief durch.

»Ein Junge ermordet seine eigene Mutter. Was muss passiert sein, damit ein Kind so etwas tut?«

»Es wäre nicht das erste Mal, dass ein Kind eine Mutter, die ihre Freier mit nach Hause bringt, ablehnt, ja sogar hasst. Insbesondere auf Jungen trifft das zu. Und auf einen Heranwachsenden allemal. Hier könnte das Motiv für den Mord an der eigenen Mutter liegen.«

»Und warum hat Catteau seine späteren Opfer, die alten Frauen, in dem Musettewalzerschuppen gesucht?«, wollte Franck wissen.

»Auch das kann mit Erfahrungen in seiner Kindheit und Jugend zusammenhängen. Inwiefern, werden wir herausfinden.« LaBréa verschränkte die Arme hinter dem Kopf und streckte sich. Er fühlte sich steif, und sein Rücken schmerzte. »Und Patrice Montana musste vermutlich deshalb sterben, weil er zu viel wusste.«

»Sie meinen, er wusste von dem Mord an Griseldis Géminard?«, fragte Franck.

»Vielleicht wusste er sogar von Catteaus Mord an seiner Mutter. Und als wir Montana mit den beiden Mordfällen Géminard und Normand konfrontierten, hat er eins und eins zusammengezählt. Er wusste doch, dass Catteau in seinem Lokal verkehrte. Er war ja einer der drei Typen, die am letzten Sonntagabend im *Paradis* auf Pirsch waren. Deshalb war Montana in unserem ersten Gespräch heute Morgen wahrscheinlich auch so erleichtert, dass ich ihn nicht weiter nach diesen Männern gefragt habe.«

»Hm.« Franck fuhr sich übers unrasierte Kinn. »Catteau hat drei Menschen umgebracht. Mit seiner eigenen Mutter und der Krankenschwester von 2006 vielleicht sogar fünf. Wir hätten den Kerl vielleicht nie gekriegt. Aber er hat einen entscheidenden Fehler gemacht, als er die Telefonnummer des Autohauses Frolet in Montanas Wohnung verlor. Es gibt ihn also doch nicht, den perfekten Mord.«

»Doch, Franck, es gibt ihn. Aber diese Fälle landen nicht in unserer Abteilung. Weil sie gar nicht erst als solche erkannt und untersucht werden. Wie viele sogenannte ›natürliche Tode‹ werden bei der Leichenschau festgestellt, denen in Wirklichkeit ein Gewaltverbrechen zugrunde liegt? Von den jungen, unerfahrenen Ärzten, die bei den Leuten die Totenscheine ausstellen, nehmen die wenigsten eine gründliche Untersuchung der Leiche vor. Dr. Foucart kann da einiges erzählen. Aber das steht auf einem anderen Blatt.«

19. KAPITEL

In der Nacht war das Wetter erneut umgeschlagen. Ein heftiger Wind und starke Schauer hatten die Stadt fest im Griff. Der Regen trommelte auf das Glas der Oberlichter, ein gleichmäßiges Geräusch, dessen Eintönigkeit die Menschen aufwachen, aber auch wieder einschlafen ließ.

Nach einem unruhigen Schlaf und wirren Traumfetzen erwachte LaBréa am Morgen wie gewöhnlich um sieben Uhr. Wenig später klingelte Céline an der Haustür. Sie kam zum Frühstück und hatte warme Croissants vom Bäcker an der Ecke geholt. Während Jenny, schlaftrunken und einsilbig wie meistens am Morgen, sich ihr Müsli mischte – es war LaBréa immer noch ein Rätsel, wie ihr Magen diese Masse aus Haferflocken, Schokoflakes, Nüssen, Rosinen und einer guten Portion Milch vertrug –, kümmerte Céline sich um den Kaffee. Die ganze Wohnung duftete danach, und LaBréa empfand ein Gefühl von Geborgenheit und familiärer Vertrautheit. Es war beinahe wie früher, als seine Frau noch lebte. Und doch ganz anders. Ein neuer Anfang.

Als LaBréa sich frisch rasiert und angezogen an den

Frühstückstisch setzte, verzog Jenny das Gesicht und hielt sich eine Hand vor die Nase.

»Oh, Papa, dein neues Rasierwasser ist echt penetrant.«

»Wieso?«, fragte LaBréa unschuldig. »Das hat Céline mir zum Geburtstag geschenkt.«

»Und wenn schon«, erwiderte Jenny unbekümmert. »Ich finde es trotzdem irgendwie …« Sie suchte nach den passenden Worten, fand sie aber nicht. »'tschuldigung, Céline, ist nicht böse gemeint.«

Céline lachte.

»Ich nehme so was überhaupt nicht persönlich. Geschmäcker sind eben verschieden. Mir gefällt es. Und deinem Papa auch.« Sie tauschte einen Blick mit LaBréa, der sich ein Schmunzeln nicht verkneifen konnte.

Kater Obelix, der bereits gefressen hatte, lag auf seinem Stammplatz im Sessel und schlief. Jenny aß ihr Müsli fertig, stand auf und knuddelte das Tier ausgiebig, bevor sie in ihr Zimmer ging, um ihren Rucksack zu packen. In der zweiten Stunde wurde die Mathearbeit geschrieben, und Jenny hatte beim Frühstück verkündet, dass sie »total gut drauf und super vorbereitet« sei.

LaBréa erzählte Céline, dass die beiden Mordfälle so gut wie aufgeklärt seien und dass die Ergebnisse der DNA-Analyse den letzten Beweis erbringen würden.

»Wir könnten dann heute Abend alle zusammen essen gehen. Und mal überlegen, wohin wir in Jennys Herbstferien fahren, die in zweieinhalb Wochen beginnen. Ich nehme mir ein paar Tage frei. Du kommst doch mit, oder?«

Céline wiegte skeptisch den Kopf.

»Ich weiß nicht, Maurice. Meine Ausstellung eröffnet zwar am Sonntag, und in vierzehn Tagen schließt sie, aber vielleicht solltest du ein paar Tage mit Jenny allein wegfahren. Es ist nicht gut, wenn ich immer und überall dabei bin.«

»Bist du ja gar nicht, mein Schatz.«

»Möglicherweise empfindet sie es aber so. Ihre Bemerkung eben mit dem Rasierwasser – das hat mich stutzig gemacht. Sie scheint völlig vergessen zu haben, dass ich es mit ihr zusammen im Bonmarché für dich ausgesucht habe. Und da fand sie es toll.«

»Ich würde dem keine allzu große Bedeutung beimessen.«

»Trotzdem, Maurice. Ich komme vielleicht nach und verbringe die letzten zwei, drei Tage mit euch. Dann habt ihr vorher mal genug Zeit füreinander. Abseits der Hektik deiner Arbeit und ihres Schulalltags, der es ja auch ganz schön in sich hat.«

LaBréa nahm ihre Hand und drückte sie.

»Ist gut. Vermutlich hast du Recht. Aber nachkommen musst du auf jeden Fall. Versprochen?«

»Versprochen.«

Nach der späten Talkrunde am Abend zuvor hatte LaBréa mit Claudine verabredet, dass sie sich um neun im

Krankenhaus St. Lazare treffen wollten, um gleich am Morgen mit Michel Catteau zu reden. LaBréa brachte seine Tochter zur Schule, wo Jennys Freundin Alissa vor dem Eingang auf sie wartete. Die Mädchen begrüßten sich überschwänglich und rannten ins Gebäude, ohne sich noch einmal nach LaBréa umzudrehen.

Auf der Straße rauschte der Porsche von Jocelyn Borels neuem Freund an ihm vorbei. Jocelyn saß auf dem Beifahrersitz und winkte ihm huldvoll lächelnd zu. Immer noch fiel es LaBréa nicht ein, woher er den Mann kannte. Die beiden passten sehr gut zueinander, jedenfalls äußerlich gesehen. Ein nicht mehr junges, dynamisch und modern wirkendes Paar.

LaBréa winkte lächelnd zurück.

An der Métrostation St. Paul nahm er die Linie 1, wechselte an der Bastille in die Linie 5 und stieg an der Gare de l'Est aus. Wenig später betrat er das Krankenhaus St. Lazare. Claudine saß schon wartend auf einem der Besuchersessel vor dem Eingang zur Cafeteria.

Michel Catteau lag auf der chirurgischen Station im dritten Stock. LaBréa sah es als ein gutes Zeichen an, dass Catteau bereits von der Intensivstation auf die normale Station verlegt worden war. Das erhöhte ihre Chancen, ihn gleich vernehmen zu können.

Der Oberarzt, ein dünnlippiger Mann mit ungesunder Hautfarbe, stellte sich vor und begrüßte die beiden Beamten kühl und mit laschem Händedruck.

»Dr. Blanc. Ich habe Monsieur Catteau gestern Abend operiert.«

»Commissaire LaBréa, Brigade Criminelle. Das ist meine Mitarbeiterin, Leutnant Millot.«

Der Arzt musterte die beiden skeptisch.

»Tja, Commissaire, ich weiß, dass Sie es eilig haben, den Patienten zu vernehmen. Aber als Arzt habe ich begründete Bedenken, Ihnen das heute schon zu gestatten. Monsieur Catteau hat viel Blut verloren, und ...«

LaBréa unterbrach ihn.

»Aber er liegt nicht mehr auf der Intensivstation. Und wir haben drei Mordfälle aufzuklären, in denen Monsieur Catteau als Tatverdächtiger Nummer eins gilt.«

»Das ist mir klar. Doch vom ärztlichen Standpunkt aus gesehen ist er erst morgen vernehmungsfähig.«

»Wer ist hier der Chefarzt, Docteur?« LaBréa klang unwillig. Keinesfalls wollte er sich von diesem Arzt abwimmeln lassen. Der lächelte herablassend.

»Der Chefarzt ist im Urlaub. Ich bin momentan sein Stellvertreter und entscheide hier.«

»Gut.« LaBréa verstand sofort, dass er hier keine Muskeln spielen lassen konnte, sondern diplomatisch vorgehen musste. Charme mit einem Schuss Devotheit, das war jetzt gefragt. Er ließ seinen Blick auf dem Gesicht des Arztes ruhen und lächelte gewinnend. »Was halten Sie von einem Kompromiss, Docteur? Wir stellen ihm heute Morgen nur einige wenige Fragen, die für uns von essenzieller Bedeutung sind. Dann gehen wir und kommen erst wieder, wenn Sie grünes Licht geben.«

Dr. Blanc dachte einen Moment nach. Hinter seiner runden Nickelbrille wirkten seine graublauen Augen leblos. Er gab sich einen Ruck.

»Na schön. Zehn Minuten, Commissaire, höchstens. Die Stationsschwester wird darauf achten, dass Sie die Zeit nicht überschreiten.« Abrupt drehte er sich um und ging über den glänzend gebohnerten Flur zu einer Tür mit der Aufschrift »Schwesternzimmer«.

»Halbgötter in Weiß«, murmelte Claudine. »Aber wenigstens haben wir Glück. Kommen Sie, Chef, er liegt in Zimmer 211.«

Der uniformierte Polizist, der seit dem gestrigen Abend Catteaus Krankenzimmer bewachte und auf einem Stuhl vor der Tür saß, stand auf und salutierte. LaBréa begrüßte ihn und sagte: »Zehn Minuten Pause für Sie, Brigadier. Gehen Sie in die Cafeteria. Wann kommt Ihre Ablösung?«

Der Mann blickte auf die Uhr.

»Erst in einer Stunde. Danke, Commissaire. In zehn Minuten bin ich zurück.«

Als Verdächtigen in einem Mordfall, der rund um die Uhr bewacht werden musste, hatte man Michel Catteau in ein Einzelzimmer verlegt. LaBréa und Claudine betraten den Raum. Catteau blickte kurz Richtung Tür, schloss jedoch gleich darauf die Augen.

Ohne Umschweife kam LaBréa zur Sache.

»Sie sind verdächtig, den Besitzer des Lokals *Paradis*, Patrice Montana, gestern Mittag in seiner Wohnung erschossen zu haben. Ihre Waffe und der dazugehörige Schalldämpfer, den wir in Ihrer Wohnung gefunden haben, werden derzeit von unseren Technikern untersucht. Möchten Sie sich zu den Vorwürfen äußern?«

Michel Catteau antwortete nicht. Er drehte rasch seinen Kopf zur Seite. Die schnelle Bewegung verursachte ihm Schmerzen, denn er stöhnte auf. Seine rechte Schulter war dick verbunden. Auf dem linken Handrücken war ein Zugang gelegt worden, durch den eine Infusionsflüssigkeit tropfte.

LaBréa wartete einen Augenblick, bevor er fortfuhr.

»Die Beweise sind erdrückend, Monsieur. Ein Geständnis würde Ihre Lage wesentlich verbessern.«

Es kam keine Antwort. Jetzt versuchte es Claudine.

»Woher kannten Sie Monsieur Montana? Von früher? Als er Sie und Ihre Mutter im Winter mal mit in ein Bordell nahm, damit Sie sich aufwärmen konnten?«

Beinahe unmerklich zuckte die Hand mit dem Zugang. Es entging LaBréa nicht. Er setzte nach.

»Das alte Stellwerk an der Gare de Lyon. Erinnern Sie sich? Haben Sie da mit Ihrer Mutter gewohnt, als Sie ein Junge waren? Ihre Mutter wurde auf dem Gelände getötet. Vor wenigen Tagen haben wir ihren Leichnam gefunden. Wer war ihr Mörder?« LaBréa beugte sich über den Mann, der den typischen Geruch frisch Operierter verströmte. »Waren Sie es?«

Michel Catteaus Brust hob und senkte sich in schnellem Rhythmus. Ein untrügliches Zeichen für innere Erregung? Doch er schwieg weiter.

LaBréa ließ erneut etwas Zeit verstreichen, bevor er weiterredete.

»Sie waren jemand, der das Tanzlokal *Paradis* aufsuchte, wo der ermordete Patrice Montana Geschäftsführer war. Ich habe am Sonntag gesehen, wie Sie die älteren Frauen dort taxiert haben. Als ob sie nach Beute Ausschau hielten.« Er machte eine kurze Pause. »Griseldis Géminard. Annie Normand. Zwei alte Damen, die gern Musettewalzer tanzten. Beide Frauen sind tot. Der Mörder hat ihnen große Geldbeträge abgenommen. Die beiden passten doch in Ihr Beuteschema, hab ich Recht?«

Immer noch schwieg der Mann. Doch jetzt drehte er langsam den Kopf in LaBréas Richtung und öffnete seine kornblumenblauen Augen. Sein Blick verriet keine Reaktion. Sekunden später verzog er seinen Mund zu einem Lächeln. Die Hasenschartennarbe färbte sich unter dem Bärtchen rot, als schösse Blut ein.

Es war ein hässliches Lächeln, das wie ein Geständnis erschien. Nur wusste LaBréa, dass es als Geständnis nicht zu verwerten war.

In selben Moment betrat die Oberschwester das Krankenzimmer. Sie war eine korpulente Frau mit asiatischen Gesichtszügen, die keinen Widerspruch duldete.

»Das war's, Commissaire. Ihre zehn Minuten sind um.«

Durch den strömenden Regen liefen sie zum Parkplatz des Krankenhauses, wo Claudines Wagen stand. Kaum hatte LaBréa auf dem Beifahrersitz Platz genommen, klingelte sein Handy. Es war Brigitte Foucart. In Zusammenarbeit mit den Kollegen von der Osteologie hatte sie sich noch einmal um die letzten, entscheidenden DNA-Analysen gekümmert.

»Wir haben die ganze Nacht durchgearbeitet. Ich erspare dir die wissenschaftlichen Details und mache es kurz. Die DNA von Michel Catteau ergibt eine eindeutige Übereinstimmung mit den Spuren, die auf dem Seidenschal von Griseldis Géminard sichergestellt wurden und mit den Asservaten aus dem Mordfall Annie Normand. Und die Analyse hat zweifelsfrei erbracht, dass Catteau der Sohn dieser Frau ist.«

»Sie heißt Dolores Catteau und ist die Mutter des Verdächtigen«, warf LaBréa ein.

»Ja. Und was Patrice Montana betrifft: Über sein X-Chromosom konnten wir die Verbindung zum X-Chromosom von Dolores und Michel Catteau herstellen. Montana ist mit Dolores Catteau und ihrem Sohn blutsverwandt, und zwar mütterlicherseits. Montanas Mutter und Dolores Catteau müssen Schwestern gewesen sein.«

»Das heißt, Michel Catteau ist der Cousin von Patrice Montana.«

»Richtig. Mit diesen Beweisen hast du den Mörder von Griseldis Géminard und Annie Normand, Maurice. Dass er seinen Cousin gestern erschossen hat, steht ja auch so gut wie fest.«

»Ich warte noch auf das Ergebnis der ballistischen Untersuchung. Ist aber wahrscheinlich nur noch eine Formsache.«

In der Eingangshalle des Präsidiums begegneten LaBréa und Claudine dem Schöngeist, dessen Dienstwagen mit Chauffeur bereits vor dem Gebäude wartete. Direktor Thibon hatte den Gürtel seines hellen Trenchcoats lässig geknotet und hielt einen schwarzen Stockschirm in der Hand.

»Nun, LaBréa, haben Sie das Geständnis des Mannes?«, fragte er von oben herab.

»Noch nicht, Monsieur. Aber das brauchen wir auch nicht. Die Beweise sind erdrückend. Ich denke, dass der Ermittlungsrichter ihn morgen im Krankenhaus vernehmen kann.«

»Hoffentlich! Und was die Beweise angeht, da halte ich mich an den Grundsatz: ›*Wer zu viel beweist, be-*

weist gar nichts!‹ Altes französisches Sprichwort, LaBréa.«

LaBréa nickte und dachte sich seinen Teil.

»Und was ist mit der Mordsache Gare de Lyon? Wie weit sind Sie da?«

»Das wird schwierig. Michel Catteau könnte ebenfalls der Täter sein. Mal sehen, ob er gesteht.«

»Das hängt doch ganz davon ab, wie Sie es anstellen, LaBréa. Und Couperin, na ja ...« Verächtlich winkte er ab. »Sie wissen ja, dass ich ihn für ein Weichei halte. Setzen Sie Catteau unter Druck. Dann wird er schon den Mund aufmachen.«

»Wenn er diese Frau, die übrigens seine Mutter war, getötet hat, kann man ihn sowieso nicht mehr dafür belangen. Er war damals minderjährig.«

Thibon rauschte ohne zu antworten davon.

In der Zwischenzeit hatten die Techniker der Ballistikabteilung bestätigt, dass der bei Catteau gefundene Schalldämpfer zu seiner Waffe passte, und dass Patrice Montana mit dieser Waffe erschossen wurde. Die Beweise würden vor Gericht ausreichen, um den dreifachen Mörder für immer hinter Gitter zu bringen. Doch LaBréa wollte ein Geständnis. Ob der Mord an Dolores Catteau je geklärt würde, war fraglich. Auch wenn sich die Hinweise verdichteten, dass ihr eigener Sohn die Tat begangen hatte, und dass auch hier das Motiv in seiner Kindheit und Jugend zu suchen war.

Gegen elf Uhr dreißig verließ LaBréa sein Büro. Im strömenden Regen ging er nach Hause. Seine Kleidung war bereits nach fünf Minuten Fußweg durchnässt, seine Füße und Hände kalt. Er freute sich auf ein langes, heißes Bad und auf einen freien Nachmittag. Seine Mitarbeiter würden sich um den Papierkram kümmern, und morgen wollten er und Couperin zu Catteau ins Krankenhaus fahren.

In einer Toreinfahrt in der Rue du Temple stand eine junge Frau und telefonierte. Sie schien vollkommen aufgelöst und schluchzte laut. LaBréa blieb stehen, doch die Frau beachtete ihn nicht. Ihre Stimme klang jetzt beinahe hysterisch.

»Warum?«, schrie sie ins Telefon. »Warum machst du das? Hab ich nicht alles für dich getan? Ich hab gekocht, hab mich um die Wohnung gekümmert. Bin immer für dich da gewesen. War dir das alles nicht genug? Ich liebe dich doch …« Ihre letzten Worte gingen im heftigen Schluchzen unter. Sie hielt den Hörer an ihr Ohr, als wolle sie sich daran festklammern wie an einem Rettungsanker.

LaBréa ging weiter. Er wusste, dass er hier nicht helfen konnte. Eine Trennungsgeschichte, wie es sie hundertfach jeden Tag in dieser Stadt gab. Der Kampf, das flehentliche Betteln um etwas, das bereits verloren war. Die Frau mochte nicht älter als fünfundzwanzig sein. Ein junger Mensch, der das Leben noch vor sich hatte und die gescheiterte Beziehung bald vergessen haben würde.

Monsieur Hugo steckte seinen Kopf aus der Tür, als er LaBréas Schritte im Hausflur hörte. Er gab LaBréa die Post und wollte ihn in ein Gespräch verwickeln. Doch LaBréa sagte: »Ich hab's eilig, Monsieur Hugo«, und ging mit raschen Schritten über den Hof an Célines Atelier vorbei zu seiner Wohnung. LaBréa wusste, dass Céline den ganzen Tag in der Galerie mit dem Hängen ihrer Bilder verbrachte.

Obelix schlief auf dem Sofa und hob erstaunt den Kopf, als LaBréa eintrat. Er war es gewohnt, tagsüber allein zu sein, und freute sich jetzt entsprechend. Er sprang auf und kam mit erhobenem Schwanz zu LaBreá, der ihn streichelte und auf den Arm nahm.

»Na, alter Junge. Wir machen uns jetzt einen gemütlichen Nachmittag.« Er ging zu seiner Stereoanlage und legte eine CD von Stan Getz ein.

Als er sich eine Viertelstunde später mit geschlossenen Augen in der Wanne ausstreckte, fiel aller Stress von ihm ab. Er dachte noch eine Weile über die Ereignisse der letzten Tage nach. Welch merkwürdige Verknüpfungen es doch bei all diesen Mordfällen gab, und welch dunkles Geheimnis die Tote von der Gare de Lyon umgeben hatte. Jetzt waren die Mordfälle geklärt, doch etwas blieb weiter im Dunkeln. Musettewalzer … Diese Musik musste im Leben von Michel Catteau eine entscheidende Rolle gespielt haben. Lokale dieser Art hatten ihn angezogen, und Frauen, die diese Lokale besuchten und dort ihr Vergnügen suchten, hatten ihn zum Mörder werden lassen. Dabei war wohl nicht nur Habgier sein Motiv gewesen, er musste auch ein tiefes Gefühl des Hasses in sich getragen haben, das sich nur auf diese Weise entladen konnte. Wie hatte er es angestellt, sich das Vertrauen der alten Damen zu erschleichen, sie um ihr Geld zu bringen, damit er sich seine Wünsche erfüllen konnte? Welche Wünsche? Luxus und Statussymbole? Was hatte er ihnen in ihrer Sehnsucht nach ein bisschen Glück versprochen? Und wie oft hätte er noch zugeschlagen, wäre ihm nicht das Handwerk gelegt worden?

LaBréa dachte an seine verstorbene Mutter und ihr Geheimnis, das sie für immer mit ins Grab nehmen würde. Auch hier würde er nie erfahren, was wirklich geschehen war. Was hatte dieser Bernard ihr geben können, was ihr eigener Mann ihr nicht geben konnte? Zweifellos hatte Lucia LaBréa diesen Mann geliebt. Es war eine leidenschaftliche Liebe im Verborgenen gewesen, die durch ungeklärte Umstände eines Tages abrupt ein Ende fand.

Langsam wurde LaBréa schläfrig. Er spürte, wie seine Muskeln sich entspannten und die Wärme in jede Pore seines Körpers zog. Er tauchte seinen Kopf unter Wasser und begann sich einzuseifen und die Haare zu waschen.

20. KAPITEL

Richard LaBréa hatte alles für das Begräbnis ihrer Mutter in die Wege geleitet. Am Donnerstag erschien eine Todesanzeige im *Figaro*, und Freitag um elf würde die Beerdigung stattfinden. LaBréa hatte den Direktor von Jennys Schule angerufen, damit seine Tochter für diesen Tag schulfrei bekam. Ein älteres Nachbarsehepaar aus der Rue Daguerre, wo LaBréas Eltern gewohnt hatten, würde der Verstorbenen die letzte Ehre erweisen. Ebenso wie Muriel Weill, die Leiterin des Pflegeheims, sowie eine der Pflegerinnen, die sich in den letzten Jahren besonders liebevoll um die Kranke gekümmert hatte. Es war eine kleine Trauergemeinde, die sich auf dem Friedhof Montparnasse versammeln würde. Im Anschluss daran hatte Richard ein Mittagessen geplant und im *Le Breton*, dem Lokal in der Rue Daguerre, einen Tisch reservieren lassen.

Das Wetter hatte sich nicht verändert. Es regnete ohne Unterlass.

Richtiges Beerdigungswetter, dachte LaBréa, als er Freitagmorgen aus dem Küchenfenster in den kleinen Garten blickte, wo die Zwergzypresse regennass glänzte.

Kurz vor zehn holten LaBréa und Jenny Céline in ihrer Wohnung ab. Mit deren Wagen fuhren sie durch die verregnete, graue Stadt zum Friedhof. Am Haupteingang am Boulevard Quinet warteten schon Richard und Pater René, der Pfarrer der Kirche Notre-Dame des Champs. Richard hatte ihn nach seiner Rückkehr aus der Karibik kontaktiert und gebeten, seine Mutter nach christlichem Ritual zu bestatten. Wenig später trafen die anderen Trauergäste ein, und kurz vor elf fuhren zwei Wagen des Bestattungsunternehmens vor, eine Limousine und ein Kombi. Dem Kombi entstiegen vier Männer in Schwarz und die Geschäftsführerin des Unternehmens. Der Sarg, der mit Kränzen und Blumengestecken geschmückt war, wurde aus der Limousine auf einen bereitgestellten vierrädrigen Wagen umgeladen. Der Trauerzug setzte sich in Bewegung. Céline und LaBréa nahmen Jenny in ihre Mitte. Das Mädchen sah blass und mitgenommen aus. Jeder von ihnen hielt eine rote Rose in der Hand.

Vor beinahe einem Jahr hatte man Jennys Mutter in Marseille zu Grabe getragen.

Zum Glück hörte es jetzt auf zu regnen, doch es blies ein kalter Wind. Der Fußweg dauerte mehr als eine Viertelstunde. Über die Avenue du Nord und die Avenue de l'Est gelangte der Trauerzug zum Abschnitt 26. In der Nähe der Grabstätte des Dichters Guy de Maupassant befand sich das Familiengrab der LaBréas. Der Vater hatte dort seine letzte Ruhestätte gefunden, und seine Frau würde neben ihm bestattet werden.

Pater René, ein rundlicher, älterer Herr mit dem Akzent der Provence, hielt eine ebenso schlichte wie bewegende Rede. Als das Schlussgebet gesprochen war, ließen die Männer des Beerdigungsinstituts den Sarg ins Grab hinab. Jetzt war der Moment gekommen, endgültig Abschied zu nehmen. LaBréa trat als Erster zum Grab, streute eine Schaufel Erde auf den Sarg und warf seine Rose obenauf. Er verharrte einen Moment, die Hände verschränkt. Unendliche Traurigkeit erfasste ihn, ein tiefer Schmerz. Als Jenny ans Grab trat, bewahrte sie nur mit Mühe die Fassung. Die Erinnerungen überwältigten sie, und sie begann zu weinen. LaBréa nahm fest ihre Hand und führte sie zur Seite. Nachdem alle Übrigen eine Schaufel Erde auf den Sarg geworfen und LaBréa und seinem Bruder kondoliert hatten, trat plötzlich ein Fremder dazu. LaBréa hatte ihn vorher nicht gesehen, und er fragte sich, woher er auf einmal aufgetaucht war. Der Mann war alt, trug einen dunklen Mantel und einen schwarzen Hut, unter dem seine vollen, weißen Haare hervorlugten. Er kam LaBréa bekannt vor. In der Hand hielt er einen Strauß bunter Rosen. Ohne die anderen zu beachten, nahm er die Schaufel und ließ die Erde langsam auf den Sarg rieseln. Die Blumen warf er in einem Schwung hinterher.

Jetzt beugte sich Céline zu LaBréa und flüsterte ihm zu: »Ich ahne, wer das sein könnte, Maurice.«

LaBréa nickte, denn plötzlich war es ihm wie Schuppen von den Augen gefallen.

»Ja, ich erkenne ihn«, entgegnete er leise. »Obwohl er auf dem Foto natürlich viel jünger war.«

Der Mann legte die Schaufel beiseite und ging rasch weg. LaBréa eilte ihm nach und hatte ihn nach wenigen Metern eingeholt. Er berührte ihn an der Schulter.

»Pardon, Monsieur, aber ich glaube, ich weiß, wer Sie sind.«

Der Fremde drehte sich um, und LaBréa blickte in ein Paar klare, blassblaue Augen. Das gut geschnittene Gesicht des Mannes strahlte Vitalität und Energie aus, obgleich er sicher schon weit über siebzig Jahre zählte.

»Ich war ein guter Freund der Verstorbenen«, sagte er ausweichend und, wie es schien, ein wenig verlegen.

»Ja.« LaBréa lächelte. »Sie müssen Bernard sein.«

Ein kurzes Erstaunen huschte über die Züge des Mannes, dann erwiderte er LaBréas Lächeln.

»Richtig, Monsieur. Bernard Lefèvre. Und Sie sind sicher Maurice, Lucias ältester Sohn.«

»Ja. Und ich würde mich freuen, wenn Sie uns zum Mittagessen ins Restaurant begleiteten.«

Eine halbe Stunde später betrat die Trauergemeinde das *Le Breton*. Im Stammlokal von Lucia LaBréa hatte der Wirt einen Tisch im Nebenraum reserviert. Er begrüßte LaBréa und reichte zu dessen Erstaunen auch Bernard Lefèvre die Hand.

»Ich erinnere mich zwar nicht an Ihren Namen, Monsieur, aber Sie waren doch einige Male mit Madame LaBréa – Gott hab sie selig – hier bei uns.«

LaBréa tauschte einen schnellen Blick mit seinem Bruder und mit Céline.

Nach dem Essen, bestehend aus einer klaren Consommé, Krebsschwänzen und einer Seezunge, begleitet von einem weißen Bordeaux, verabschiedeten sich die Nachbarn aus der Rue Daguerre und die beiden Frauen aus dem Pflegeheim. Kurz darauf brach Pater René auf. Bei den anderen stellte sich ein plötzliches Schweigen ein. Es hatte mit Bernard Lefèvre zu tun und der so lange im Verborgenen gebliebenen Geschichte, die ihn mit LaBréas Mutter verband. Während des Leichenschmauses hatte niemand dieses Thema angeschnitten. Jetzt war die Familie unter sich. Damit keine Betretenheit oder Peinlichkeit aufkam, sagte LaBréa rasch: »Woher wussten Sie eigentlich von der Beerdigung, Monsieur?«

»Ich habe die Annonce in der Zeitung gelesen. Und woher wussten Sie von mir?«

Richard erzählte ihm von den Briefen, die sich in Lucias Nachlass befunden hatten.

»Sie hat sie all die Jahre aufbewahrt?« Bernards Stimme klang mit einem Mal leise und brüchig. »Obwohl ...« Er beendete den Satz nicht, und LaBréa sah, wie er für einen Moment von seinen Gefühlen überwältigt wurde. Sogleich versuchte Bernard jedoch, sich wieder zu fassen, und fragte: »Woran ist Ihre Mutter gestorben?«

»An Herzstillstand. Sie war seit langem an Alzheimer erkrankt und hat die letzten Jahre in einem Pflegeheim verbracht. Dort ging es ihr den Umständen entsprechend gut. Aber Sie wissen ja, was Alzheimer bedeutet.«

»Ja.« Bernard Lefèvre nickte und zeigte sich betroffen von dieser Nachricht. »Ein schreckliches Schicksal. Es tut mir unendlich leid um sie. Die Krankheit hat sie wohl alles vergessen lassen. Auch mich. Wir beide hatten eine sehr glückliche Zeit. Doch sie war nicht von Dauer. Wie nichts auf dieser Welt.« Es klang bitter und melancholisch zugleich. »Damals, nach dem Tod Ihres Vaters, hat sie mit mir Schluss gemacht. Das habe ich nie verstanden, musste es aber gleichwohl hinnehmen.«

»Was haben Sie denn beruflich gemacht?«, wollte Céline wissen, die sich bisher zurückgehalten hatte.

»Ich bin Zahnarzt. Vor zwei Jahren habe ich meine Praxis im 11. Arrondissement aufgegeben. Ihre Mutter habe ich seinerzeit im *Paradis* kennengelernt. Das ist ein Tanzlokal an der Bastille. Es war Liebe auf den ersten Blick. Und zwar bei uns beiden. Aber wir hatten keine Chance auf eine gemeinsame Zukunft. Lucia war verheiratet und ich ebenfalls. Meine Frau ist einige Monate, nachdem Lucia unsere Affäre beendet hatte, an einer schweren Lungenentzündung gestorben. Wir wären beide frei gewesen, doch das Schicksal hat es anders gewollt.« Bernard schaute verloren, als tauche er tief in seine Erinnerungen ein. Nach einer Weile fügte er hinzu: »Nach unserer Trennung war ich noch einige Male im *Paradis*, doch Lucia habe ich dort nie wieder gesehen.«

LaBréa betrachtete den Mann, mit dem seine Mutter den Vater jahrelang betrogen hatte. Er schien intelligent und kultiviert zu sein, sah auch heute immer noch gut aus. Lucia LaBréa hatte sich nicht in irgendjemanden verliebt. Sie musste ihn wirklich geliebt haben, sonst hätte sie nicht so viele Jahre ein Doppelleben führen können, von dem die Familie bis nach ihrem Tod nicht die geringste Ahnung gehabt hatte. Auch er war verheiratet gewesen. Wo hatten sie sich getroffen? Spielte das eine Rolle? Wollte er das wirklich wissen? Niemandem stand es zu, über Lucia und Bernard moralisch zu richten. LaBréas Mutter war nach langer, unheilbarer Krankheit gestorben. Ihre Erinnerungen an die Stationen ihres Lebens hatten sich im Lauf der Jahre verflüchtigt. Auch jegliche Erinnerung an Bernard war vom schwarzen Loch des Vergessens geschluckt worden. Doch Bernard hatte *sie* nicht vergessen – und ihr am heutigen Tag die letzte Ehre erwiesen.

21. KAPITEL

Am Dienstag der darauffolgenden Woche war Michel Catteau so weit genesen, dass er das Krankenhaus verlassen konnte und in eine Häftlingszelle des Justizpalastes überführt wurde. Aufgrund der erdrückenden Beweislast und entgegen ihrer ursprünglichen Absicht hatten LaBréa und Couperin darauf verzichtet, den Verdächtigen noch einmal im Krankenhaus zu vernehmen. Vom psychologischen Standpunkt aus gesehen erschien es besser, ihn einige Tage schmoren und über seine Lage grübeln zu lassen. Konfrontiert mit den Beweisen und in der nüchternen Atmosphäre eines Vernehmungsraums würde Catteau möglicherweise doch zu einem Geständnis bereit sein. Insbesondere im Hinblick auf den Mord an Dolores Catteau und Léonore Fourès.

Es war früher Nachmittag, als Catteau ins Vernehmungszimmer geführt wurde. Sein rechter Arm steckte in einer Schlinge, um die verletzte Schulter zu entlasten. Seine Wangen waren unrasiert, das Bärtchen über der Hasenschartennarbe ungepflegt. Die Häftlingskleidung schien eine Nummer zu klein zu sein. Auf Häftlinge mit einer Körpergröße von mehr als einem

Meter neunzig war man offenkundig nicht eingestellt. Catteaus auffällig blaue Augen blickten stumpf ins Leere, als er auf einem Stuhl am Vernehmungstisch Platz nahm und der uniformierte Polizist ihm die Handschellen abnahm. LaBréa und der Ermittlungsrichter hatten dem Häftling gegenüber Platz genommen. Couperin räusperte sich, musterte Michel Catteau aufmerksam und schaltete dann das Tonband ein, das auf dem Tisch stand.

»11. Oktober, 15 Uhr«, sagte Couperin. »Vernehmung von Michel Catteau im Beisein von Commissaire LaBréa.«

In knappen Worten konfrontierte er den Beschuldigten mit den Fakten der Mordfälle Griseldis Géminard, Annie Normand und Patrice Montana. Etwas ausführlicher ging Couperin auf die Beweislage ein, insbesondere auf die Ergebnisse der DNA-Analysen und der ballistischen Untersuchung der Waffe, mit der Catteau seinen Cousin erschossen hatte. Er machte dem Beschuldigten klar, dass es keinen Zweifel daran geben konnte, dass er in allen drei Fällen der Täter war.

»Jedes Geschworenengericht wird Sie aufgrund dieser Fakten schuldig sprechen, Monsieur Catteau«, sagte Couperin abschließend. »Ihr Geständnis brauchen wir also nicht unbedingt. Es wäre aber in Ihrem Interesse, wenn Sie eins ablegen würden.«

Michel Catteau hatte den Ausführungen des Ermittlungsrichters schweigend zugehört und äußerte sich auch jetzt nicht. LaBréa, der ihn scharf beobachtete, war nicht entgangen, dass der Gesichtsausdruck des Mannes sich nach und nach verändert hatte. Von der anfänglichen Teilnahmslosigkeit war nichts mehr geblieben. Mienenspiel und Körperhaltung ließen eine nervöse Unruhe erkennen. Seine Augen flackerten, die ineinander verschlungenen Hände konnte er keinen Moment stillhalten. Der Mann wirkte angespannt und erregt. Genau der richtige Zeitpunkt, ihn mit den Dingen zu konfrontieren, die die Polizei nicht beweisen konnte, und ihm ein Geständnis zu entlocken.

LaBréa lehnte sich zurück und verschränkte die Arme über der Brust.

»Erzählen Sie uns, wie es war, als Sie seinerzeit mit Ihrer Mutter in dem alten Stellwerk auf dem Gelände der Gare de Lyon gelebt haben.«

Michel Catteau zuckte zusammen, und LaBréa wusste, dass er einen empfindlichen Punkt getroffen hatte. Er wartete einen Augenblick, doch Catteau senkte den Blick und schwieg.

»Als sie ermordet wurde, waren Sie noch ein Junge, dreizehn, vierzehn Jahre alt. Ihre Mutter arbeitete als Prostituierte. Das ist Ihnen doch bestimmt nicht entgangen, oder?«

In einer heftigen Bewegung hob Catteau den Kopf, drehte ihn ostentativ zur Seite und presste seine Lippen zusammen. LaBréa wechselte einen Blick mit Couperin und setzte nach.

»Ihre Freier suchte sie sich in der Gegend um die Bahnhöfe Gare de Lyon und Gare d'Austerlitz. Sie brachte sie mit nach Hause, in das alte Stellwerk. Wer hat eigentlich damals das Schloss an der Tür ausgetauscht? War es Ihre Mutter?« LaBréa beugte sich über den Tisch. »Oder Ihr Cousin Patrice? Wer kam überhaupt auf die Idee mit dem Stellwerk? War es Zufall, dass Sie und Ihre Mutter dort unterkamen?«

Michel Catteau schüttelte heftig den Kopf. Es war eine erste Reaktion, und LaBréa wusste, dass er jetzt nicht nachlassen durfte.

»Haben Sie damals das Stellwerk entdeckt?«

Der Beschuldigte machte eine vage Kopfbewegung, die man als Zustimmung deuten konnte. LaBréa sprach rasch weiter. Um jeden Preis wollte er verhindern, dass Catteau wieder in Teilnahmslosigkeit zurückfiel.

»Sie gingen ja damals nicht mehr zur Schule. Was haben Sie denn den ganzen Tag gemacht? Unternahmen Sie Streifzüge durch die Bahnhöfe? Hatten Sie Freunde? Und was geschah nachts, wenn Ihre Mutter die Männer mit nach Hause brachte? Sie haben doch mitbekommen, was da passiert ist. Oder nicht?«

Michel Catteau ballte plötzlich die Fäuste. Die Narbe unter seinem Bärtchen lief rot an, genau wie bei seiner ersten Vernehmung im Krankenhaus.

Bewusst legte LaBréa jetzt eine härtere Gangart ein.

»Wie fanden Sie es denn, dass Ihre Mutter als Nutte gearbeitet hat? Dass sie ständig irgendwelche Kerle mit nach Hause brachte? Dreckige, nach Alkohol und Ausdünstungen stinkende Männer, die sich auf ihr ausgetobt haben? Hat ein Junge da noch Achtung vor seiner Mutter?«

In höchster Erregung sprang Michel Catteau jetzt auf.

»Diese Schlampe! Vor der hatte ich nie Achtung!« Seine Stimme überschlug sich hysterisch, und er schlug krachend mit der Faust des unverletzten Arms auf den Tisch. »Jede Nacht kam sie mit diesen Typen an! Widerliche, ungewaschene Kerle, die nach Schnaps gestunken haben ...« Er stockte und lehnte sich vor gegen die Tischkante. Der Polizist, der während der Vernehmung Posten an der Tür bezogen hatte, wollte eingreifen, doch Couperin bedeutete ihm, es zu unterlassen.

»Setzen Sie sich, Catteau«, sagte er ruhig. »Warum sind Sie plötzlich so aufgebracht? Erzählen Sie uns doch in aller Ruhe, was damals passiert ist. Sie waren ein Kind, Sie konnten nichts dafür, in welchen Verhältnissen Sie in dieser Zeit leben mussten.«

»In welchen Verhältnissen?«, schrie Catteau und warf dem Ermittlungsrichter einen hasserfüllten Blick zu. »Was haben Sie denn schon für eine Ahnung, was das für Verhältnisse waren!«

»Sagen Sie es uns«, erwiderte Couperin.

Langsam glitt Michel Catteau auf den Stuhl zurück. Schwer atmend stützte er die Ellbogen auf und schüttelte den Kopf.

»Ich wollte da raus«, sagte er leise, und seine Stimme klang jetzt weinerlich. »Nur raus! Und zwar um jeden Preis. Meine Mutter war eine miese Nutte! Ich war ihr völlig egal! Hauptsache, sie hatte ihren Fusel und ... Irgendwann wäre ich genauso verkommen wie sie. Aber so wollte ich nicht werden. Auch kein Stricher. Und wenn ich sie nicht ...«

Erneut schüttelte er den Kopf. Couperin und LaBréa warteten, dass er weiterredete.

»Und die Scheißmusik, die sie immer aufgelegt hat, wenn sie mit ihren Kerlen auf der Matratze fertig war.«

»Was für eine Musik?«, fragte LaBréa schnell.

»Diese Tingeltangelwalzer!«

»Musettewalzer?«

»Ja. Jedes Mal, wenn die Männer endlich weg waren, schmiss sie die Scheißkassetten an. Ich konnte es nicht mehr hören!«

»Und da haben Sie sie umgebracht.« LaBréa klang sanft und verständnisvoll, doch er ließ Catteau nicht aus den Augen. Der Mann schlug die Hände vors Gesicht, und seine Schultern begannen zu beben. »Sie haben Sie erschlagen«, fuhr LaBréa fort. »Damit Sie endlich Ihre Ruhe hatten. Vor den widerlichen Typen, die jede Nacht kamen, und vor dieser verdammten Musik. Ich verstehe das.«

Catteau begann leise zu schluchzen. Seine Worte kamen abgehackt.

»Ich hatte keine Kindheit, keine Jugend. Von Anfang an wäre Dolly mich am liebsten losgeworden. Ich stand ihr nur im Weg, bei dem, was sie machte!«

Mit einem Ruck nahm er die Hände vom Gesicht. Seine Wangen waren hochrot, Tränen schimmerten in seinen Augen.

»Gehasst hab ich sie! Aber sie hat ihre gerechte Strafe bekommen! Weiter nichts. Was anderes hatte sie nicht verdient!«

Wie auf Knopfdruck hörte Michel Catteau wieder auf zu sprechen, und nach einer Weile schaltete Couperin das Tonband aus. Er goss Wasser aus einer Flasche in ein Glas und schob es über den Tisch.

»Hier, Monsieur Catteau«, sagte der Ermittlungsrichter. »Trinken Sie einen Schluck. Sie können auch rauchen, wenn Sie wollen.« Er hielt ihm seine Zigarettenpackung entgegen, doch Catteau schüttelte den Kopf.

Nach einer viertelstündigen Pause wurde die Vernehmung fortgesetzt. Sie zog sich bis in die frühen Abendstunden hin. Michel Catteau gestand den Mord an seiner Mutter und schilderte den Tathergang. Wenige Tage vor Weihnachten, in einer bitterkalten Nacht des Jahres 2001, war seine Mutter Dolores, die er Dolly nannte, gegen halb elf nach Hause gekommen. Allein.

Sie war bereits so betrunken, dass sie auf dem Weg zur Eingangtür des Stellwerks schwankte und laut vor sich hin schimpfte. Er hatte draußen in der Kälte auf sie gewartet, eine Eisenstange in der Hand, die er einige Stunden zuvor in einem Geschäft gekauft hatte. Die Nacht war mondhell, doch Dolores Catteau sah ihren Sohn nicht, der ihr im Schatten der Hausmauer auflauerte. Als sie vor der Tür stand, und in ihrer Handtasche nach dem Schlüssel kramte, trat er hinter sie und schlug ihr die Eisenstange mit voller Wucht über den Schädel. Mehrere Male schlug er zu, auch als sie längst am Boden lag und sich nicht mehr rührte. Sie hatte keinen Laut von sich gegeben. Als er von ihr abließ und seine unbändige Wut sich verflüchtigt hatte, ließ er die Eisenstange fallen. Er schleifte Dollys Körper durch den Schnee zu einem Haufen Schottersteine unweit des Stellwerks. Am frühen Abend hatte er hier bereits Vorkehrungen getroffen. Auf dem frostharten Boden war es nicht leicht gewesen, Steine für eine ausreichend große Vertiefung beiseitezuräumen. Bevor er den Leichnam seiner Mutter dort hineinlegte, schnitt er ihr mit einem Messer die Kleider vom Leib. Er zog ihr die Schuhe aus, auch die Strümpfe und stopfte die Sachen in seinen Rucksack. Nur die Unterwäsche ließ er ihr. Viele Male hatte er sie in dieser Unterwäsche gesehen. Nachts, wenn die Freier weg waren und Dolly sich am Waschbecken gewaschen hatte. Morgens, wenn sie sich verkatert und verschlafen von ihrer Matratze erhob und zu ihm an den Frühstückstisch setzte, wo ihr stinkender Atem ihn einhüllte wie Höllendunst. Die Unterwäsche war ihre »Berufskleidung«, das Symbol einer Tätigkeit, die er zutiefst verabscheute. Noch im Tod sollte sie sie tragen! Dann bedeckte er den Leichnam mit den Schottersteinen. Anschließend warf er sich den Rucksack über die Schulter und begann die Blutspuren im Schnee zu beseitigen. Vor der Eingangstür des Stellwerks, dem eigentlichen Tatort, waren sie besonders deutlich. Er war gerade fertig, als er Schritte hörte. Ein Mann näherte sich von der Straße her, es war Catteaus Cousin Patrice Montana. Er fragte nach Dolly und meinte, dass er möglicherweise einen Job für sie habe. Ein kleines Bistro in der Rue de Charenton suchte eine Küchenhilfe. Michel Catteau erwiderte, dass Dolly noch unterwegs sei.

»Sag ihr, sie soll mir Bescheid geben, ob sie an dem Job interessiert ist.« Dann ging Montana zurück zur Straße. Michel wartete, bis er außer Sichtweite war, hob die Eisenstange auf und eilte über das Schienengelände zur Gare de Lyon. Unterwegs warf er die Mordwaffe auf ein stillgelegtes Gleis.

Einige Wochen später stand Michel Catteau vor Patrice Montanas Wohnungstür. Er brauchte einen festen Job. Am Tag zuvor hatte ihn eine Bande maghrebinischer Jugendlicher in der Wellblechhütte überfallen und die Blechbüchse mit dem Geld aus der Regentonne geklaut. Er war froh, mit heiler Haut davongekommen zu sein. Seinem Cousin erzählte er, dass Dolly seit jener Nacht, als Montana zum Stellwerk gekommen war, verschwunden sei. Der Cousin wunderte sich zwar, eine Vermisstenanzeige gab er jedoch nicht auf. Dollys plötzliches Verschwinden sah er als einen Wink des Schicksals. Der Junge würde eine Chance bekommen, ein ordentliches Leben zu führen. Er besorgte Catteau einen Job bei einem Gemüsegroßhändler und brachte ihn einige Wochen in seiner Wohnung unter, bis Catteau ein möbliertes Zimmer mieten konnte. Bei dem Großhändler musste der Junge in aller Frühe aufstehen, mit dem Chef zur Großmarkthalle nach Rungis fahren und Kisten schleppen. Dass Michel Catteau neben diesem Job weiter Diebestouren unternahm und in verschiedenen Arrondissements alten Frauen die Handtasche raubte, ahnte Montana nicht. Nach einem Jahr gab Catteau den Job bei dem Gemüsehändler auf. Er war jetzt fast sechzehn Jahre alt. Seinem Cousin sagte er, er sei ins Computer- und Onlinegeschäft eingestiegen, wo er gutes Geld verdiene und Aufstiegschancen habe.

Wenig später wurde Patrice Montana Geschäftsführer des Tanzlokals *Paradis*. Bald tauchte Catteau an den Wochenenden dort auf und wurde Stammgast. Er war ein gefragter Tänzer und merkte schnell, dass er bei den älteren Damen mit seinem Charme und seiner zuvorkommenden Art gut ankam. Montana nahm das nicht ohne Wohlwollen zur Kenntnis, steigerten doch die Aktivitäten seines Cousins den Umsatz bei den Getränken, die die Frauen großzügiger orderten. Catteaus neue Bekanntschaften waren einsam, und einige von ihnen wohlhabend, das fand er rasch heraus. Mit Annie Normand fing es 2003 an. Sie war Witwe, bezog eine stattliche Pension und hatte zudem in größerem Umfang geerbt. Catteau erschlich sich ihr Vertrauen, besuchte sie zu Hause und erzählte von angeblichen Geschäftsplänen, für die ihm nur noch das Startkapital fehlte. Annie Normand besorgte es, setzte zu äußerst günstigen Bedingungen einen Darlehensvertrag auf, den Catteau vor der Übergabe des Geldes unterzeichnen sollte. Doch dazu kam es nicht. Catteau schlug die Frau nieder, erdrosselte sie mit dem Kabel ihres Bügeleisens und verschwand mit dem Geld und dem nicht unterzeichneten Vertrag.

Bei Griseldis Géminard ging er ähnlich vor. Die Frau vertraute ihm und verliebte sich sogar in ihn. Was Michel Catteau besonders abstieß. Doch er spielte das Spiel mit, achtete aber darauf, dass es nie zu Intimitäten kam. Er flirtete mit ihr, brachte ihr Blumen und kleine Geschenke, bis er sie so weit hatte, dass sie ihn finanziell unterstützen wollte. Am Freitag der vergangenen Woche hob sie von ihrem Konto 25 000 Euro ab, für die sie noch nicht einmal Zinsen berechnen wollte. Diese Summe war als Startkapital für ein Restaurant gedacht, das er angeblich eröffnen würde.

Am Sonnabendmorgen kam er zu ihr in die Wohnung, um das Geld in Empfang zu nehmen. Früher, als sie verabredet hatten. Über die Blumen, die er ihr mitbrachte, freute sie sich. Aus dem Wohnzimmer erklangen die lauten Töne eines Musettewalzers. Als Griseldis Géminard aus der Nachttischschublade in ihrem Schlafzimmer den Umschlag mit dem Geld holen wollte, folgte er ihr. Auf ihrem Bett lag ein violettfarbener Seidenschal. Er griff danach und schlang ihn blitzschnell von hinten um den Hals des Opfers. Es dauerte nicht lange, bis die alte Frau zusammensackte. Catteau legte sie aufs Bett. Plötzlich hörte er an der Wand ein heftiges Klopfen. Er erschrak. Das musste der Nachbar sein. Von Griseldis Géminard hatte Catteau gehört, dass der pensionierte Lehrer sich durch die Musik ständig gestört fühlte. Hastig, nach nur oberflächlicher Beseitigung der Spuren, verließ Catteau die Wohnung und schlich sich durchs Treppenhaus nach unten.

In den Wochen davor hatte Patrice Montana seinen Cousin an den Sonnabenden zusammen mit Griseldis Géminard im *Paradis* gesehen. Als LaBréa und Jean-Marc ihn am Tag seiner Ermordung morgens in seiner Wohnung aufsuchten und ihm das Foto der alten Dame zeigten, hatte Montana offenbar eins und eins zusammengezählt. Er verabredete sich telefonisch mit Catteau in seiner Wohnung. Am Telefon erzählte er ihm von dem Gespräch mit der Polizei. Catteau war gewarnt und steckte vorsichtshalber seine Pistole und den Schalldämpfer ein. Beides hatte er erst vor wenigen Tagen bei einem arabischen Schwarzhändler an der Place d'Alligre erstanden. Kurz nach halb eins ging Catteau in die Wohnung seines Cousins. Auf dem Weg dorthin rief er im Autohaus Frolet an und verabredete einen Probefahrttermin für den gebrauchten Ferrari. Mit den 25 000 Euro von Griseldis Géminard und weiteren Barbeträgen – er hatte in letzter Zeit einige Geldautomaten geknackt – wollte er sich endlich den langgehegten Traum von einem schnellen Auto erfüllen. Eine Woche zuvor hatte er seinem Cousin bereits entsprechende Prospekte gezeigt und dann in dessen Wohnung liegen lassen. Montana hatte ihn gefragt, woher er das Geld habe, um sich ein solches Auto kaufen zu können? Als die beiden Männer sich nun in Montanas Wohnung trafen, konfrontierte Montana Catteau mit seinem Verdacht. Alles passte zusammen. Catteau hatte diese alte Frau gekannt. Mit ihr geflirtet, getanzt und anschließend mit ihr das *Paradis* verlassen. Hatte er ihr das Geld für den Sportwagen abgegaunert? Und auch die andere, deren Foto die Bullen ebenfalls dabeihatten, hatte seinerzeit im *Paradis* verkehrt. Beide Frauen waren tot, und jetzt suchte die Polizei deren Mörder.

»Warst du das? Hast du die beiden umgebracht?«, herrschte Montana seinen Cousin an. Catteau antwortete nicht, und plötzlich fiel es Montana wie Schuppen von den Augen. Entsetzt starrte er seinen Cousin an. »Damals, im Stellwerk … Dolly war gar nicht verschwunden! Du hast sie beiseitegeschafft, gib es zu! Eins sage ich dir: Mit Mord will ich nichts zu tun haben!«

»Was soll das heißen?«, antwortete Catteau. »Willst du mich verpfeifen? Tu's ruhig, aber ich war's nicht!«

Sie stritten sich eine Weile heftig, dann ging Montana zum Telefon. Catteau vermutete, dass er die Polizei anrufen wollte, und geriet in Panik. Er zog seine Pistole und schraubte rasch den Schalldämpfer auf. Montana wollte gerade eine Nummer wählen, als Catteau ihm die Waffe ins Genick drückte. Ohne zu zögern, drückte er ab. Die Nummer des Autohauses Frolet fiel ihm dann offenbar bei seiner übereilten Flucht aus der Wohnung aus der Tasche. Er bemerkte es nicht.

Nach seinem umfassenden Geständnis wirkte Michel Catteau erschöpft und zugleich wie befreit. Zum Mord an der Krankenschwester Léonore Fourès bekannte Catteau sich nicht. Der Fall würde für immer ungeklärt bleiben.

Um halb acht wurde der vierfache Mörder in seine Zelle zurückgeführt.

LaBréa und Couperin hatte das Verhör erschöpft, und sie beschlossen, in einem ihrer Stammrestaurants an der Place Dauphine zu Abend zu essen. Das *Caveau du Palais* befand sich in unmittelbarer Nähe des Justizpalastes, am westlichen Ende der Île de la Cité.

Der Himmel war klar, ein kalter Wind wehte. Unter den Bänken und auf den Kieswegen des Platzes hatte sich Laub angesammelt. In der Ferne sah man die goldene Kuppel des Invalidendoms und die Silhouette des Eiffelturms. Tief atmete LaBréa die frische Nachtluft ein. Die Mordfälle waren gelöst, der Täter hatte gestanden, alles Weitere lag jetzt in den Händen der Staatsanwaltschaft. Eigentlich sollte LaBréa erleichtert sein, wie immer nach einer schwierigen und erfolgreichen Ermittlung. Doch dieses Gefühl wollte sich diesmal nicht einstellen.

»Sie wirken bedrückt, Commissaire«, sagte Couperin, als sie wenig später beim Aperitif im Restaurant saßen. »So kenne ich Sie ja gar nicht.« Der Richter sah ihn prüfend an. »Mitleid mit dem Täter, LaBréa? Es erscheint mir fast so.«

LaBréa trank einen Schluck Pastis und seufzte.

»Mitleid nicht, Monsieur. Aber sicher ein gewisses Unbehagen. Michel Catteau ist das klassische Opfer seiner schrecklichen Jugend. Einer Jugend voller Einsamkeit, ohne Perspektive, ohne Zukunft. Ein Leben auf der Verliererseite.«

»Hm.« Couperin kratzte sich am Kopf. »Verständlich, dass er da rauswollte. Doch mit welchen Mitteln? Er ist in erster Linie doch ein eiskalter Mörder. Die beiden alten Frauen hat er aus Habgier getötet. Seinen

Cousin, weil er Angst hatte, dass der ihn verrät. Und seine Mutter …« Couperin wiegte unschlüssig den Kopf.

»Seine Mutter ist die Schlüsselfigur bei allem, was er getan hat.«

»Das ist keine Entschuldigung, LaBréa. Viele Kinder und Jugendliche wachsen unter ähnlichen Bedingungen auf und werden dennoch nicht zu Mördern. Mitleid habe ich mit den Opfern, nicht mit dem Täter.«

»Da stimme ich Ihnen zu, Monsieur le Juge. Dennoch – Catteau hatte nie eine Chance. Er hatte nur seinen Hass, der im Lauf seiner Kindheit und Jugend immer stärker wurde, bis er sich in der Ermordung seiner Mutter entlud. Doch auch nach ihrem Tod kam er nicht los von dem, was er erlebt hatte. So suchte er sich ein Ventil in der Ermordung alter Frauen. Sicher, sein Motiv war auch Habgier. Doch in erster Linie erinnerten ihn diese Frauen mit ihrer Leidenschaft für den Musettewalzer an seine traumatische Kindheit und Jugend, an alles, was er aus tiefstem Herzen verabscheute.«

»Mit einem Unterschied, LaBréa: Die alten Damen waren keine Prostituierten wie seine Mutter.«

»Dieser Unterschied spielte für ihn anscheinend keine Rolle. Der Musettewalzer war das Bindeglied, der ausschlaggebende Faktor. Mit dem Mord an den alten Damen wiederholte er im Grunde den Mord an seiner Mutter.«

Couperin blieb skeptisch.

»Wissen Sie, LaBréa, ich habe immer Schwierigkeiten damit, wenn ein Mörder seine schreckliche Jugend und seine Chancenlosigkeit im Leben als Grund für seine Taten anführt. Dieses Lied wird mir zu häufig gesungen. Heutzutage ist jeder Vergewaltiger angeblich selbst als Kind vom Vater oder Stiefvater missbraucht worden, und jeder Mörder verweist auf ein gewalttätiges Elternteil. Damit wird die Verantwortung für die Taten oft einfach nur abgewälzt.«

»Der Mann ist Anfang zwanzig und hatte noch nie eine Freundin«, fuhr LaBréa nachdenklich fort. »Weil er, wie er sagte, niemals Interesse an Frauen gehabt hat. Er verachtet sie, für ihn sind sie alle Schlampen. Ein normales Verhältnis zu Frauen hat er nie entwickelt.«

»Im Gegenteil. Auf seine Weise hat er sich an ihnen gerächt. An seiner Mutter, an den beiden alten Damen. Patrice Montanas Ermordung war ein Betriebsunfall, wenn Sie so wollen. Er wurde zur Gefahr und musste deshalb sterben.«

Sie schwiegen, jeder in seine Gedanken versunken, während der Kellner die Vorspeisen servierte. Beide hatten Hechtklößchen bestellt, eine Spezialität des Hauses. Dazu gab es einen weißen Côte du Rhône. LaBréa trank einen ersten Schluck. Dann nahm er das Gespräch wieder auf.

»Im Lauf meines Berufslebens habe ich mich oft gefragt, wie und wodurch kriminelle Energie bei den

Menschen geweckt wird.« Er lächelte und hob entschuldigend die Hand. »Ich weiß, Monsieur le Juge, diese Frage sollte ein Ermittler sich nicht stellen. Dennoch: Was ist bei einem Menschen, der ein Kapitalverbrechen begeht, angeboren, was Einfluss des Milieus? Leider habe ich bisher keine Antwort darauf gefunden.«

»Da befinden Sie sich in bester Gesellschaft, Commissaire. Auch die Wissenschaft hat bis jetzt keine schlüssige Antwort geben können. Nur verschiedene Theorien. Und da hängt es davon ab, an welche man glaubt.«

Gegen zehn Uhr verließen sie das Restaurant. LaBréa begleitete Couperin zum nächsten Taxistand und verabschiedete sich. Er selbst ging zu Fuß nach Hause.

In Célines Atelier brannte Licht. Er klopfte an die Scheibe. Kurz darauf erschien Céline an der Tür.

»Ich sehe nur schnell nach, ob Jenny schläft«, sagte er und nahm sie in die Arme. »Dann komm ich zurück. Aber nur, wenn es dir recht ist!«

»Natürlich ist es mir recht. Was für eine Frage!« Sie lächelte und strich ihm zärtlich über die Wange.

Jenny lag schlafend im Bett. Kater Obelix hatte sich an ihre Schulter geschmiegt. Lange betrachtete LaBréa seine Tochter. Wie in einem Wechselrahmen schob sich für einen Augenblick ein anderes Bild davor. LaBréa sah das ernste, blasse Gesicht eines 14-jährigen

Jungen mit kornblumenblauen Augen auf der ärmlichen Lagerstatt im alten Stellwerk. Es ist Nacht, die Züge fahren. Fremde Männer kommen und gehen. Seine Mutter verkauft ihnen ihren Körper. Er hasst und verachtet sie dafür. Er hasst die Musik, die sie nächtens hört, und er will nur eins: all das beenden …

Jenny drehte sich im Schlaf auf die Seite. Behutsam strich LaBréa ihr übers Haar und zog ihr die Decke über die Schulter.

Wie ungerecht die Welt doch ist, dachte er, als er über den Hof zu Célines Wohnung ging. Er hatte einen mehrfachen Mörder überführt, den seine gerechte Strafe erwartete. Und doch verspürte LaBréa kein Gefühl der Befriedigung oder gar Genugtuung. Eher so etwas wie Traurigkeit darüber, dass die Dinge so waren, wie sie waren – und dass man sie vermutlich niemals würde ändern können.